ULRICH BRANDT

DIE SCHWARZEN ROSEN VON CARTAGENA

atb aufbau taschenbuch

ULRICH BRANDT, 1957 geboren, ist Drehbuchautor, Dramaturg und Produzent verschiedener erfolgreicher TV-Serien sowie Autor von Kurzgeschichten und Übersetzer. Er lebt mit seiner Frau und seinen beiden Töchtern in Köln. In Cartagena hält er sich jeden Sommer auf.

Im Aufbau Taschenbuch liegen ebenfalls seine Kriminalromane »Iberische Hitze« und »Iberische Schatten« um Dolf Tschirner vor.

Mehr Informationen zum Autor unter www.ulrichbrandt.de

Mehr zu den Schauplätzen unter www.cartagena-krimi.de

Dolf Tschirner fühlt sich, gestrandet im spanischen Cartagena, eigentlich als Hahn im Korb. In einer Feriensiedlung lautet sein offizieller Titel »Sicherheitschef«. Tatsächlich gibt es hier jedoch wenig zu tun – außer sich um die lebenshungrigen Millionärswitwen zu kümmern. Auf einem rauschenden Sommerfest ärgert sich Tschirner über die anspruchsvollen Dauerurlauberinnen und trinkt ein paar Gläser zuviel. Deshalb nimmt er kaum wahr, was später in der Nacht passiert: Ein paar Häuser weiter wird eine Pensionärin brutal erschlagen. Tschirner war der Letzte, der sie lebend gesehen hat. Und dummerweise liegt ein Teil seines geliehenen Smokings am Tatort herum. Dolf Tschirner ist der erste Tatverdächtige.

Seine Erinnerung an das verunglückte Rendezvous mit der Toten ist lückenhaft. Kann Tschirner sich absolut sicher sein, dass er in seiner Empörung nicht ausgerastet ist? Auf die drängenden Fragen der ermittelnden Inspektorin hat er keine Antworten, dabei weisen immer mehr Indizien auf ihn. Als er vorübergehend freikommt, bleibt ihm nur eine Chance: Er muss den wahren Täter finden. Tschirner geht selbst auf Mörderjagd.

Ulrich Brandt

Die SCHWARZEN ROSEN *von* CARTAGENA

Ein Spanien-Krimi

atb aufbau taschenbuch

Ein Krimi ist weder Bergbau-Brevier noch Sexualkundehandbuch. Sämtliche Angaben über Spurenanalyse und Giftstoffe in Abraumhalden und deren mögliche gesundheitliche Folgen, sämtliche Schilderungen geschlechtlicher Gepflogenheiten und sinnlicher Episoden wurden zwar gewissenhaft recherchiert, beruhen jedoch nicht auf Erfahrungen aus erster Hand oder wissenschaftlichen Erkenntnissen. Alle Ähnlichkeiten mit real existierenden Giftstoffen und Krankheiten, mit tatsächlich verbreiteten Praktiken und Erlebnissen wären daher eher zufällig.

MIX
Papier aus verantwortungsvollen Quellen
FSC® C083411
FSC www.fsc.org

ISBN 978-3-7466-3384-8

Aufbau Taschenbuch ist eine Marke
der Aufbau Verlag GmbH & Co. KG

1. Auflage 2018

Gesetzt in der Whitman durch Greiner & Reichel, Köln
Druck und Binden CPI books GmbH, Leck, Germany
Printed in Germany

www.aufbau-verlag.de

Für Gerhard

TEIL I

1

Klickedi-pling. Auf dem massiven Steinboden erzeugte die winzige Schraube nicht mehr als ein dünnes Klingeln. Dolf stöhnte genervt auf. Selbstverständlich hatte er eine Malerdecke untergelegt, bevor er die Küchenfront aufgebohrt und den Ausschnitt gesägt hatte. Selbstverständlich hatte er Holzmehl und Späne säuberlich zusammengefegt, bevor er den Eiswürfelbereiter, ein exklusives Teil aus Edelstahl, in die Designerküche der Baroness einsetzte. Dolf war rechtzeitig zu Lynns großer Gartenparty fertig geworden. In wenigen Minuten würden die ersten Gäste eintreffen.

Wenn ihm bloß nicht in letzter Sekunde dieses blöde Schräubchen irgendwo in die Küche gesprungen wäre. Und zwar auf den Steinboden jenseits der Malerdecke, sonst hätte es kein Geräusch verursacht. Dolf schürzte die Hosenbeine und kniete sich hin, schob seine Lesebrille hoch und fing an zu suchen. Glitzerte es irgendwo? Das tat es nicht. Stattdessen schellte es an der Eingangstür.

Dolf nahm sich systematisch den meergrauen Schieferboden vor. Zwischen Schrankfront und Kücheninsel lagen kaum drei Quadratmeter Stein. Darauf eine verchromte Schraube zu finden konnte nicht allzu schwer sein. Dolf fluchte in sich hinein. Es war immer dasselbe mit steinreichen Leuten und ihren »einfachen« Bedürfnissen: nur das Beste, aber dafür sofort.

»*Gotta admire my newest acquisition, Careena!* Schau mal, was ich mir geleistet hab …« Lynn Whelby kam mit ihrem ersten

Gast hereingeflattert. Sie wirkte erstaunt, dass Dolf auf Knien herumkroch. »Was ist los, Adolfo? Sind Sie etwa immer noch nicht fertig? Ich bitte Sie, Careena ist schon da!«

Dolf blickte hoch. Careena war eine füllige, heftig auf jugendlich geschminkte Mittfünfzigerin in einem wehenden durchsichtigen Sommerkleid mit klimpernden Armreifen. »*Hello down there!*« Sie zwinkerte ihm verschmitzt zu.

»Bin gleich soweit.«

»Beeilen Sie sich, Dolf. *Purple Rain* ohne Eis, das geht gar nicht – Ghaansha?«

»*No way, Sis.*« Der großgewachsene Jamaikaner, der mit Lynn und ihrer Freundin hereingeschlendert war, schüttelte bedenklich den wuchtigen Lockenkopf und grinste. »*Sorry, Dolf. Nothing personal.*«

Dolf verzog die Mundwinkel. »Das Ding ist fertig angeschlossen. Ich schraub nur rasch die Blende an.«

Die Eismaschine funktionierte. Sie spuckte je nach Wunsch und Knopfdruck Eiswürfel oder gestoßenes Eis aus. Ghaansha konnte später mit viel Gewese seine Spezialität zurechtmixen, *Purple Rain*, einen süßlichen Cocktail, der nicht nach Dolfs Geschmack war, aber intensiv dunkelviolett schimmerte und in einem Martiniglas eine Menge hermachte.

Zwar hatte Lynn für ihr alljährliches Herbstfest selbstverständlich Personal aufgefahren, darunter einen professionellen Barmixer, aber Ghaanshas lila Mixturen waren eben von einem anderen Stern, fand die Baroness. So ließ Lynn sich nennen, seit sie – irgendwann in ihrer Jugend – mit einem höheren Bankangestellten aus dem niederen französischen Adel liiert gewesen war.

Interessierte es irgendjemanden, dass der Eisbereiter erst am Nachmittag angekommen, dass die Einbauanleitung ein mitteldickes Handbuch in winziger Schrift war, dass ... es interessierte niemanden. Dolf richtete sich ächzend auf, klopfte sich imaginären Schmutz von der Hose, rieb sich die Hände. Aber Lynn und ihre Freundin schlenderten bereits in den Garten. Ghaansha geleitete sie galant durch die geöffnete Glasfront hinaus.

»Sag ehrlich, wie du es findest. Dieses Jahr hab ich die Tanzfläche unten vor den Bougainvilleen aufgebaut.«

»Es ist ganz besonders, Lynn. Wie immer.« Damit waren sie weg.

Ghaansha war für die Musik zuständig. Den ganzen Nachmittag schon hatte sein Soundcheck den weitläufigen Garten mit Reggae beschallt, dabei die Lichtleute ebenso genervt wie die Zeltaufbauer. Deren Alumimiumstangen vibrierten von den wuchtigen Bässen.

Ghaansha war keineswegs faul, er erledigte die Dinge nur gerne gründlich. Die Ränder der Grasflächen schnitt er mit einer einteiligen Schere, wie sie, erzählte er jedem ungefragt, die Schafscherer im australischen Outback benutzten. Jeder Halm verdiente einen eigenen Schnitt. Der Baroness schien das zu gefallen.

Zur Feier des Tages trug der Rastaman sein übliches knielanges Hemd in freundlichen Pastellfarben, dazu bunt bedruckte weiche Hosen, die Dolf an einen Kinderpyjama erinnerten. Seine sorgfältig pedikürten langen Zehen kamen in offenen Sandalen gut zur Geltung. Nachlässig zusammengefasste Dreadlocks reichten ihm fast an den Hintern, schließlich war Ghaansha stolzer Kingston-Jamaikaner.

Mit dem Soundcheck war er längst fertig, luftige Raggae-Beats wummerten über den Pool. Alles lag im Zeitplan. Ghaansha grinste so stolz über die Vorbereitungen, als wäre dies alles allein sein Werk. Was immer er tat, tat er lässig und ohne Hast. Auch das gefiel der Baroness.

Alles – bis auf die verdammte Eismaschine. Die Chromstahlplatte des Geräts wurde flächenplan eingebaut, in der Küchenfront verriet nur eine spiegelnde Nische, wo man ein Glas oder einen Eisbehälter unterstellte, um es auf Sensordruck mit Eis gefüllt zu bekommen. So edel designt war das Teil, dass keine handelsüblichen Schrauben zur Befestigung infrage kamen, sondern ausschließlich Spezialanfertigungen, Chromschräubchen mit zwei winzigen Löchern im Kopf. Den passenden Schraubendreher hatten die Designer fürsorglich beigelegt. Aber der nützte rein gar nichts, wenn solch ein Luxusschräubchen in irgendeiner Ritze verschwunden war. Die drei übrigen Schrauben saßen bereits sauber ausgerichtet in der gebürsteten Platte. Das letzte Bohrloch gähnte umso leerer. Eine unpassende Schraube einzudrehen kam nicht infrage. Das hieße den Sinn der Baroness für Perfektion zu beleidigen. Dolf musste die verdammte Schraube finden!

»Kriegen Sie das hin, oder nicht?« Lynn sah mindestens zwanzig Jahre jünger aus, als sie war. Sie war älter als Dolf, sie wurde an diesem Wochenende siebzig. Obwohl das kaum einer wusste. Seit Jahren hatte die Baroness aufgehört zu zählen, offiziell war ihr Geburtstag nicht der Anlass für ihr alljährliches Herbstfest.

»Hier, für die Nerven.« Nur an Lynns Hand, die Dolf den Drink reichte, an den Äderchen und Fältchen des Handrückens, hatten die Chirurgen nichts machen können.

»Danke. Ich hab's gleich.« Dolf nahm ihr das Glas ab.

Frühestens ihren Hundertsten würde sie wieder feiern, verkündete Lynn stets. Den zu erreichen war ihr zuzutrauen. Sie war eine berechnende, zähe Witwe, noch nie im Leben hatte sie irgendetwas ohne Hintergedanken angefangen, vermutete Dolf. Im Augenblick gab sie sich zuckersüß, weil sie etwas von ihm wollte. »Sie müssen sich noch umziehen.«

Dolf trug seine übliche Arbeitskleidung, eine unverwüstliche steingraue Zimmermannshose mit zahllosen Taschen und gedoppelten Knien. Dazu ein verwaschenes Polo.

»Eine Schraube fehlt.« Dolf wies mit dem Finger auf die leere Bohrung. »Aber das Ding funktioniert.«

»Lassen Sie die einfach weg. Oder drehen Sie irgendeine rein.«

»Sieht aber nicht aus.«

»Ach was.« Sie griff sich einen Block mit orangenen Selbstklebezetteln und einen Stift, kritzelte etwas. Dolf drehte in der Zeit eine Linsenkopfschraube ins vierte Loch. Sie ragte so auffällig aus der Edelstahlfront wie ein letzter Zahn aus einem leeren Gaumen.

»*Helado*, oder?« Lynn hielt ihm den Zettel hin: *Ice – Helado*.

Dolf musste grinsen. »*Hielo*.«

Genervt zerknüllte Lynn ihren Zettel. Sie schrieb einen neuen und klebte ihn über die unpassende Schraube. »So. Jetzt gehen Sie schon!«

Dolf raffte rasch die Malerdecke zusammen und stopfte sie in den Karton der Eismaschine. Er warf sein Werkzeug in die offene Kiste, auch den Spezialschraubendreher. Auf einen Wink von Lynn eilte eines der Hausmädchen in Servierschürze herbei und griff sich Besen und Kehrblech, in der praktischen spanischen Ausführung, selbststehend und mit hoch aufragendem Griff.

»Den Hoover, Sie dummes Ding!«

»Ganz wie Sie wünschen, *Señora*.« Unbeeindruckt freundlich öffnete die junge Frau einen Besenschrank, verräumte die Kehrutensilien und holte den Staubsauger heraus.

Dolf würde später den Fangbeutel herausnehmen und durchsieben. Spätestens am Montagvormittag.

Dabei war die fehlende Schraube bei Weitem nicht sein

drängendstes Problem oder auch nur sein größtes. Doch alles andere musste jetzt warten, bis die Party vorüber war. Dolf schnappte sich seine Werkzeugkiste und ging hinaus.

2

Vor dem Bungalow stand Dolfs Dienstfahrzeug, ein amerikanischer Einsatzwagen mit Rotlichtbalken auf dem Dach und schwarzweißer Kontrastlackierung. Und daneben Trido, in Dolfs Wachmann-Uniform – schwarzes Hemd, schwarze Hose, schwarze Kunstlederjacke –, die an dem durchtrainierten jungen Guineer nur so schlotterte. Trido hat heute nur eine einzige Aufgabe: vor Lynns *Chateau* zwei Parkplätze freizuhalten. Er kam auf Dolf zu und ging ihm mit dem Karton und der Werkzeugkiste zur Hand. »Die Limo is schon da.«

Dolfs Blick folgte Tridos Nicken, während er den Kofferraum aufspringen ließ. Ein paar Dutzend Meter weiter wartete eine schneeweiße Stretchlimousine quer auf der Kreuzung. Das überlange Fahrzeug war nicht manövrierfähig genug, um auf den schmalen Siedlungsstraßen zu wenden.

»*Ya me voy*. Ich bin sofort weg.« Dolf nickte Trido beschwichtigend zu.

Er hob seine Werkzeugkiste in den geräumigen Kofferraum, Trido schob den unförmigen Karton einfach daneben. Das war einer der wenigen Vorteile des amerikanischen Straßenkreuzers: Unter der Heckhaube bot er einen riesigen Stauraum, in dem Dolf fast sein gesamtes Werkzeug problemlos lagern konnte. Er drückte den ehebettbreiten Deckel zu und öffnete die Fahrertür. »*Hasta luego, Trido. Nos vemos.*«

Dolf fuhr los. Ein Straße weiter kam ihm ein großer schwarzer Geländewagen mit abgedunkelten Scheiben entgegen. Er ließ die Seitenscheibe herabsurren und winkte den anderen Wagen zum Halten. Auf der engen Straße standen sie Seitenspiegel an Seitenspiegel. »Ihr seid spät dran, oder?«

Im riesigen Van saßen genau zwei Wachleute, ebenfalls ganz in Schwarz, aber mit schick aussehenden Headsets an den Ohren. Der Fahrer winkte ab. »*Todo bajo control.*«

»Parkt die Kiste möglichst weit weg. Nicht dass sich noch einer beobachtet fühlt.«

»*Roger.*« Der Beifahrer sprach amerikanischen Polizisten-Slang, womöglich zu Ehren von Dolfs Streifenwagen.

Sie fuhren weiter. Dolf ebenso. Nur auf Lynns ausdrücklichen Wunsch hatte er die beiden Angestellten eines örtlichen Wachunternehmens angeheuert. Einige von Lynns Gästen reisten heute Abend möglicherweise mit Luxuskarossen an. Wenn sie nicht gleich mit dem Hubschrauber kamen wie der Ehrengast. Die meisten würden sich von den Strandhotels, in denen die Baroness sie untergebracht hatte, ein Taxi nehmen. Spanische Taxipreise brachten Lynn Whelby, die in einem Vorort von London aufgewachsen war, noch immer zum Schmunzeln. Für die halbstündige Fahrt von *Mazarrón puerto* oder *Bolnuevo* herauf berechnete ihr das Taxiunternehmen ungefähr den Preis, für den sie in der City gerade mal von Harrods bis Marble Arch gekommen wäre. Einfach niedlich, fand Lynn.

Ihr Anwesen war wahrscheinlich das privilegierteste in der gesamten Siedlung. Von ihrer Terrasse aus konnte man an klaren Tagen das Meer ahnen. Und einmal in jedem Jahr, bei ihrem Herbstfest, zeigte sie ihrem Exgatten, was sie mit seiner Abfindung erreicht hatte. Walter S. Tucker III finanzierte Lynns Leben. Eigentlich war er der Ehrengast auf seiner eigenen Party.

Dolf bog in den besseren Feldweg am Rand der Siedlung ab, an dem sein Häuschen lag. Es war das dritte in einer Reihe von acht winzigen Häusern an der billigen, meerabgewandten Seite des Hügels. Wahrscheinlich waren sie die Einzigen in der gesamten Siedlung, die keinen eigenen Pool im Garten hatten. Dolf machte das nichts. Er schwamm ohnehin nicht gern.

Er stellte seinen Wagen in der Einfahrt ab. Nachher würde er zu Fuß gehen. Der Abend versprach lau zu werden. Wie leergefegt spannte sich der Himmel, keine Spur eines Helikopters, die Sonne stand tief über dem Küstengebirge; Lynn hatte wieder einmal Glück mit dem Wetter für ihr Fest. Andererseits: Wann hatte es in dieser Gegend das letzte Mal geregnet, an einem Tag Anfang September?

Dolf würde sich duschen und rasieren, sich in den Smoking werfen und auf dem Weg zur Party auf einen Sprung in der Pförtnerloge vorbeischauen.

3

Das satte Wummern von Ghaanshas verstolperten Rhythmen konnte Dolf schon von Weitem hören. Als er in die *Avenida B* einbog, die Hauptstraße, an der Lynns Anwesen lag, sah er, dass inzwischen die Illumination eingeschaltet war. Die Vorderfassade der Villa wurde von Bodenstrahlern in grünes und blaues Licht getaucht, sie sah aus wie unter Wasser.

Trido lungerte vor dem Haus herum. Der Platz für die Stretchlimousine war frei. »Die sind unterwegs. Müssen jeden Augenblick ankommen.«

»Alles klar. Ich hab jetzt Feierabend.«

»Ganz wie du meinst, Boss.« Trido grinste. Sie wussten beide, dass Dolf nicht sein Chef war. Trido erledigte alle möglichen Jobs für die Besitzer der Ferienhäuser, säuberte ihre Pools, mähte ihre Rasen, machte kleinere und größere Besorgungen aller Art. Jetzt hielt er Dolf sogar das Gittertor auf.

Dolf ging außen um den Bungalow herum, über den breiten Weg aus eingemauerten Steinplatten, der in mehreren Stufen zum Pool hinabführte. Das Becken war beleuchtet und wahrscheinlich auch beschallt, aber im Augenblick noch unberührt und reglos, blockiert von einem riesigen schwimmenden Bukett mit ausladender Dekoration aus Lotosblüten und schwarzen Rosen, den Lieblingsblumen der Gastgeberin.

Auf Liegestühlen räkelten sich zwei langbeinige Traumfrauen mit atemberaubenden Dekolletés und Frisuren, eine blond, eine mit dunklen Locken, die sich umflirteten wie die

Weltmeister und ein wunderhübsches Paar abgaben. Nur Dolf und die Gastgeberin wussten, dass die beiden Transvestiten waren, seit langem eine lockere Beziehung führten und viel mehr in ihr eigenes Aussehen verliebt waren als ineinander. Optisch machten sie jedenfalls eine Menge her und wurden deshalb zu solchen Gelegenheiten gerne eingeladen. Gerade nahmen sie Norman Drench spielerisch in die Zange, ein unscheinbares graues Männchen, Typ britischer Sportsfreund – Bridge und Rasenkegeln –, der unter den handfesten Komplimenten der beiden Supermodels rot anlief bis hinter die Ohren. Norman wirkte nervös. Sichtlich erleichtert über die Ablenkung kam er auf Dolf zugeschossen. »Churner! Ich muss mit Ihnen reden!«

»Bitte sehr.« Als Vorsitzender der Eigentümervereinigung war Drench tatsächlich Dolfs Vorgesetzter. Der Verein zahlte Dolfs Lohn.

»Die Bürgersteige vor X zweihundertsiebzehn, die sind völlig ruiniert.«

Dolf kannte den Schaden. Ein paar Wochen zuvor hatte ein Bauunternehmer mit schwerem Gerät auf dem Grundstück hantiert und dabei Bordsteine und Gehwegplatten beschädigt. Das zu reparieren gehörte nicht zu Dolfs Job. »Muss der Bauunternehmer ran. Oder seine Versicherung.« Auf das Thema war Dolf nicht gut zu sprechen.

»Weiß ich doch selbst. Aber ich brauche eine Schätzung, einen Kostenvoranschlag.«

»Hat das Zeit bis morgen?« Dolf war kurz davor, patzig zu werden.

»Sicher. Selbstverständlich. Heute wollen wir uns doch amüsieren, was?« Drench schlug Dolf fröhlich auf die Schulter. Die Geste wirkte nur deshalb nicht herablassend, weil Drench fast einen Kopf kleiner war.

Dass Norman Drench sich jemals amüsierte, konnte sich Dolf beim besten Willen nicht vorstellen. Der Mann stellte einen pensionierten Postbeamten dar, ehemals Royal Mail, und genau so sah er auch aus. Wenn es die Witterung zuließ, trug er einen Strickpullunder unter seiner Cordjacke. Sonst karierte Kurzarmhemden und Pfadfinder-Shorts. Mit Bügelfalten.

Heute hatte Drench sich zur Feier des Tages in seinen abgewetzten schwarzen Anzug für Eigentümerversammlungen gezwängt. Er schien sich darin so wohl zu fühlen wie auf einer öffentlichen Toilette.

»Wir sehen uns.« Dolf versuchte Land zu gewinnen. Die Musik schallte von der Tanzfläche herauf, die weiter unten am Hang aufgebaut war, ein Stück vor den Bougainvillea-Hecken an der Grenze des Anwesens. Im Dunkel dazwischen ragten gebündelte, schwarzverkohlte Röhren kniehoch auf, die von einem einsamen Feuerwerker bewacht wurden und später zum Einsatz kommen würden.

Dolf sah sich um. Viele Gäste waren es nicht gerade. Vierzig vielleicht. Wegen des Hurrikans in Louisiana zehn Tage zuvor flogen sicher einige von Lynns amerikanischen Freunden nicht. Als die Bilder der gebrochenen Dämme und überfluteten Häuser in den Nachrichten kamen, hatte Lynn einen Schreckmoment gehabt, ob sie das Fest absagen müsste; einen Tag später wollte sie davon schon nichts mehr hören. Sie hatte recht behalten – die meisten ihrer Gäste waren dennoch gekommen.

Die Musik klang gut. Ghaansha hatte ein DJ-Pult mit zwei plattenteller-ähnlichen Scheiben aufgebaut, aber die meiste Zeit liefen die Songs von seinem Notebook. Das ließ ihm auch die Zeit, für ausgesuchte weibliche Gäste und die Gastgeberin mit Brimborium seine Cocktailspezialität zuzubereiten.

Oder, wie eben jetzt, auf der Tanzfläche mit vier hübschen Mädchen herumzuschäkern und lässig ein paar Tanzbewegungen zu markieren. Die jungen Frauen bewegten sich kundig, sie waren von Lynn bestellt worden, um für die ersten paar Stunden die Tanzfläche zu beleben.

Sie und das Paar am Pool waren nicht die Einzigen, die auf Lynns Fest eine Show abzogen. Trido war das Bonbönchen am Eingang, Ghaansha gab den Loverboy und DJ, Dolf selbst den standesgemäßen Begleiter, deshalb der Smoking.

Loverboy winkte ihm von der Tanzfläche herüber. Dolf grüßte freundlich zurück. Sie alle spielten ihre Rollen wie Profis. Ihre Gastgeberin wahrscheinlich die ausgebuffteste. Die hatte Dolf noch gar nicht entdeckt.

Zwischen Pool und Terrasse standen ein paar liebevoll dekorierte Esstische bereit. An einem bemerkte Dolf eine Eigentümerin aus der Siedlung. AnnFrida Beringsen schien Hunger zu haben. Die schmale alte Dame war dabei, mit Messer und Gabel eine lachsfarbene Stoffserviette in Reiterchen zu schneiden. Mit dem stumpfen Messer kam sie aber gegen die Leinenserviette nicht an. Dolf fiel der alten Dame behutsam in den Arm. »Soll ich Ihnen etwas bringen, AnnFrida?«

»Keine Pastete, die taugt nicht, die ist zäh.«

»Lassen Sie mich mal machen.«

AnnFrida Beringsen schien einen ihrer schlechteren Tage erwischt zu haben. Schusselig war sie schon länger, aber bei genügend Licht funktionierten ihre Augen und ihr gesunder Menschenverstand meist ganz ordentlich.

Dolf winkte eine Serviererin herbei. Er schlenderte durch die Glasfront in den Salon, der seitlich von der Kücheninsel begrenzt wurde. Lynns orangener Zettel klebte noch immer an der Eismaschine. Der Barmixer hinter seinem Tresen hatte sein eigenes Eis. Nur wenn Ghaansha sich wichtig machen wollte und seine dunkelviolette Spezialität mit Curaçao mixte, stellte der Jamaikaner die Eismühle auf Schnee oder Graupel oder genau dazwischen, *slush*, was wahrscheinlich so viel wie Schneematsch bedeuten sollte. Dabei konnte Ghaansha so ein Wetter aus seinem natürlichen Habitat gar nicht kennen.

»Dolf, haben Sie einen Moment?« Lynn stieß ihn von hinten an.

Dolf drehte sich um. Außer der Gastgeberin standen auch Lynn Whelbys Exmann und seine junge Frau vor ihm. Lynn balancierte den gewaltigsten Strauß schwarzer Rosen im Arm, den Dolf jemals gesehen hatte.

»Walt, Zue: Das ist unser Sicherheitschef, Dolf Churner.« Sein Nachname war Tschirner, aber gegen das, was die Spanier daraus machten, war Lynns Aussprache harmlos.

»Mr Tucker, sehr angenehm.« Dolf bot ihm eine Hand an, Tucker übersah sie beiläufig.

»Wo ist ihr Headset, Churner?« Tucker ging Dolf höchstens bis zur Achsel, aber seine bullige Aggression füllte mehr Raum, als sein schmächtiger Körper mit den ungleichen Schultern hergab. Er schien zu vibrieren vor mühsam unterdrückter Energie und sah sich genervt um. »Wie viele Leute haben Sie hier?«

»Ich bin nicht im Dienst.«

Walter Tucker starrte ihn an wie einen Streifen Hundedreck unter der Sohle nagelneuer Lederschuhe.

»Das ist doch Adolfo Tschirner, Lynns deutscher Freund«, mischte Zuela sich ein, die aparte neueste Frau an Tuckers Seite. »Du kennst ihn, Walt.«

»Mrs Tucker-Velazquez, *it's a pleasure*.« Dolf bot ihr keine Hand an, er lernte rasch. Sie umarmte ihn stattdessen und hauchte ihm Küsschen auf beide Wangen.

»*It's all mine*.« Sie war nicht nur hübsch, sondern auch charmant. »Sie waren auf unserer Hochzeit!«

»Es war ein rauschendes Fest.«

Zuela nickte nur. Sie wusste sicher besser als alle anderen Anwesenden, Lynn vielleicht ausgenommen, dass ihre Hochzeit für ihre New Yorker Clique so ziemlich das größte gesellschaftliche Ereignis des Sommers gewesen war. Dennoch freute sie sich sichtlich über Dolfs Kommmentar.

»Tatsächlich? Na, dann willkommen auf der Party meiner Exfrau Nummer zwei, Churner.« Auch Tucker bemühte sich um einen versöhnlicheren Ton.

»Und Sie werden Exfrau Nummer vier?« Dolf lächelte Zuela zu. Er wusste aus sicherster Quelle, dass Walter Z. Tucker III sich nach Lynn noch eine weitere luxuriöse Hochzeit – nebst kostspieliger Scheidung – geleistet hatte. Tucker lebte nicht gerne alleinstehend.

»Nicht in diesem Jahr.« Zuela tat es mit einem Achselzucken ab und lachte strahlend auf. In Chinos und schlichter Bluse wirkte sie noch anmutiger als in dem steifen Zigtausend-Dollar-Hochzeitskleid mit Schleppe, in dem Dolf sie zuletzt gesehen hatte.

»Reden Sie keinen Quatsch, Churner. Wir wollen uns amüsieren.« Tucker verstand nicht viel Spaß. Er sah sich ungehalten um. »Wo sind meine Partner?«

Wie aus dem Nichts hatte Tucker einen Stapel Plastikchips in den Fingern und spielte damit herum. Der unterste Chip flutschte mit leisem Klacken auf die oberste Position des Stapels, schneller, als das menschliche Auge folgen konnte. Zumindest Dolfs Auge.

Er wusste, dass extra für Walter Z. Tucker drei professionelle Pokerspieler eingeladen waren. Ihr samtbespannter Spieltisch stand auf einer der schattigen Terrassen, etwas abseits der Tanzfläche und entfernt von Ghaanshas Wummerbässen.

»*Eight-six-seven!*« Lynn zischte im Abgehen in Dolfs Ohr und tötete ihn mit Blicken, während sie ihren Strauß einer Serviererin übergab. Wie konnte er sich mit ihrem Exmann anlegen, der nach Lynns neuester Information auf Platz achthundertsiebenundsechzig der tausend reichsten Männer der USA vorgerückt war? Doch auch eine Spur Anerkennung lag in ihrem grimmigen Feixen, als sie Dolf mit einem Kopfschütteln abfertigte: Er hatte sich nicht die Butter vom Brot nehmen lassen.

Dass Walter Tucker einer der schwierigsten Small-Talk-Partner des Planeten war, wusste jeder in Lynns Welt. Tucker konnte jederzeit und blitzschnell umschalten zwischen zynischen Scherzen und kalkulierten geschäftlichen Offerten. »Hör mal, Lynn, diese andere Sache …«

»Darüber sprechen wir heute Abend ganz bestimmt nicht!« Lynn schnitt ihm das Wort ab. Tucker sah sie milde erstaunt an. In seiner Welt, in seinen Räumen hätte er niemals zugelassen, dass ihm jemand über den Mund fuhr. Hier ließ er sogar zu, dass Lynn ihn wegführte.

»Sie ist eine Wucht, oder? Eine Naturgewalt. Fast wie ein *Hurricane*.« Zuela Tucker-Velazquez folgte Dolfs Blick. Sie stand noch immer neben ihm.

Er hatte es noch nicht einmal bemerkt. »Was? Wer?«

»Vergessen Sie es, Adolfo. Unwichtig.«

»Trinken Sie etwas?«

»Sehr gern. Was haben wir?«

»Alles. Oder eine von Ghaanshas Spezialitäten.«

»Was ist das, was Sie da trinken, Adolfo?«

»Gin Stolitschnaja.«

»Wie der Wodka?« Zuela zog skeptisch die feingezupften Augenbrauen zusammen.

Dolf nickte nur.

»Nein. Gin Tonic.« Sie sah hinüber zum Barmann. Dolf gab ihm ein Zeichen. Aber der Mann hob beschwichtigend die Hand, er hatte bereits verstanden, der Drink war in Arbeit. Zuela war eine der Frauen, denen von den Serviceleuten jeder Wunsch von den Lippen abgelesen wurde. Schon reichte der Barmann Zuelas Drink zu Dolf herüber. Dolf stieß mit ihr an und nippte an seinem Glas. Nahm noch einen kräftigen Schluck. Zuela lächelte ihm aufmunternd zu. »Sie sind doch wohl nicht unglücklich, Adolfo?«

»Nein. Ich trinke, weil es mir schmeckt.« Er leerte sein Glas, verzog das Gesicht und musste husten. Zuela lachte hell auf.

»Tanzen Sie mit mir.« Zuela stellte ihr kaum angerührtes Glas ab.

»Ich tanze nicht.«

»Das weiß ich besser. Ich hab Sie gesehen.«

»Nicht heute.«

»Wie schade.« Sie griff sich ihr Glas wieder und hob es vor ein Auge. Durch die klare prickelnde Flüssigkeit funkelte sie Dolf herausfordernd an. »Sollten Sie wirklich so hartes Zeug trinken, Adolfo?«

»Sie haben völlig recht.« Er gab dem Barkeeper einen Wink: noch einen vom Wodka mit Gin. Dann erwiderte er Zuelas Blick. Er wusste einiges über sie, das meist aus Lynns Mund. Zehn Jahre zuvor war sie beim Miss-Venezuela-Wettbewerb bis ins Finale gekommen. Promovierte Kunstgeschichtlerin war sie außerdem. Ihre Ausstellungsräume in einer Seitenstraße in Tribeca gehörten zum Angesagtesten, was es an kleinen Galerien in Manhattan gab. Conzuela Tucker-Velazquez, höchstens Anfang dreißig, verheiratet mit dem langweiligsten Ekelpaket, das Dolf kannte, war die gebildetste und attraktivste Frau auf dem Grundstück. Außerdem schien sie in Redelaune zu sein.

Vielleicht hing es mit *Katrina* zusammen. Der Wirbelsturm hatte das Zentrum von New Orleans verwüstet, arme Stadtviertel ebenso wie reiche. Und die Amerikaner waren im Angesicht der Naturkatastrophe über alle Standesgrenzen hinweg zusammengerückt.

Jedenfalls machte Zuela keine Anstalten, ihren Drink zu leeren oder sich abzuwenden. Sie stellte sich zutraulich neben Dolf und betrachtete mit ihm das Treiben der übrigen Gäste.

Er atmete tief durch. »Wie machen Sie das nur?«

»Was?« Sie lächelte freundlich.

»Walts Ehefrau zu sein.«

Sie lachte ihr kehliges helles Lachen. »Wieso? Er ist großzügig, er lässt mir viel Raum, wir haben ein spannendes Leben, ich liebe ihn.«

»Das kaufe ich Ihnen nicht ab.«

»Ernste Frage?« Zuela sah ihn lange und eindringlich an. Wäre er nüchterner gewesen, alleine dieser Blick hätte ihm eine peinliche Ausbuchtung in der Smokinghose verschafft. Er rang sich ein Achselzucken ab, das nicht allzu interessiert wirken sollte. Wie sie eine Augenbraue hob und ihm verführerisch zulächelte, das machte ihm unmissverständlich klar, dass sie ihn komplett durchschaut hatte. Sie spielte mit ihm. Es war ihm recht.

»Niemand merkt den Unterschied. Und Walt ist es egal.«

»Na dann.« Dolf meinte, sich verhört zu haben. Er nahm einen tiefen Schluck.

Lynn, ihre aufgedrehte Gastgeberin, huschte nahe an ihnen vorbei. »Trinken Sie nicht so viel, Dolf. Vielleicht brauche ich Sie später noch.« Lynns Augenaufschlag ließ keine Fragen offen, woran sie dachte.

»Alles klar, Baroness.« Dolf versuchte, stocknüchtern zu klingen.

»Ist für so was nicht neuerdings Ghaansha zuständig? Er macht einen netten Eindruck. Superfit.« Zuela neckte Dolf so leise, dass Lynn es nicht hören konnte. Die flatterte bereits weiter, zum nächsten ihrer wahnsinnig interessanten Gäste.

»Hab aufgegeben, mir darüber Gedanken zu machen, was Lynn sich in den Kopf setzt.«

»Das ist allerdings besser. Ich mag sie sehr. Und ich weiß, dass Walt noch immer … große Stücke auf sie hält. Die beiden waren sehr lange zusammen, dafür gab es gute Gründe. Die gibt es vielleicht noch immer.«

Dolf hatte keine Ahnung, worauf sie anspielte. Er leerte sein Glas.

Zuela fuhr sich mit der Zungenspitze über die mittlere Partie von Ober- und Unterlippe, wie um sie anzufeuchten, kniff dann die Lippen zusammen, so wie die Filmstars früher ihren Lippenstift verteilten. Es war eine Mimik, die Dolf im wirklichen Leben seit mehr als zwei Jahrzehnten nicht mehr gesehen hatte.

»Sie sollten vielleicht wirklich nicht so früh trinken, Adolfo.«

»Kann gut sein.« Es war kaum halb elf. Er musste kürzer treten, wenn er den Abend heil überstehen wollte. Doch da war ein Gedanke, der ihm keine Ruhe ließ. Und Zuela schien tatsächlich in Redelaune zu sein. »Wie können Sie ihn gernhaben?«

»Das brauche ich gar nicht.« Zuela schüttelte den Kopf. Ihre schulterlangen dunklen Haare spielten um die Perlenknöpfe in ihren feingerundeten Ohrläppchen. Dabei legten sie eine Halssehne frei, die sich unter makellos gebräunter Sommerhaut bis hinab in ein kreisrundes Grübchen knapp über ihrem Ausschnitt spannte. Dolf versuchte, sich auf das zu konzentrieren, was Zuela sagte.

»Es muss bloß so wirken.« Ein verständnisheischendes Achselzucken, ein einnehmendes Lächeln, ein aufmunterndes Blitzen in den Augenwinkeln. Wenn sie log, dann log sie so strahlend, wie eine Oscar-Gewinnerin ihrer schlimmsten Konkurrentin dankte. »So überzeugend, dass niemand, nicht mal er selbst, den Unterschied merkt.«

Dolf nickte. Er tat, als verstünde er. Dabei hatte er keinen blassen Schimmer.

»Offen gesagt, Walt selbst ist es völlig gleichgültig. Er ist gewohnt, dafür zu bezahlen. Es ist ein Geschäft. Und es ist sehr lukrativ.«

»Also lieben Sie ihn nicht.«

»Ach, Adolfo, jetzt seien Sie doch nicht so kleinkariert: Es ist Teil der AGBs, es steht im Kleingedruckten.« Sie lächelte verschmitzt, wurde dann fast ohne Übergang ernsthaft und sinnlich. »Ich liebe ihn von ganzem Herzen. Ich würde ihn auch lieben, wenn er arm wäre. Ehrlich.«

»Sie sind unglaublich, Zuela. Wäre ich zwanzig Jahre jünger, würde ich versuchen, Sie auf einen Drink einzuladen.«

»Wären Sie nur halb so erfolgreich wie Walter, würde ich liebend gerne annehmen. Aber alle Drinks hier gehen aufs Haus, nicht?«

Zuela warf den Kopf in den Nacken und lachte ihr Glockenlachen. »Ach Adolfo, Sie sind soo süß. Nur ein bisschen naiv. Kommen Sie, wir tanzen.«

Er stellte sein Glas beiseite und fasste sie an Arm und Taille. Irgendwo holte Ghaansha einen Viertakter von Donna Summer her, auf den Dolf seinen achtziger Jahre-Disco-Fox tanzen konnte. Zuela ließ sich führen wie eine Feder. Er wirbelte sie herum, wiegte sie zu sich und wieder weg, drehte sie linksherum. Sie machte alles mit. Nur Dolf wurde es schwindlig. Als er strauchelte, wand Zuela sich lachend aus seinem Griff.

»Danke, Adolfo. Das hat Spaß gemacht. Wie damals in den Münchner Discos, stell ich mir vor.«

»Da waren Sie noch nicht mal geboren!«

»Walt hat es mir erzählt. Er müsste so ungefähr Ihr Jahrgang sein.« Sie schlenderte davon, amüsiert und gutgelaunt.

Sie ging bei Ghaansha vorbei, der tat, als wäre er mit seinem Notebook beschäftigt, umarmte und küsste ihn auf die Wange, sie neckte sogar Norman und zupfte an seiner blassblauen Fliege herum. Aber auf einen Blick von Walt eilte sie sofort zu ihm an den Spieltisch, legte ihm das Händchen auf den Oberarm und war ganz Ohr, kicherte glücklich über das, was immer er ihr zuraunte. Es war eine Komödie. Eine Farce. Dolf hob sein Glas an den Mund. Er nahm einen tiefen Schluck.

»Jetzt nicht. Wir tanzen.« Lynn riss ihm das Glas aus der Hand und zog Dolf am Handgelenk in die Mitte der Tanzfläche. Ein südamerikanisches Lied lag auf, es war Samba, Rumba oder etwas in der Art. Lynn ging es an wie einen Tango. Sie führte Dolfs rechte Hand in die Kuhle über ihrem straff trainierten Po und drückte sie dort fest. Schob mit einem forschen Schritt ihr linkes Knie zwischen seine Beine und schmiegte ihr Becken gegen seine Hüfte. »Das ist gut.«

Dolf machte das Beste daraus. Er war nicht besonders im Tango oder was immer es war, was sie da derart lasziv tanzten. Wenn es Lynn gefiel, sich ihm an den Hals zu werfen, was konnte er machen? Er nahm Tempo heraus, schob sie so zärtlich über die Tanzfläche, wie es die Öffentlichkeit zuließ, aber sie schmiegte sich nur noch enger an ihn. An seinem Oberschenkel konnte er spüren, dass sie keinen Slip trug. Oder nur einen hauchdünnen ohne Nähte. Ihr Mund lag an seinem Hals, ihr schwüler Atem strich um seinen Nacken, als sie wohlig aufseufzte. Die Musik verklang, das Diskolicht erlosch, und Dolf schloss seine Arme um Lynn.

Sie stieß ihn von sich. »Gehen Sie weg, Dolf, wir amüsieren uns doch nur, ich bitte Sie!«

Er stand da wie ein begossener Pudel. Seine Stimmung fiel in sich zusammen wie ein Zelt ohne Stangen. Er sah sich um. Niemand achtete auf ihn. Zuela und Walt schienen den Sternenhimmel zu bewundern. Ghaansha war mit seiner Musik beschäftigt. Norman Drench bequatschte eines der Tanzmädchen, das elegant und unauffällig ein Gähnen in einen begeistert aufgerissenen Schreimund überführte. Careena und andere Gäste in allen Stadien aufgedrehter Amüsiertheit bevölkerten den Rasen, die Fläche um den Pool mit den zwei spektakulären Traumfrauen, zu denen sich zwei ausnehmend gutaussehende Jungs gesellt hatten.

Ghaanshas Purple Rain, der ihm von Lynns Tangoattacke in der Hand geblieben war, schmeckte vorzüglich, aber der Limettensaft, der Curaçao, der Rohrzucker verursachten Dolf Sodbrennen. Er sehnte sich nach einfachem Schnaps und wandte sich an die Bar. Der Keeper nickte verständnisvoll. »Gin? Wodka? Wacholder?«

»In genau der Reihenfolge«, bestätigte Dolf und zeigte auf sein Glas.

Kurz darauf fiel der erste Gast in den Pool. Großes Gekreisch und aufgeregtes Wimperngeklimper bei den beiden Transvestiten, die um ihre Frisuren fürchteten. Und dann riss sich eines der Tanzmädchen Bluse und Rock vom Leib und stürzte sich kopfüber hinterher. Das Bukett schwankte in Richtung Überlauf. Großes Hallo gab es, als die beiden strammen Jungs in voller Montur hinterdrein sprangen. Unter den angeklatschten T-Shirts sahen ihre wohldefinierten Bauch- und Brustmuskeln nur noch eindrucksvoller aus. Die Party strebte ihrem Höhepunkt entgegen.

Dolf schluckte. Er versuchte, den Horizont zu fixieren und die dünne Linie zwischen der dunklen, von vereinzelten fahlgelben Straßenlampen markierten Sohle des weiten Tales und dem nachtschwarzen, von wenigen Sternen gesprenkelten Himmel zu erkennen. Er sah den Horizont flimmern, er nahm ein undeutliches, pulsierende Leuchten wahr, das auch durch Blinzeln und Augenaufreißen nicht wegging. Entweder ein UFO landete gerade auf dem Meer hinter den verschwommenen Hügelkämmen der Küste – oder es war Zeit, dass er ging. Er musste ins Freie.

4

Trido hatte seinen Posten verlassen. Dolf nahm es nur aus den Augenwinkeln wahr. Als er um die Ecke und in die Querstraße einbog, warf es ihn beinahe in die Hecke. Offensichtlich torkelte er. In dem Zustand war er nicht gesellschaftsfähig. Mit Schritten so rasch und ausgreifend, wie es sein Zustand erlaubte, strebte Dolf fort von Lynn Whelbys Anwesen. Bald kam er über die Kuppe, über die Grenze zu den einfacheren Häusern. Er atmete tief durch, verfehlte dabei mit seinem Schuh den Bordstein und taumelte quer über die Straße. Ein Kombi kam mit Standlicht und im Schritttempo die Straße entlang und musste doch abrupt ausweichen; die beiden jungen Männer im Wagen, beide mit Fliegen und dunklen Jacketts, sahen erschrocken aus.

Dolf riss sich zusammen, fixierte den schmalen Gehweg und konzentrierte sich auf jeden knallenden Schritt. Sich im Smoking in den Dreck zu legen war so ziemlich das Peinlichste, was er sich vorstellen konnte.

»Dolf, meine Güte, was machen Sie bloß für einen Radau?« Jemand rief aus einem der benachbarten Gärten. Dolf brauchte einen Moment, bis er sich orientiert hatte.

Die gute alte Rose war aus ihrer Hollywoodschaukel aufgesprungen und an ihre Hecke getreten. »Setzen Sie sich einen Moment zu mir, Dolf. Es ist ein wunderschöner Abend.«

Er seufzte, nickte, schloss seine Jacke und ging durch den Garteneingang direkt auf die Terrasse. Ohne zu schwanken, hoffte er zumindest.

Rose Tucker hatte sich längst wieder in ihre Decke gehüllt und wiegte sich auf der Schaukel. Ihre veilchenblauen Löckchen kringelten sich unter einem weichen Kopftuch, das auch ein Küchentuch hätte sein können. »Sie sind auf Lynns Party, was? Sicher mächtig viel los.«

Dolf probierte ein unbeteiligtes Achselzucken. Es brachte ihn ins Wanken. Keine gute Idee.

»Unsereins wird natürlich nicht eingeladen von der vertrockneten Funz.« Rose war jahrelang mit einem mittleren Beamten des Verteidigungsministeriums verheiratet gewesen, aber sie konnte noch immer fluchen wie die Tochter eines Fernfahrers, die sie auch war. Sie tätschelte das Schaumstoffkissen neben sich. »Kommen Sie, ich hab Brandy und Kekse.«

Das Gebäck konnte ihm vielleicht gut tun. Dolf brauchte was im Magen. Es waren Mohnplätzchen. Mit rumgetränktem Zuckerguss. Und das zweite Glas, das immer auf Roses Tablett wartete, auf ihn oder einen anderen Besucher, nahm er auch.

Es war tatsächlich eine herrliche Nacht. Die Kuppe des Hügels lag umglänzt von einem pulsierenden Schimmer in Grün, Violett und Blau, Lynns Illumination. Ein laues Lüftchen zog herüber und brachte Ghaanshas Wummern, aber auch schweren Blumenduft mit sich. Oder das war Roses Parfüm. Sie schmiegte sich zutraulich an Dolfs Schulter, schnüffelte und sog die Luft ein. »Männergeruch. Herrlich.«

Dolf ließ sich kopfschüttelnd in die Polster sinken. Das Wiegen der Schaukel schien in seinem Kopf nachzuschwingen. Roses Hand stahl sich sanft auf seinen Oberschenkel. »Sie sind ja völlig verspannt, Dolf. *Let me take care of this cummerbund, will you?*«

Sie schob die Seidenschärpe hoch und machte sich an seinem Gürtel zu schaffen. »Ist das nicht schrecklich eng?«

Er hätte sich wehren sollen.

Aber er war auch nur ein Mann. Er wusste, wie Rose aussah, er hatte sie oft genug in ihrem straff sitzenden Badeanzug auf ihrer Terrasse liegen gesehen, mehr als einmal hatte sie ihm eindeutige Angebote gemacht. Sie war Witwe, sie war mindestens dreimal volljährig, und sie war mehr als willig. Wieso zögerte er überhaupt?

Ihr Körper war der einer in Ehren gealterten Frau, mit Lynns kostspielig renoviertem Chassis nicht zu vergleichen. Rose hatte dralle Pölsterchen an Hüften, Bauch und Oberschenkeln, ihre Arme waren umfangreicher als Dolfs Beine. Doch für Breughel oder Rubens wäre sie zweifellos eine höchst attraktive Dame gewesen. Dolf war angeschlagen, in seinem Stolz verletzt. Also ließ er sich trösten, richtete Roses rundliches Kinn auf seinen Mund aus und küsste sie heftig. Wie durch Zufall ging ihr Bademantel auf und gab ihre weichen, rosigen Brüste frei. Auch die küsste Dolf bereitwillig und bereits etwas kurzatmig.

»Kommen Sie schon, machen wir es uns gemütlich!« Mit einer Hand raffte Rose ihren Bademantel zusammen, mit der anderen zog sie Dolf am Jackenaufschlag hinter sich her.

Dolf tapste in Roses Schlafzimmer, einen Traum aus blassrosa Seide, mit Rüschen und Volants an allen denkbaren Kanten und Nähten. Und einem riesigen quietschpinken Teddy, dessen Gesicht Rose mit einem raschen Griff zur Wand drehte.

Sie setzte sich auf ihr übergroßes, weiches Bett und machte sich daran, Dolf auszuziehen. Sie packte es zielstrebig und geschickt an. Streifte ihm die Smokingjacke von den Schultern, warf sie aber fürsorglich über eine Stuhllehne. Knöpfte sein Hemd rasch und vorsichtig auf. Löste seinen Kummerbund und ließ ihn neckisch über seine Schultern segeln. Schob seine Hose herab und zog Dolf neben sich aufs Bett. »Mit den Schuhen musst du mir helfen, *Darling*.«

Dolf streifte Hosenbeine, Schuhe und Socken von seinem rechten Fuß und der Prothese unter seinem linken Knie. Rose strich ihm über den linken Oberschenkel und das Formteil aus dunklem Karbon, berührte ihn dabei wie unabsichtlich mit der weichen Seite ihres Unterarms. »Willst du das abnehmen?«

»Noch nicht.« Dolf klang heiser. Tatsächlich war er erregter, als er sich noch wenige Minuten zuvor hätte träumen lassen. Rose nahm seine Hand und legte sie sich an den Hals, wand sich wohlig unter seiner Berührung und streichelte seinen Oberkörper. Sie war eifrig, sie war bereit.

Dolf plötzlich nicht mehr.

Seine Finger steckten schweißgebadet zwischen den schweren, kalten Brüsten. Roses Bauch war wärmer, aber ebenso feucht und glitschig. Dolfs Ofen ging aus wie ein Streichholz.

»Entschuldige Rose, Süße, aber ich glaube, ich schaff es heute nicht.«

»Quatsch keine Girlanden.« Gleich darauf musste sie aber kleinlaut einsehen, dass wirklich nicht viel zu holen war. »Dabei waren wir so gut zugange. Was ist los?«

»Es liegt nicht an dir, Rose. Ich bin einfach müde.«

Sie grunzte gutmütig. Als hätte sie das schon öfter gehört, aber noch nie geglaubt. »Lass mich was probieren, Schatz.«

Dolf drehte sich weg, kam auf die Beine, stand auf und griff nach seinen Sachen.

»Gib mir eine Minute. Eine Chance noch, Dolf, *love*.«

Sie rutschte zur Vorderkante des Bettes, drängte Dolf gegen die Wand neben ihrem Großbildfernseher und kniete sich vor ihn hin. »Warte noch.«

»Lass doch, Rose. Ein andermal.«

»Das hast du jetzt oft genug gesagt.« Ihre Äuglein über den vollen, rosigen Wangen funkelten ihn verheißungsvoll von unten an. »Meinem Mann hat das immer gefallen.«

Ihm gefiel es auch.

»Siehst du? Ich kann's sogar noch besser.«

Mit zwei raschen Handgriffen nahm sie sich die Zähne von Ober- und Unterkiefer heraus, legte die Prothesen achtlos auf die zerwühlte Bettdecke und machte sich wieder an Dolf zu schaffen.

Er konzentrierte sich, versuchte sein Bestes. Aber die fleischfarbenen Halbschalen auf dem Bett verströmten einen fahlen Geruch. Speichelreste zeichneten dunkle Ränder auf die Tagesdecke.

Ein pulsierender blauer Blitz warf einen wandernden Lichtstrahl ins Schlafzimmer. Im eisblauen Schein erkannte Dolf, dass ein Mohnkorn zwischen Roses herausgenommenen Schneidezähnen steckte.

»Ist das nicht schön?« Sie schaute erwartungsvoll zu ihm herauf.

»Nein, Rose, hör auf.« Er versuchte, sich zu entziehen. Umso entschlossener umschlang sie ihn.

»Nein, bitte.« Dolf schob ihren Kopf weg von seiner Hüfte. Aber sie drängte sich gegen ihn. Sie gab nicht nach.

Da legte er ihr die Hände um den Hals, stieß sie weg; Rose keuchte, ihre Miene verzerrte sich zu einer abschätzigen Fratze. »Was hast du denn? Was ist bloß verkehrt mit dir?«

Dolf hatte keine Antwort. Er wandte sich abrupt ab, alles drehte sich, er wankte. Ihm wurde schwarz vor Augen, als der Teppichboden auf ihn zustürzte.

5

In Dolfs Traum war alles in grünes Licht getaucht, wie unter Wasser oder unter dem Blätterdach eines tropischen Dschungels. Er kämpfte mit wuchernden Schlingpflanzen, die ihm nach den Beinen fassten und seine Hüfte umklammerten, vor allem aber gegen einen kräftigen Ast, moosgrünes Holz, aus dessen Gabelung braunroter zähflüssiger Matsch quoll. Der Ast, schenkeldick und muskulös, hatte ein widerborstiges Eigenleben, immer wieder schlug und trat er beinhart nach ihm. Dolf erschrak und schlug mühsam die Augen auf. Es war Peps Faust, die ihn gegen die Schulter boxte, Peps Hand, die ihn am Arm rüttelte.

Peps Gesicht zeigte sein übliches entschuldigendes Grinsen, dazu die braunen Knopfaugen, die sich immer zu träge bewegten. »Wir brauchen, glaub ich, den Schlüssel zu P dreihundertachtzehn.«

Pep konnte am wenigsten dafür, dass Dolf sich miserabel fühlte, zerschlagen und taub. Pep war es nicht gewesen, der in der Nacht zuvor zuviel getrunken hatte. »Wir haben mindestens, ich sag mal, fünfzehn Mal geklingelt, und im Grunde weiß ich ja, dass du zu Hause bist, und da hab ich mir gedacht ...«

Pep wies mit einem gemächlichen Blick auf den Streifenpolizisten hinter ihm. »Ich hätte dich sicher in Ruhe gelassen, Chef, aber die sagen, es ist super dringend, und du weißt ja selbst ...« Schlimmer als Peps verlangsamte Augenbewegungen war nur seine Macke, Sätze in der Luft hängen zu lassen.

Dolf hatte keine Ahnung, wovon sein Helfer wie in Zeitlupe redete.

Der Streifenpolizist brachte ein humorloses Schnarren zuwege. »Bitte machen Sie sich rasch fertig, *Señor*. Wir benötigen Ihre Hilfe. Es ist in der Tat dringend.«

Seine Hilfe? Dolf begriff gar nichts mehr. Er sah an sich herab. Er musste in seinen Kleidern geschlafen haben. Sie sahen nicht ordentlich aus. »Schon gut.« Seine Stimme war kaum ein heiseres Krächzen.

»Die *Guardia civil* ist da, siehst du ja selbst, Chef.« Peps Angewohnheit, das Offensichtliche nicht nur zu betonen, sondern auch noch unklar wiederzugeben, konnte einen zur Weißglut bringen. Entschuldigend wandte sich Dolfs Helfer zum Streifenpolizisten und zog die Achseln hoch. »Ich will mal so sagen: heftige Party gestern Nacht, das hab ich bis in die Loge gehört.«

Der Streifenpolizist schob ihn zur Seite. »Wir müssen uns Zugang zum Haus Tucker verschaffen. Es eilt.«

Die Zweitschlüssel zu den Anwesen, die im Empfangsgebäude verwahrt wurden, waren aus Sicherheitsgründen nicht gekennzeichnet. Nur Dolf hatte den Schlüssel zum Tresor und die Referenzliste, mit der sich Schlüssel und Hausnummer zuordnen ließen.

»Schon gut, ich komme. Gebt mir drei Minuten.«

Pep und der Polizist zogen ab und polterten durch die Vordertür. Dolf starrte auf die Leuchtziffern seines Weckers. Es war elf Uhr, Sonntag früh.

Er richtete sich auf der Bettkante auf. Sein Rüschenhemd war übel zerdrückt und wies unterhalb des Kragens grünliche Schlieren auf. Wenn das Grasflecke waren, konnte er das Hemd vergessen. Kiefernnadeln steckten in seiner Smokinghose an den unmöglichsten Stellen, eine Bougainvillea-Blüte, schlundrosa und lasziv geöffnet, blühte im offenen Reißverschluss. Dolf musste schlucken.

Seine Erinnerungen an den Abend zuvor waren dunkel, aber das wenige, was er noch wusste, verursachte ihm einen üblen Nachgeschmack.

Das Jackett lag zerwühlt auf dem Boden, in der Brusttasche steckte der Seidenstoff des Binders, burgunderrot. Seine Kleidung vom Vorabend vollständig zu sehen, verschaffte Dolfs Beklemmung etwas Luft. Wenigstens war er komplett angezogen nach Hause gekommen. Dass die Jacke zerwühlt war, dass sie deutliche Schuhabdrücke aufwies, als wäre er darüber gestiefelt, verhieß nichts Gutes. Die Lackschuhe lagen verstreut, einer vor dem Bett, der andere in der Zimmerecke.

Dolf streifte sich die Smokinghose ab. Sie war sehr eng an den Aufschlägen, eingefädelte Kiefernnadeln zwickten ihn, und er musste sie über den unbeweglichen Fuß der Prothese zerren.

Er humpelte hinaus in den Flur. Ein Blick in den Garderobenspiegel bestätigte es: Er sah so schrecklich aus, wie er sich fühlte.

Für einen Kaffee war keine Zeit. Dolf ließ sich ein Glas Wasser einlaufen, nahm einen hastigen Schluck und schüttete sich den Rest über den Schädel. Er musste noch mal zurück, ein Polo und seine Arbeitshosen überwerfen. Deren Beine waren verdröselt, mit seinem dicken Kopf bekam er sie nicht auseinander, er griff sich eine der Hosen, die zu seiner Sicherheitsdienst-Uniform gehörten. Vor dem Haus hupte ungeduldig der Streifenwagen.

Das Polizeifahrzeug brachte ihn an den Glaskasten des Portiersbungalows, wo Pep ausstieg und seinen Beobachtungsposten an der Zufahrt einnahm. Dolf hetzte in sein Büro, zitterte sich durch den Stahlschrank mit den Schlüsseln, bis er den kleinen Bund fand, nur drei flache Sicherheitsschlüssel, die zu Roses Haus gehörten.

Nach wenigen Minuten hielten sie vor dem Anwesen. Kurz angebunden warf ihn der Streifenpolizist aus dem Wagen. Zwei staubige Lieferwagen und ein dunkler Kombi standen dort geparkt. Dolf konnte sich nicht erinnern, dass Rose in den letzten fünf Monaten jemals so viel Besuch bekommen hatte. Aber die Fahrzeuge sahen auch nicht nach Besuch aus. Eher nach Handwerkern oder irgendwelchen Lieferanten. Reparaturen an ihrem Haus ließ Rose so gut wie nie machen. Irgendwas stimmte hier nicht. Die schmale Lücke in der Hecke und der Weg durch den Garten waren mit gelbrotem Absperrband blockiert. Eine Frau in einem Papieranzug klebte die Hausecke ab, die auf Roses Veranda führte.

Ein Streifenpolizist, ein anderer diesmal, vierschrötig und älter als der vorherige, trat Dolf in den Weg. »Hier entlang.«

Der zweite Polizist ging voran zur Eingangstür. Dolf sperrte auf. Doch die Tür öffnete sich nur eine Handbreit. Hinter dem Haupteingang hatte Rose ihre Nähmaschine und anderes Gerümpel abgestellt. Sie benutzte diesen Zugang so gut wie nie. Dolf griff um das Türblatt, hob die Plastikkiste der schweren Maschine am Handgriff an und verschaffte sich Einlass. Er schob sich durch die halb aufgedrückte Tür.

Innen erwartete ihn eine hochgewachsene dunkle Dame und reichte ihm die Hand. »Danke Ihnen. Wir wollten nicht, dass jeder durch die Terrassentür trampelt und alle Spuren zuschanden macht.«

»Alles klar.« Dolf nickte. Er hatte keine Ahnung, wovon die Frau sprach.

»Ich bin Inspektor Correira. Abteilung Leib und Leben der *policía judicial* von Cartagena.«

Das war so ungefähr die Mordkommission. Dolf versuchte angestrengt, sich darauf einen Reim zu machen.

»Und Sie?«

»Oh, Entschuldigung. Dolf Tschirner, Sicherheitschef der *población*.« Tatsächlich war er eher Hausmeister, auch Faktotum, Seelentröster und manchmal Callboy. Wenn Trido oder Ghaansha Auswärtsspiele hatten oder einfach nicht mehr konnten.

»Chérener? Angenehm. Danke für Ihre Hilfe.«

Ein Tatort-Spezialist, auch er im bleichen Papieranzug, kam aus Roses Schlafzimmer und sprach Correira von hinten an. »Daniela, das hier würden wir gerne sofort mitnehmen. Braucht ihr das noch hier?«

Der Papiermann trug einen Klarsichtbeutel mit einer Art Pokal in der Hand. Dolf kannte die Figur. Es war eine verkleinerte Version der Siegesgöttin Victoria, der goldglänzenden Statue, die auf dem Platz vor dem Buckingham Palace auf einem hohen Unterbau stand. Victoria war in keinem guten Zustand. Ihre Flügel ragten verbogen und verdreht in die Luft. Vor allem aber waren sie schwarzrot von eingetrocknetem Blut, verklebt und verdreckt von Haarbüscheln und fahlem Hautgewebe, wie selbst durch die mattierte Klarsichtfolie zu erahnen war.

»Einverstanden. Bringt's mir wieder, sobald Ihr damit fertig seid.«

Dolf nutzte den Moment, da die Inspektorin abgelenkt war, um einen Blick über ihre Schulter zu werfen. Quer durch Flur und Salon war die Tür zu Roses Schlafzimmer zu erkennen. Und ein paar Füße mit neonpink lackierten Zehennägeln, die ungepflegt aussahen, weil der Lack flächig abgesplittert war. Graubraune Schleifspuren unter der näher liegenden Ferse machten ganz den Eindruck, als wäre der Körper zurück ins

Schlafzimmer geschleift worden. Dolfs Verstand arbeitete wie in Zeitlupe, wie unter Wasser. Die Füße einer toten Frau ragten halb aus Roses Schlafzimmer! Was hatte das zu bedeuten? Seine Augen suchten fieberhaft nach Hinweisen, nach einer Erklärung.

Nicht weit entfernt von den leblosen Füßen wellte sich ein kleines Bündel burgunderroter Seide, zusammengeknüllt und nicht besonders groß. Auf dem hellen Salonteppich war es kaum zu übersehen. Man hätte es für ein Stück Unterwäsche halten können, und wahrscheinlich taten die Ermittler das auch, denn außer einer Markierung, einer blauen Acht auf einem weißen Plastikreiter neben dem Stoffbündel, wies nichts darauf hin, dass sie dem Seidenteil besondere Aufmerksamkeit widmeten.

»Gibt es weitere Zugänge oder einen Keller?« Die kurz angebundene Frage der Inspektorin riss Dolf aus seinen Gedanken.

Das Haus hatte keinen Keller. Zugänge gab es nur drei: die Vordertür, die Dolf eben aufgeschlossen hatte, die Hintertür, die Rose den Winter über benutzte oder wenn sie, selten genug, das Haus für längere Zeit verließ und einbruchsicher verrammelte. Und eben die Schiebetür zur Veranda, durch die sie alltägliche Gänge in den Garten, durch die Siedlung und zum Einkaufen unternahm. Die Hintertür war verschlossen.

»Haben Sie den Schlüssel dafür?«

Selbstverständlich hatte er den Schlüssel. Er schob sich durch den schmalen Flur und schloss auf. Die Tür klemmte und schrammte im Rahmen, in der kühleren Jahreszeit funktionierte sie einwandfrei, wusste Dolf und stemmte sie mit einem Ruck auf. Baumsamen, Staub und Spinnweben wirbelten herein. Es lag auf der Hand, dass diese Tür seit Wochen oder gar Monaten nicht mehr benutzt worden war.

»Danke, das war's, vielen Dank für Ihre Hilfe. Wenn wir noch etwas brauchen, melden wir uns.«

Dolf war entlassen. Er wandte sich zum Gehen, zurück durchs Haus.

»Bitte hier entlang.« Die Inspektorin schickte Dolf außen herum, über einen ungefegten und fast zugewachsenen Weg durch Zedernnadeln und Gummibaumblätter, die unter seinen Schritten raschelten und knackten.

Irgendwo hinter Dolf surrte ein Rasensprenger. Viel zu schnell.

»Streife! Hierher!« Correiras Stimme gellte ruppig ums Haus. »Schafft mir den verdammten Knipsaffen vom Hals!«

Zwei uniformierte Polizisten preschten von der Straße her auf Dolf zu. Erschrocken hob er die Hände. Aber sie stießen ihn bloß zur Seite und setzten einem Pressefotografen hinterher, der quer durch Roses Hintergarten flüchtete. Dolf schnappte nach Luft.

Draußen kauerte Trido in einem der Lieferwagen, den Dolf als Mannschaftsbus der Polizei erkannte. Der Guineer saß auf der Rückbank, ihm gegenüber an einem schmalen Klapptischchen ein Polizist in Zivil, der sich Notizen machte, eine Frage stellte, sich erneut Notizen machte.

Trido fand Dolfs Blick durch die nur leicht getönten Scheiben des Busses, lächelte ihm verunsichert zu, hob entschuldigend die Achseln. Als ob ihm irgendetwas leid täte.

Dolf hatte keine Ahnung, was das zu bedeuten hatte. Er war wie vor den Kopf geschlagen. Wer immer die Frau im Salon mit den schlecht lackierten Fußnägeln umgebracht hatte – Trido war es mit Sicherheit nicht gewesen. Dafür hätte Dolf jederzeit seine Hand ins Feuer gelegt.

Niemand achtete auf ihn. Alle, Polizisten wie Spurentechniker, wuselten herum, schleppten Beweise aus dem Haus oder

Gerätschaften hinein. Der Pressefotograf wurde zum Mannschaftswagen geführt und musste seine Motorkamera abgeben. Sonst gab es keine Schaulustigen.

Erst jetzt begriff Dolf allmählich, was geschehen war. Die Tote war Rose. Rose war tot. Erschlagen, wenn die verbeulte Victoria auch nur im Mindesten etwas mit der Leiche zu tun hatte.

Dolf wurde schummrig zumute, er musste sich auf eins der Mäuerchen setzen, die an der Straßenecke einen Winkel bildeten. Wie seekrank schwappte sein Gehirn im Schädel, Lumpen drehten sich so in einer Trommel Seifenlauge. Sein Körper bewegte sich nicht, wie Dolf durch eine Peilung gegen die Ecken der nächsten Häuser feststellte. Dass Rose Tucker tot sein sollte, wollte ihm nicht in den Kopf.

Mit einem gefühllosen Dröhnen im Schädel machte Dolf sich auf den Rückweg. Die meisten Gärten waren nicht umzäunt, das erleichterte es den Poolreinigern und Gärtnern, ihre Arbeit zu tun und von einem Grundstück auf das benachbarte zu wechseln. Hecken und Büsche pflanzten viele Besitzer allerdings auf ihr Gelände. Ein paar Straßen weiter fiel Dolf ein niedergewalztes Stück Hecke auf, das eine Art Kuhle bildete. Die Besitzer waren in ihrer Heimat. Den Winter über konnten die umgeknickten Ranken leicht in die falsche Richtung wachsen und eine hässliche Lücke in der Hecke bilden, also griff Dolf sich die stärksten Äste, zog sie über die niedergedrückten Sprieße, glättete gebrochene Zweige und richtete sie auf. Irgendetwas hatte sich in die Hecke gelegt, Blüten zerdrückt, junge Triebe umgerissen. Ein Hirsch, ein junges Rind, ein Schaf, nach der Größe der Kuhle. Aber es gab nichts dergleichen in der Gegend, schon gar nicht in der Siedlung. Die größten Tiere, außer den Hunden, waren fette Kaninchen; die

Engländer hatten eine Züchtung, die fast so groß wie Ziegen wurden.

Dolf wankte den schmalen, wegen unzähliger Einfahrten und Grundstückszugängen bergauf, bergab betonierten Bürgersteig die Hauptstraße hinab zu seinem Büro und vergaß die Kaninchenkuhle. Er brauchte dringend einen Kaffee, etwas im Magen und am besten auch einen Schnaps.

6

»Kommst du, Pep? Die werden stolz auf dich sein.«

Pep stand unschlüssig herum. Der Raum mit den Panoramafenstern, den er hartnäckig als *Loge* bezeichnete, bot einen beinahe ungehinderten Blick auf die Zufahrt zur Siedlung. Hier hatte er die gesamte vorangegangene Nacht gesessen und die durchkommenden Fahrzeuge beobachtet.

Campo Cálido hatte keine echte Zugangskontrolle, es gab keine Schranken oder ähnliches. An der Zufahrt lag ein langgestrecktes Gebäude, eine Art Bungalow, nur eben mit dem landestypischen Ziegelbelag auf der Dachterrasse. Das bescheidene Gebäude beherbergte den Konferenzraum der Eigentümergemeinschaft, viel zu klein und doch halb leer bei den schlecht besuchten Versammlungen, und das so gut wie ungenutzte Büro des Vorsitzenden. Für Dolf und seinen Helfer blieben die geräumige Garage (die Dolf als Werkstatt diente) und ein verglaster Anbau mit zwei Drehstühlen an einer abgewetzten Tischplatte, von der aus man die Zufahrt überblicken konnte. Peps Loge eben. Dolf trieb sich dort nur wenn unbedingt nötig herum, denn über den Piepser an seinem Gürtel war er immer erreichbar – der Sender stand auf dem Dach des Bungalows.

»Na, was ist?«

»Okay. Schließlich hab ich im Grunde alles beobachtet und einen Überblick über den Fahrzeugverkehr.«

»Exakt.« Dolf nickte, gab seinem Helfer die Liste in die

Hand und schob ihn hinaus. Der Dodge-Streifenwagen stand in der Einfahrt geparkt.

Das Erste, was Dolf hochregelte, sobald er den Motor angeworfen hatte, war die Klimaanlage. Peps Papiere auf seinem Schoß flatterten im Luftzug des Gebläses. Im Wagen waren es sicher fünfunddreißig Grad. Der Achtzylinder hämmerte erwartungsvoll, bereit für eine größere Ausfahrt. Aber Roses Haus lag gerade mal zwölfhundert Meter entfernt. Später am Nachmittag hätten sie auch gut zu Fuß gehen können.

Dolf ließ den Wagen gemächlich den sanften Hügel hinauftuckern. Vor Roses Haus stellte er den Schlitten ab. Parkraum gab es genug. Unmittelbar vor der Einfahrt verblieb nur noch einer der Lieferwagen ohne Fenster, der den Spurensicherern zu gehören schien. Und ein Streifenwagen der CNP. Aber trotzdem standen vier Polizisten in Uniform rauchend vor dem Haus herum. Einer von ihnen erzählte mit ausladenden Gesten eine anscheinend spannende Geschichte.

»Komm.«

»Ich bleib im Wagen.« Pep reichte Dolf die Papiere heraus.

Mitten in seiner lebhaften Erzählung fasste sich der Streifenpolizist an den Hals, als wollte er sich erwürgen, und riss dazu theatralisch den Mund auf, der eine Reihe bräunlich verfärbter Zähne zeigte.

Als Dolf hinzutrat, verstummte er abrupt. Sie murmelten ihre Begrüßungen, traten befangen von einem Fuß auf den anderen.

»Ist Inspektorin Correira im Haus?« Dolf wies mit der Stirn auf Roses Bungalow.

»Kommt gleich wieder.« Der Rangälteste führte das Wort. »Ziemliche Schweinerei da drin.«

»Mhm.« Dolf grummelte uninteressiert. Auf keinen Fall wollte er übertrieben neugierig wirken.

»Wir dürfen alle nicht hinein.« Der Rangälteste schloss darin seine Kollegen ein, die vor dem Haus warteten.

»Kein Problem. Ich hab nur was abzugeben.«

»Sie kommt sicher gleich.«

»Danke.« Dolf ging zum Wagen zurück und stieg ein. Aber das Gespräch der Polizisten kam nicht wieder zum vorigen Thema. Unschlüssig standen sie herum, rauchten zu Ende, schnipsten ihre Kippen in den Gully. Zwei von ihnen streiften sich Latexhandschuhe über und verteilten sich rund um das Grundstück, anscheinend hatten sie irgendwelche Untersuchungen auf dem Gelände oder in der Nähe zu machen. Die beiden anderen nahmen ihre Position vor dem Eingang wieder ein, breitbeinig und mit den Fäusten am Koppel.

Offensichtlich hatten sie von der Toten gesprochen. Von Würgemalen am Hals. Dolf hatte keinerlei Erinnerung. Konnten irgendwelche Verletzungen von ihm rühren? Das war vielleicht möglich. Er war außer sich gewesen, völlig betrunken, sicher hatte er fest zugepackt. Aber Rose erschlagen? Mit der Figur der Victoria auf ihrem Fernsehschrank? Das konnte nicht sein, egal, wie fertig er gewesen sein mochte. Dolf weigerte sich, das zu glauben.

Inspektorin Correira kam wenige Minuten später aus dem Haus, der Rangälteste der Uniformierten wies sie zu Dolf herüber. Sie stutzte kopfschüttelnd über den auffälligen Streifenwagen. Dolf wand sich aus der Fahrertür.

»Hier ist Ihre Liste.« Er humpelte auf die Inspektorin zu und wedelte mit einem Blatt Papier, das Pep am Morgen von seinen Notizen abgetippt hatte. »Mein Assistent hat die zusammengestellt.«

Dolf wies mit dem Daumen auf den Wagen, Correira ging in die Knie und winkte Pep freundlich zu. Der grinste stolz und wurde einen halben Meter größer auf seinem Beifahrersitz. Aber er stieg nicht aus.

»Danke.«

»Die Hälfte sind Mietwagen. Sicher vom Bahnhof oder aus San Javier.« Das war der nächste Flughafen für innerspanische Flüge. »Wenn nicht von weiter her. Die Mictlimo ist alleine sechsmal zum Countryclub und zurück gefahren.«

»Danke.«

Wirkte Dolf zu beflissen? Er grüßte und wandte sich zum Gehen.

»Vielen Dank, aber wir werden das wahrscheinlich nicht brauchen. Wir haben eine Art Schärpe gefunden, die zu einem Abendanzug gehört.«

Daran also erinnerte Dolf der burgunderrote Seidenstoff – es war der Kummerbund seines Smokings!

»Und die Kollegen haben genug DNA im Haus und an der Leiche gesichert, um den Typen festzunageln.«

Dolf nickte zerstreut. »*Sí, claro.*« Er wusste genau, von wessen DNA die Inspektorin sprach. »Sonst irgendwas, was ich für Sie tun kann, *Inspectora*?«

»Nicht im Moment. Wir melden uns.«

Das würden sie tun, da war sich Dolf sicher. Er steckte knietief in Schwierigkeiten.

TEIL II

FÜNF
MONATE
ZUVOR

7

Die Stadt *Mazarrón*, eine halbe Stunde Fahrt auf der kurvigen Küstenstraße südöstlich von Cartagena entfernt, schmiegte sich an die Flanke eines Hügels, der von Fördertürmen und Abraumhalden gekrönt war. Das kleine Stadtzentrum lag zum Meer hin nach Süden ausgerichtet. Die Küstenstraße führte unterhalb der Innenstadt vorbei, durch ein neu angelegtes, nüchternes *polígono comercial* mit überdimensionierten Schaugeschäften und kleinen Handwerkerläden. Die allgegenwärtigen Tomatenfelder mit ihren rissigen, verstaubten Plastikfolien über klapprigen Rohrgerüsten nahm Dolf schon gar nicht mehr wahr.

Hinter dem Gewerbegebiet schwang sich die Küstenstraße über einen Höhenzug. Auf der anderen Seite der Kuppe erstreckte sich ein weites Trockental, das sich bis Totana hinzog, fast fünfzig Kilometer weiter nördlich. Auf beiden Seiten der Ebene ragten karge Hügelketten auf. Dieses weite Tal würde für die nächsten Jahre Dolfs Umgebung sein.

Das Lastentaxi, das seine Habseligkeiten transportierte, war ein besserer Lieferwagen. Durch die Berge hatte es sich schnaufend und ächzend um die scharfen Kurven gewunden. Jetzt, mit dem Ziel vor Augen, beschleunigte der Fahrer, so gut es die enge Landstraße zuließ. Sie mussten eine Umleitung über eine schotterbelegte provisorische Strecke nehmen, weil mitten durch das Tal die neue Autobahn gebaut wurde. Erste, bereits fertiggestellte Brücken standen in der baumlosen Leere wie vergessenes Kinderspielzeug. Die Bauarbeiten der mächtigen Planierraupen und Schwerlaster wirbelten eine träge Wolke milchigbraunen Staub auf, der in der Ferne über der Ebene hing.

Zur Rechten zweigte eine breite, sorgfältig asphaltierte und sauber gehaltene Zufahrtsstraße zum *MCC* ab. Die gepflegten Hecken und gesprengten Rasenflächen stachen aus der vertrockneten Umgebung wie ein einzelner Salatkopf in einem leeren Beet. Der *Mazarrón Country Club* stellte, wie ähnliche Clubs überall auf der Welt, die natürliche Umgebung der Ehrgeizigen, Reichen und Mächtigen der Stadt dar.

Dolfs Umzugswagen bog gegenüber auf die linke Seite ab, auf den unvermeidlichen Kreisverkehr, der in die Einfahrt zur Feriensiedlung mündete, die sich auf der Westseite des Tales über einen sanften Hügel erstreckte. *Campo Cálido* verbarg seine Grünflächen hinter Hecken aus Bougainvilleen und Gummibäumen, unter dem Schatten von Zedern und Kiefern. Von der Straße aus war die Weitläufigkeit der Grundstücke zur Meerseite kaum zu ahnen.

An der kurvigen Einfahrt duckte sich ein Bungalow mit einer Art Wintergarten. Aus dem Anbau mit zwei großflächigen Fensterflächen über Eck heraus wurden sie von einem blassen Jungen beobachtet, vielleicht sechzehn, mit einem hypermodernen Haarschnitt, den er sich wohl von einem Fußballstar abgeguckt haben musste.

Dolf winkte ihm freundlich zu. Der Junge zeigte keine Reaktion. Glatte, strähnige Haare fielen ihm in die Stirn und über ein Auge. Der Rest seines Schädels leuchtete blankgeschoren.

Dolfs Lastentaxi bog auf die Einfahrt zum Bungalow ein und kam vor dem breiten Tor einer Doppelgarage zum Stehen.

»Da wären wir. Hupen Sie mal.«

Das Tröten schallte den Hang hinauf. Dolf wartete. Doch der Bungalow blieb verschlossen.

»Würden Sie mir noch mal helfen? Wir stellen das Zeug einfach vor die Garage.«

Dolfs »Umzug« bestand aus seiner massiven Werkbank und sechs Umzugskisten, vier davon schwer. Sie enthielten sein Werkzeug. Der Taxifahrer, der Dolf schon beim Einladen geholfen hatte, ging ihm ächzend zur Hand, als Dolf seinen Krempel in die Einfahrt stellte.

Bezahlt wurde das Lastentaxi von der Eigentümerversammlung, also schickte Dolf den Fahrer ins Büro, zu Pep, dem blassen Jungen, der dort Dienst tat.

Dolf setzte sich auf eine seiner Kisten. Die beiden leichteren enthielten Klamotten und Unterlagen, nichts, was kaputtgehen konnte. Dolf wartete. Das Taxi war längst wieder weg.

Niemand nahm ihn in Empfang. Er war ein paar Stunden zu früh. Seine wenigen Siebensachen einzupacken und herzufahren hatte viel kürzer gedauert als geplant.

Dolf kam aus Canteras, einem Vorort von Cartagena. Seine Bude dort aufzulösen war längst überfällig gewesen. Und doch tat Dolf sich schwer damit. Denn die schäbigen Räume stellten das letzte Heim seines verstorbenen Sohnes dar. Nur wenige hundert Meter davon entfernt stand das moderne Einfamilienhaus, das für Eduardo und Santes einmal ihr neues Zuhause hätte werden sollen, noch immer leer und unter Verwaltung der Bank. Es erinnerte Dolf jedes Mal daran, dass seine Schwiegertochter ihr Haus und ihre Ersparnisse nicht zuletzt wegen seines Sohnes verloren hatte. Aus Canteras wegzugehen fiel Dolf leicht und schwer zugleich.

Die Sonne stach auf ihn herab. Es war der erste April, die Sommerhitze kündigte sich bereits an. Dolf ging auf den Bungalow zu und klopfte an die Tür mit der Aufschrift »Büro«, durch die kurz zuvor der Fahrer eingetreten war.

Drinnen stand ein verstaubter Schreibtisch, an den Wänden gestapelt warteten Pakete und Ausrangiertes auf den Abtransport – ein alter Drucker ohne Kabel, das Schaufelrad einer Schwimmbadpumpe, ein Karton mit Altpapier oder Verpackungsresten. Der Raum machte einen ungastlichen Eindruck, öde und überladen zugleich. An der gegenüberliegenden Wand gab es einen Rundbogen, anscheinend der Durchgang zum Wintergarten auf der Vorderseite des Hauses.

»*¿Hay alguien?*«

Keine Reaktion. Dolf schob sich durch den Rundbogen.

Vor der Arbeitsplatte unter den Eckfenstern, von denen sich eins aufschieben ließ, um Post hinauszureichen oder Papiere entgegenzunehmen, saß der Junge und wandte Dolf abweisend den Rücken zu.

»*Buenos dias.*«

Unwillig drehte der Junge sich zu Dolf herum und wischte sich den überlangen Pony aus dem Gesicht. Er war älter, als Dolf zunächst vermutet hatte, er war sicher Mitte zwanzig. »*Hola.*«

»Könnte ich wohl ein Glas Wasser haben?«

»Von mir aus.«

Der junge Mann stand auf, nahm ein trübe angelaufenes Glas aus einem der Oberschränke, hielt es unter den Wasserhahn und stellte es Dolf hin. Der Raum schien ursprünglich als Küche gedient zu haben. Wahrscheinlich war auch die Einfahrt zur Siedlung erst nachträglich über das Grundstück geführt worden, jedenfalls machte die Zufahrtsstraße auf dem Gelände einen engen Bogen.

»Ich bin Dolf Tschirner.«

»Der neue Sicherheitschef, ich weiß.«

»Wir haben uns schon gesehen, als ich neulich auf Normans Dach herumgefuhrwerkt hab.«

»Mein Name ist Josip Pardiola, aber alle nennen mich Pep.«

»Ich freu mich, Pep. Ich bin Dolf.«

»Diesen Job werden Sie mir nicht wegnehmen; Sie nicht, damit das ein für allemal klar ist.« Pep verschränkte bockig die Arme und schwang auf seinem Drehstuhl wieder zum Fenster.

Dolf verstand. Daher also wehte der Wind. »Das hatte ich auch nicht vor. Die Eigentümer wollen mich hier haben, damit ich mich um die Einbrüche kümmere und irgendwelche Sicherheitsfragen. An Ihrem Job ändert sich gar nichts. Da mische ich mich auch nicht ein. Gut, dass Sie hier auf dem Posten sind.«

»Dafür werde ich schließlich bezahlt.«

Das hätte sich Dolf auch so zusammengereimt. »Helfen Sie mir mit meinem Kram? Norman Drench sagt, ich kann die Sachen erst einmal in der Garage unterstellen.«

Grummelnd drehte Pep sich herum, wischte seinen Pony aus den Augen und schlurfte voran. Draußen zog er widerwillig das Doppeltor der Garage hoch. »Hier ist die Garage, sehen Sie ja selbst.«

Das Offensichtliche zu betonen, es aber möglichst umständlich auszudrücken, darin schien Pep ein Genie zu sein. Aber wohl nicht die schärfste Säge im Werkzeugkasten. »Danke, dass Sie mir helfen, Pep.«

»Ist schon in Ordnung, will ich mal sagen.«

Bei der schweren Werkbank war Dolf auf Peps Hilfe angewiesen, die sechs Umzugskisten wuchtete er alleine hinein. In der geräumigen Doppelgarage verloren sich die Sachen wie Förmchen in einem Sandkasten. Der Raum stand leer bis auf ein Golfkart. Und ein paar Ersatzteile für Fahrzeuge oder Haustechnik in einem Regal. An einer Wand lehnte diagonal eine der langstieligen Seihen, mit denen man Blätter aus einem Pool fischt.

Dennoch bestand Pep umständlich darauf, Dolfs Sachen in einer Nische in der hintersten Ecke der Garage zu stapeln. Dolf tat ihm den Gefallen, obwohl er wusste, dass zumindest zwei der Kisten, die mit seinen persönlichen Unterlagen und den Klamotten, noch am selben Abend weggebracht würden. Ein kleines Häuschen am Rande der Siedlung, das die Eigentümergemeinschaft Dolf zur Verfügung stellte und dessen Miete sie von seinem Lohn abzogen, würde er noch am Abend beziehen. Es einzuräumen machte sicher weniger Mühe als sein Werkzeug und die Werkbank.

»Wann ist die Versammlung?«

»Um fünf, so weit ich weiß.«

So hatte Dolf das auch in Erinnerung. Er hatte noch mehr als vier Stunden Zeit. »Würden Sie mich zu meiner Hütte fahren?«

»Wenn es sein muss.«

»Ich hab nicht vor, Ihnen die Arbeit wegzunehmen, Pep. Sie machen alles wie bisher, behalten die Einfahrt im Blick und bedienen das Telefon.« Pep blinzelte unsicher.

Wie aufs Stichwort klingelte es in der Pförtnerloge.

»Auf gute Zusammenarbeit.«

Zögerlich reichte Pep ihm die Hand. »Meinetwegen.«

Er schlurfte ins Büro, kam wenig später zurück. »Ob Sie wohl bei der Baroness vorbeischauen könnten, es dauert auch nicht lange, sagt sie.«

Dolf kannte die Dame. Er hatte ihr ein paar Monate zuvor die Sanitärarbeiten erledigt. Sie hatte sich eine nagelneue Küche aufstellen lassen, aber bei Lynn Whelby war das kein schlichter Einbau. Dazu musste eine Wand versetzt, die Außenwand ihrer zuvor schon mehr als geräumigen Villa ein paar Fuß vor die alte Fassade gezogen und ein Unterzug über einem großflächigen Durchbruch eingebracht werden. Dadurch wurde ihre Küche zu einer halb offenen Nische ihres großzügigen Salons. Eigentlich sollte Dolf nur für Elektrik, Gas und Wasser zuständig sein, aber am Ende war er so häufig dort, dass er informell so etwas wie die Bauleitung übernommen hatte. Lynn Whelby traute niemandem. Als Dolf ihr die goldenen Spültischarmaturen zeigte – »die holen wir beim Personal locker wieder rein«–, musste er versprechen, sie eigenhändig unter Verschluss zu halten. Bei ihrem Eigentum und den Dienstboten kannte die Baroness keinen Spaß. Wahrscheinlich ging es auch diesmal um eine Reparatur. »Ich muss mich noch umziehen.«

»Sie kennen die Baroness wohl nicht. Die hat es immer eilig.«

O doch, Dolf kannte die anspruchsvolle Witwe gut genug.

Ihr Anwesen lag nur ein paar Schritte entfernt, auf der dem Meer zugewandten Seite des Hügels, dreihundert Meter die erste Querstraße hinauf. Wenig später läutete Dolf an ihrer Tür.

Lynn Whelby öffnete persönlich und bat ihn herein. Außer einem Tuch um ihren Schopf trug sie nur einen Pareo, ein durchsichtiges Stück luftigen, bedruckten Stoff, der mehr zeigte, als er verbarg. Darunter war sie, bis auf ein winziges Bikiniunterteil, unverkennbar nackt.

»Heute Nachmittag ist doch Ihre Feier, Dolf. Dabei kennen wir uns kaum. Kommen Sie, trinken Sie einen Tee mit mir.«

Er kannte sie und ihren sorgfältig restaurierten Körper besser, als ihm lieb war. Alles, was ein Schönheitschirurg richten konnte, hatte Lynn Whelby machen lassen. Ihre Figur war ihr Kapital und ihr ganzer Stolz. Die hielt sie sorgfältig in Schuss, durch erbarmungsloses Training und regelmäßige Eingriffe in den Winterferien. Sie war fit, sie bewegte sich mit der Anmut einer Zwanzigjährigen, und das meiste an ihr sah auch so aus.

Nur ihre kalten Augen und ein bitterer Zug um ihre Mundwinkel gaben preis, dass sie weit mehr erlebt hatte als eine Zwanzigjährige.

Als sie vor ihm herging, flatterte der halb offenstehende Pareo um ihre Hüften. »Sind Sie frei heute Nacht?«

»Also, ich weiß nicht.«

»Sie nehmen Vorkasse, ich erinnere mich. Das stört mich kein Stück, Dolf. Ich mag Männer, die klar sagen, was sie wollen. Die sind sozusagen meine Spezialität.«

»Ich bin gerade erst angekommen.«

»Schauen Sie, Dolf, Sie und ich, wir hatten keinen glücklichen Anfang.« Sie griff sich Gläser und Flaschen von einer Anrichte und mixte ihm einen Drink. »Gin Stolitschnaja, richtig?«

Es war Schnaps gemischt mit Schnaps. »Ich sollte nüchtern bleiben.«

»Ach was! Tun Sie nicht so, als würden wir uns nicht kennen, Dolf. Ich weiß, dass Sie was vertragen. Setzen Sie sich zu mir.«

Sie reichte ihm sein Glas und ließ sich auf die hell und flauschig bezogenen Sofakissen ihrer Sitzlandschaft sinken. Von dort aus ging der Blick durch die Panoramafenster auf ihren weitläufigen Garten, das Tal und die Küstenberge am Meer. Dolf nippte an seinem Glas. Der Drink war stark und gut.

»Unser Auftakt war schlecht, das gebe ich zu. Ich möchte das wiedergutmachen. Geben Sie mir noch eine Chance, Dolf. Ich kann ganz anschmiegsam sein, wenn ich will. Ich hab versprochen, Sie für eine Stunde abzulenken. Ob ich das schaffe?« Ihre falsche Koketterie machte Dolf frösteln.

Das Tuch um Lynns Oberkörper wurde nur durch einen Knoten vor der Brust gehalten. Beiläufig zog sie die Stoffzipfel auseinander, und das zarte Gewebe glitt um ihre Hüften herab.

»Allein der neue Busen hat mich ein Monatseinkommen gekostet. War es aber wert, was sagen Sie?« Sie räkelte sich schamfrei, nahm die Schultern zurück und präsentiert ihre Schätze, brachte sie sogar mit einer kleinen Achseldrehung leicht zum Wippen.

Dolf sah sich ihre Errungenschaften genau an. So erwartete es Lynns herausfordernder Blick.

Gute Arbeit, das musste er zugeben: volle, runde Formen, keck aufragende Spitzen, rosige kleine Höfe. Sie hätten sich auf jedem Centerfold gut gemacht. Wenn man künstlich aufgeblasene Oberweiten mochte. Dolf grinste voll vorgetäuschter Bewunderung. Lynn ließ ihn nicht aus den Augen. Sie hob erwartungsvoll die Handflächen, kitzelte mit den Fingerspitzen die Luft. Er sollte einen anerkennenden Kommentar abgeben.

»Sehen gut aus. Zum Anbeißen.« Dabei waren die Dinger ausschließlich zum Anschauen, wie Dolf sofort erfuhr. Anfassen war nicht drin. Die Füllungen waren dafür noch zu frisch und verrutschten zu leicht.

Ihr Bikiniunterteil loszuwerden kostete Lynn nur zwei Fingerschnipse, und wenig später ritt sie auf ihm, eines ihrer durchtrainierten schlanken Beine auf den Steinfußboden neben der Sofalandschaft gestützt. »Komm schon. Dolf, lass dich gehen. Gib mir alles, was du hast.«

Dolf gab sich alle Mühe.

»Nicht so fest, nicht ganz so schnell.« Sie instruierte ihn nüchtern und geschäftsmäßig, wie sie einem Handwerker ihre Sonderwünsche oder Reklamationen durchgegeben hätte. Lynn Whelby wartete nicht darauf, dass man ihr Wünsche von den eisblauen Augen ablas. Sie hatte kein Problem damit, sie glasklar zu artikulieren.

Dolf tat wie geheißen.

Als die Baroness wenig später von ihm abließ, fiel sie rasch in ihre gewohnte Rolle zurück. Sie war schließlich die Auftraggeberin, Dolf nur der Dienstleister. »Danke, Sie können gehen, Dolf. Wir sehen uns gleich.«

Er schob sich die Hose bis zu den Fesseln hinab, Lynn hatte sie ihm nur hastig in die Kniekehlen gerissen. Dolfs Prothese war verrutscht, er musste sein Bein neu umschnallen. Das dauerte, Lynn stöhnte sichtlich angewidert auf. »Das Ding ist unmöglich. Außerdem stinkt es.«

Wahrscheinlich hatte sie recht. Die Oberseite seines künstlichen Knies war durch einen dünnen Neoprenlappen gepolstert. Der ließ sich zwar abnehmen und waschen, aber das versäumte Dolf manchmal. Er hatte sicher schon tagelang, wenn nicht sogar Wochen in den klebrigen Schaumstoff geschwitzt. Der Schweiß dünstete säuerlich aus.

Dolf stopfte sein Hemd in die Hose, raffte seine Schuhe zusammen und machte sich hastig davon.

8

»Die meisten von uns kennen Dolf Churner ja schon, von der einen oder anderen Handreichung, höhöhö.« Norman Drenchs Humor war in der Siedlung berüchtigt. Wahrscheinlich deshalb war er zum Vorsitzenden der Eigentümerversammlung gewählt worden. Viele andere Qualifikationen für den Posten sah Dolf an ihm nicht. Aber er kannte Drench auch nicht besonders gut. Dolf hatte ihm einen Solarkollektor auf das Dach seiner Garage montiert, ein Netz aus schwarzen Plastikrohren, das die Energiekosten der Wasseraufbereitung um sechzig oder siebzig Prozent senken sollte. Drench war einer der wenigen in der *población*, der es sich leistete, sein Schwimmbecken unter einer Überdachung auch im Winter zu betreiben. Das war die zweite Voraussetzung für den Posten, fiel Dolf ein. Norman Drench war das ganze Jahr über vor Ort. Außer ihm verbrachten höchstens dreißig oder vierzig Leute die Wintermonate hier. Im Sommer, in der Hochsaison, zählte das *Campo Cálido* anderthalbtausend Bewohner. Die meisten davon Engländer. Das war Drenchs dritte Qualifikation. Er war Brite, ehemaliger Postbeamter der Royal Mail. Deren kurze Hosen trug er jahraus, jahrein, mit Aufschlag und Bügelfalte, aber die Knie bedeckten sie nur zur Hälfte. Aus den Krampfadern an seinen nackten Waden hätte man Taue schlagen können. Heute, zum festlichen Anlass, kombinierte er seine beigen Shorts mit dem Royal-Mail-Binder samt Krönchen in Rot-weiß-gelb. Er wirkte wie ein in die Jahre gekommener

Pfadfinder. Drench sah unmöglich aus, aber das kümmerte ihn nicht.

Andererseits schien er über undurchsichtige Kontakte in allerhöchste Kreise zu verfügen. Auf dem *mantelpiece* in seinem Haus – es gab nur eine Kaminattrappe und den Sims auf Brusthöhe, der dazu diente, Kitsch und Nippes abzustellen – standen gerahmte Fotografien von Drench zusammen mit der Queen, mit dem britischen Premier Blair, mit Aznar und Zapatero. Mit der Herzogin von Alba und dem Königspaar. Zu diesen Gelegenheiten hatte Norman Drench sich immerhin in einen Cutaway geworfen. Sogar ein Foto mit dem Papst stand dort, von einer Audienz im Vatikan. In der Gruppe der elegant gekleideten Herren hinter dem Rollstuhl des Pontifex war Drench allerdings kaum zu erkennen. Höchstens an seinem breiten Lächeln; auf allen Schnappschüssen feixte er in die Kamera mit seinem Zirkusdirektorgrinsen, das er auch jetzt zeigte.

»Lynn Whelbys neue Küche, AnnFrida Beringsens Umzug, die Dachabdichtung bei den Westons – viele von uns verdanken Dolf Churner eine Menge. Und meine eigene Pumpe, höhöhö, also die Anlage dahinter, läuft absolut tadellos. Ohne einen einzigen Tropfen zu verschwenden, höhöhö. Deshalb kann ich aus ganzem Herzen sagen: *Thank you, Dolf! Thanks a million!*«

Dünner Beifall kam auf. Außer Norman Drench, Dolf, Pep und Lynn standen vielleicht noch zwölf Anwohner auf dem Vorplatz der Doppelgarage beisammen. Dolf kam das gerade recht. Empfänge und Förmlichkeiten waren ihm zuwider, vor allem, wenn es um seine Person ging.

Drench räusperte sich und beschwichtigte den Beifall mit erhobenen Handflächen. »Bisher kannten wir ihn nur als den deutschen Handyman, der sich für keinen Job zu schade war und immer Zeit hatte. Aber jetzt gehört er uns mit Haut und

Haar, *neck and crop*: Mr Churner wird unten in der Calle Quesada wohnen, über seinen Pager ist er jederzeit erreichbar, auch des Nachts, höhöhö.« Drench setzte sein zweideutigstes Grinsen auf. Es wirkte, als habe er einen Vegetarier am gekochten Schinken erwischt. Die Zuhörer brummelten gutmütig ihre Zustimmung.

Nur AnnFrida Beringsen, die Älteste der Anwesenden und betagteste Bewohnerin der Siedlung, kicherte glucksend, sichtlich belustigt von der schlüpfrigen Vorstellung, die sie sich machte – oder an die sie sich dunkel erinnerte. Sie musste fast neunzig sein, die Haut ihrer bloßen Arme kringelte sich in fein geschlängelten Dellen und Falten, die Dolf an eine Büchse Köderwürmer erinnerten.

»Also: Erheben wir unsere Gläser auf Mr Dolf Churner, den neuen und ersten Sicherheitschef unserer Gemeinschaft!«

Sie hoben ihre Gläser, stießen mit ihm an. Lynn würde den billigen *Cava* in den nächsten Blumenkübel kippen, sobald niemand hinsah, da war Dolf sich sicher.

Dolf ging herum, dabei wählte er vorsichtig seine Schritte, weil das Holzbein bei jedem Auftreten knarrte. Mit allen stieß er an, mit den Witwen, den Gästehausbesitzern, den Engländern.

»Aber das ist noch nicht alles!« Drench grinste triumphierend wie ein Karussellpferd, das nach etlichen Jahren endlich seinen Vordermann eingeholt hat. »Mit großzügiger Unterstützung von Lynn Whelby haben wir für unseren frischgebackenen Sicherheitschef ein angemessenes Gefährt beschafft. Schauen Sie mal, Mr Churner! *Surprise, surprise*!«

Drench und Pep stemmten das Tor zur Garage hoch. Auch Pep grinste erwartungsfroh.

Prominent hinter dem Tor platziert thronte ein Amischlitten, ein *Dodge Monaco*, schätzte Dolf. Es musste ein ausgemustertes Polizeifahrzeug sein, schwarz, mit weißlackierten Türen und einem blauweißroten Lichtbalken auf dem Dach. Dolf kannte das Modell aus New Yorker Fernsehserien, der Glatzkopf mit dem Lolly, der Name fiel ihm gerade nicht ein, oder von den Straßen von San Francisco. Auf der weißen Fahrertür prangte ein schwarzer Stern, *To serve and to protect* stand weiß auf schwarz auf dem linken Kotflügel zu lesen.

»Gehen Sie ruhig herum, wir haben ihn aufpolieren lassen.« Drench war sichtlich stolz auf sein Werk. Dolf betrachtete den Wagen von allen Seiten. Das Knarren seiner Prothese hallte in der leeren Garage deutlich nach.

DO GE war am Heck des Streifenwagens zu lesen. Dolf wusste nicht, ob das fehlende D abgefallen war oder absichtlich fehlte. Aus dem Original-Schriftzug *Highway Patrol* auf der Hinterkante der Heckklappe hatten sie *CaCáway Patrol* gemacht. Fast war Dolf gerührt. Sie schienen sich wirklich Mühe gegeben zu haben. Bei seinen Lohnverhandlungen hatte sich Norman Drench lange nicht so großzügig gezeigt.

»Na, was sagen Sie?« Drench war ganz in seinem Element. Auch Lynn warf Dolf einen erwartungsvollen Blick zu.

Er musste sich freuen. Das Ding hatte Automatik und Lenkradschaltung, eine durchgehende Sitzbank und acht Zylinder. Es war ein Superspielzeug. Nur die Zulassung hatten sie sich gespart. Der Wagen konnte außerhalb der Siedlung nicht bewegt werden. Höchstens zum Tanken, und das wahrscheinlich öfter, als einem lieb war.

Dolf zauberte sich ein breites Lächeln aufs Gesicht und umarmte Lynn dankbar und überschwänglich. »Doch nicht hier, vor allen Leuten«, zischte sie ihm ins Ohr. Drench bekam einen beidhändigen herzlichen Händedruck und schon davon rote Ohren.

9

Sein erstes Dienstgeschäft am nächsten Vormittag brachte Dolf Ärger. Er war dabei, den Schreibtisch im Büro abzustauben und in Besitz zu nehmen. Norman Drench kam hereingestürmt und plusterte sich auf. Mrs Whelby erwartete dringend ein Päckchen, eine wichtige Sendung. Hatte Dolf es etwa versehentlich an eine andere Dame ausgehändigt?

Dolf nickte. Am Morgen hatte er den Postboten zu Rose Tucker, Haus P 318 im hinteren, einfacheren Teil der Siedlung geschickt. Der Bote hatte die Adressatin zunächst nicht finden können.

»An ›*Rosalynn Tucker the third*‹?«

»Ja, genau.«

»Das ist Mrs Whelby, sie ist eine geschiedene Tucker. Bringen Sie das rasch in Ordnung, Churner. So etwas darf uns nicht passieren.«

Dolf kümmerte sich auf der Stelle darum. Er fuhr den dicken Streifenwagen vor das Haus P 318. Die Karosserie war fast so lang, wie das Häuschen breit war.

Auf sein Klingeln reagierte niemand. Dolf klopfte mehrmals laut und rief in den Garten. Schließlich ging er um das Haus herum, um an die Terrassentür zu pochen. Als er um die Ecke bog, musste Dolf grinsen. Mrs Tucker war zu Hause. Mit durchgedrücktem Kreuz saß sie auf einer Gummimatte und machte ihre Morgengymnastik. Dazu hatte sie Kopfhörer auf den Ohren. Sie trug einen pink glitzernden Trainingsanzug, aus dem man gut auch ein kleines Zirkuszelt hätte schneidern können. Mrs Tucker hörte nichts. Dafür quietschte sie umso vergnügter.

»Ich weiß, weshalb Sie hier sind, Mr Churner, ich hab Sie schon erwartet. Aber hierher, in den billigen Teil der Siedlung, kommen Sie nicht so gerne, was?« Behende erhob sie sich aus dem Yogasitz. »Dabei gibt's auch hier hübsche Mädchen!« Mit augenzwinkerndem Schmunzeln knuffte sie ihn in die Seite.

Dolf grinste gutmütig.

»Wann immer Sie mögen, Mr Churner. Ich bin hier.«

Er schluckte. »Heute Vormittag waren Sie nicht da.«

»Einkaufen. Auch dicke Mädchen müssen essen.«

Dolf lächelte. Selbsterkenntnis flößte ihm Achtung ein. Dass sich Rose Tucker als *dickes Mädchen* bezeichnete, war so ziemlich die netteste Bezeichnung, die Dolf einfiel. Sie war nicht abstoßend fett, nur drall und rund an allen möglichen und einigen unmöglichen Stellen. Sie hatte drei Achselhöhlen unter jedem ihrer Arme, drei deutlich abgegrenzte Rollenfalten zwischen Bizeps, Schulterpartie und Rücken. Sie hatte sogar eine doppelte Nackenfalte unter der sorgfältig getrimmten Kurzhaarfrisur, die auf dem Kopf in winzige Dauerwellen überging.

»Schließen Sie immer gut ab, Mrs Tucker? Wir haben hier eine Reihe von Einbrüchen gehabt. Sicher haben Sie davon gehört.«

»Was können die hier schon holen? Bei mir gibt es nichts. Und wenn Sie hier sind, Mr Churner, fühl ich mich echt gut beschützt. Schauen Sie nach mir, so oft Sie mögen.« Rose Tuckers verschmitztes Grinsen zeigte den mehrfach gedoppelten Ausdruck üppiger Wonne.

»Eigentlich …«

»Ich weiß, ich weiß, das Päckchen. Kommen Sie, ich hab es nicht aufgemacht. Ich hab mir schon fast so was gedacht. Es ist im *Schlaf*zimmer.« Sie rollte vielversprechend mit den Äuglein.

Dolf seufzte. »Okay, Ma'am.«

»Vergessen Sie das, ich bin Rose. Und ich werde Sie Dolf nennen, wenn Sie nichts dagegen haben. Macht die Baroness doch auch, oder?«

Dolf nickte.

»Hier.«

Das Päckchen sah kostbar aus. Ein messingschimmernder flacher Karton, der allerdings sehr leicht war. Der Adressaufkleber aus Goldfolie trug die Adresse *Rosalynn Tucker III, Campo Cálido, El Saladillo, SPAIN*, genau wie Dolf sich erinnerte. Dahinter war die Zahl P 318 gekritzelt, wahrscheinlich vom Paketboten.

Lynn Whelby wedelte ihn genervt herein. »Danke. Das passiert ständig. Mein Exmann adressiert immer so. Und seine Anwälte auch. Nur weil ich eine geschiedene Tucker *the third* bin. Wie Walter Z. Tucker III.«

Nichts interessierte Dolf weniger. Er überreichte Lynn das Goldpaket am lang ausgestreckten Arm. Aber er hatte noch ein anderes Anliegen.

»Ich schätze, Sie haben schon von den Einbrechern gehört, Lynn. Sie sollten sich vorsehen.«

»Hab ich schon.« Lynn hatte seit Neuestem einen »ziemlich gutgebauten« jungen Mann aus Jamaica in Diensten. »Wunderschöne Menschen. Genügsam. Mit wenig zufrieden.«

»Der macht Ihren Garten.«

»Den auch. Aber nicht nur.«

»Verstehe.« Das musste wohl etwas gedehnt geklungen haben.

»Kommen Sie, Dolf, Sie sind doch nicht etwa eifersüchtig!«

Das war nicht sein vorherrschendes Gefühl. Ab und an machte es ihm schlechte Laune, wenn er sah, dass es Leute gab, die einfach alles hatten. Und was sie nicht besaßen, kauften sie sich eben, ob Möbel, Luxusgüter oder Menschen.

»Bei mir kann so was nicht passieren, weil immer jemand da ist. Ghaansha wohnt bis auf Weiteres hier.« Also auch in den Zeiten, wenn Lynn in der Weltgeschichte herumjettete.

Doch das war gerade Dolfs Problem mit den Einbrüchen. Sie passierten stets in Häusern, die bewohnt waren. Drei Viertel der Anwesen in der Siedlung lagen das Jahr über verwaist, ihre Besitzer verbrachten nur wenige Wochen im Sommer oder Herbst dort. In den übrigen Monaten wären sie leichte Beute gewesen.

Aber die Einbrüche, derentwegen die Eigentümerversammlung ihn als Wachmann angestellt hatte, geschahen nur in bewohnten Häusern. Stets in den frühen Morgenstunden. Obwohl die Straßen der Siedlung dann menschenleer lagen, war bisher niemandem etwas Verdächtiges aufgefallen. Der dritte Einbruch hatte sich vor weniger als einer Woche ereignet. Die Polizei wollten die Siedlungsbewohner fürs Erste heraushalten.

»Also dann.« Dolf wandte sich zum Gehen. Aber Lynn war noch nicht mit ihm fertig.

»Dies hier«, sie schüttelte das goldene Päckchen und lauschte, ob darin etwas rappelte, »ist eine Einladung. Zum wichtigsten Event in diesem Sommer.«

»Aha.«

»Ich möchte, dass Sie mich dabei begleiten.«

»Aber Sie haben doch Ihren Loverboy.«

»Ich brauche jemand, der etwas hermacht. Einen seriösen Begleiter.«

»Viel Glück bei der Suche, Lynn.« Damit ging er. Seine Prothese knarrte bei jedem Schritt. Lynn wand sich bei dem Geräusch wie unter Zahnschmerzen.

»Denken Sie darüber nach, Dolf. Versprechen Sie es mir!«

Er verspürte nicht die geringste Lust, vor den arroganten Freunden der Baroness Männchen zu machen und sich vorführen zu lassen. Aber er war klug genug, seine Abneigung nicht zu zeigen.

10

Der Achtzylinder bullerte erwartungsvoll. Dolfs neuer Streifenwagen wollte auf die Langstrecke. An der Art, wie er Gas annahm, war das zu spüren: willig und bereit, wie ein tiefes Atemholen. Dass es nur über den Hügel, auf die andere, billige Seite der Siedlung gehen sollte, kaum drei Kilometer hin und zurück, konnte der Wagen nicht ahnen. Selbst wenn Dolf ein paar Schleifen drehte, sämtliche Nebenstraßen patrouillierte, was von den Eigentümern sicher gerne gesehen würde, konnte er den Wagen nicht ausfahren. Es war eine Schande.

Das Haus von Rose Tucker passierte Dolf kurz hinter der Kuppe, knapp unter dem höchsten Punkt des sanften Hügels, über den sich die Anwesen der Siedlung erstreckten.

Aus dem Augenwinkel sah Dolf am Wegrand einen Kleiderhaufen. Müll zu entsorgen gehörte nicht zu seinen Aufgaben. Trotzdem setzte er zurück. Der Haufen war ein totes Tier, eher grau als braun, wie es auf den ersten Blick gewirkt hatte. Es war eine tote Katze. Sie konnte nicht an Ort und Stelle verendet sein, das wäre längst jemandem aufgefallen, das Tier war ersichtlich seit Längerem tot, ein Katzenkadaver mit steifen Gliedern und stumpfem, zerzaustem Fell. Auf der Oberseite waren keine Verletzungen zu entdecken. Dolf stupste den Tierkörper mit der Fußspitze an, drehte ihn auf den Rücken. Er wog viel zu leicht. Zwischen den platt gelegenen Hinterläufen klaffte eine aufgerissene dunkle Öffnung. Da hindurch mussten sich die Ratten über die Eingeweide hergemacht haben. Inzwischen hatten Maden und Würmer übernommen. Der Gestank war nicht schlimmer als Norman Drenchs Mundgeruch.

Dolf griff sich einen Müllsack von der Rolle im riesigen Kofferraum seines Straßenkreuzers, packte den Tierkadaver durch den umgestülpten Plastiksack hindurch und verschloss ihn luftdicht. Das Bündel warf er in die unendlichen Weiten des Kofferraums.

Die landwärtige Seite des Hügels, mit Blick auf die trockene Ebene und die Staubwolken der Autobahnbaustelle, war das Reich der einfachen All-Inclusive-Leute. Saufen, Spaß haben, Sonnenbaden waren ihre Hobbys. Obwohl ihre Haut keine fünf Minuten des sengenden Lichts vertrug.

Dolf fand das Haus, das er suchte, mühelos. Die übrigen Anwesen lagen winterfest verriegelt, öde und leblos. Nur die Callums wohnten das ganze Jahr über in dieser Straße. Vor ihrem Haus zeugte ein Fahrrad mit Stützrädern, Angelzeug, Gummistiefel und ein aufgebockter Motor im Zustand einer größeren Reparatur von den Aktivitäten der Bewohner. Das zugehörige schnittige Motorboot lag ein paar Schritte entfernt auf der Seite, mit einer Plane verzurrt. Der Lack des Rumpfes blätterte an den Deckskanten ab. Drum herum war der Rasen – oder besser gesagt das faserige Grünzeug, das die Gärtnereibetriebe der Gegend als Rasen anlegten – gemäht, so gut es ging. Einzelne Büschel standen an den Rändern hoch. Motor und Boot sahen nicht so aus, als sei in den letzten Monaten daran gearbeitet worden.

Dolf klingelte.

Stuart Callum kam an die Tür. Er sah verschlafen aus, zum Trägerunterhemd trug er pludrige Freizeithosen. »*Mighty Stu*« Callum war ein Berg von einem Mann, muskelbepackt und mit unfachmännisch tätowierten Oberarmen. »*G' morning.*«

Es war Mittag, Viertel vor eins. »Ich bin der neue Wachmann.« Dolf hätte sich lieber die Zunge abgebissen, als sich als Sicherheitschef vorzustellen. Das war Drenchs Sprachgebrauch, *Head of Security*.

»Ich weiß Bescheid. Norman hat von Ihnen erzählt.«

»Ich komme wegen der Einbrüche. Sie haben eine Theorie, sagt Norman?« Dem Siedlungsvorsitzenden gegenüber hatte Stu Callum herumgetönt, er wisse genau, wer hinter den Einbrüchen stecke.

»Was ist los, Darling?« Mrs Callum kam in den Flur. Esther Callum trug eine Zigarette im Mundwinkel. Sie war eine schmale Blondine mit zerzauster Modefrisur, Deckhaar und Pony lang und stufig bis über die Augen, die seitliche Kopfpartie über dem linken, mit Piercings durchsiebten Ohr glänzte raspelkurz geschoren.

»Kann ich reinkommen?«

Callum trat brummelnd zur Seite, ließ dabei seine Hand am Türstock über seinem Kopf und spannte abwechselnd Bizeps und Trizeps, während Dolf sich an ihm vorbeidrückte. Der schmale Flur war vollgestellt mit Trainingsgeräten, Kinderspielzeug und Angelsachen.

Dafür blieb das Wohnzimmer kahl, bis auf einen riesigen Flachbildschirm gegenüber der Ledersofalandschaft. Durch die Verandatür fiel Dolfs Blick auf die Terrasse mit Gasgrill. Ein Tisch, Stühle und Liegestühle aus derselben Linie weißer Plastikmöbel standen an den Rand der gepflasterten Fläche gerückt, dahinter erstreckte sich der kleine Garten mit einem Sandkasten. Calvin, der Sohn der Callums, buddelte darin herum.

Nach Dolfs Unterlagen sollte der Junge sieben oder acht Jahre alt sein, viel zu alt für einen Sandkasten, aber mit Kindern kannte Dolf sich nicht so gut aus.

Sie winkten ihn auf das Ledersofa, Callum genehmigte sich ein Bier, Dolf bekam einen Drink mit Orangensaft gereicht. Gin oder Wodka war auch drin. Es war das, was Esther Callum trank, wenn sie nicht zur Arbeit musste.

Callum hatte eine Theorie, seine Frau stimmte ihm in allen Punkten zu. Demnach mussten es die verdammten Wanderarbeiter aus Ghana sein. Die hausten auf der anderen Talseite in billigen Holzhütten wie die Tiere, wahrscheinlich alle illegal, die Menschen genau wie die Hütten. Im März, mit den ersten warmen Tagen, war eine ganze Horde neuer krimineller Bootsflüchtlinge angekommen. Seitdem hatten die Einbrüche angefangen. Callum machte kein Hehl aus seinen Vorurteilen und politischen Überzeugungen.

Dolf versuchte, unbeteiligt zuzuhören. Er kannte die Ansiedlung, von der die Briten sprachen. Von seinem Haus aus war sie gut zu sehen. Die Ansammlung einfachster Holzbauten passte in Farbe und Material zu den Berghängen, an die sie sich schmiegten. Ein Brunnen, die meiste Zeit des Jahres trocken, bildete das Zentrum für eine Art Dorfplatz, im ungleichen Kreis drum herum duckten sich Hütten und Verschläge, die von den Wanderarbeitern selbst errichtet worden waren.

Zur Arbeit, zu den Pools und Gärten der Siedlung kamen die jungen Ghanaer zu Fuß. Zwanzig Minuten, einmal quer durch das trockene, übersichtliche Tal, auf einem Trampelpfad, der bei jedem Winterregen verschwand und wenige Tage später wieder entstand. Bei Nacht war der Pfad kaum zu erkennen; Menschen, die ihn benutzten, ebenso wenig.

»Die kommen am frühen Morgen, im ersten Licht«, wusste Callum. Das passte zu Dolfs Erkenntnissen.

Hatte Callum Indizien für seine Beschuldigungen? Hatte er eigene Beobachtungen gemacht?

»Nicht bei uns. Wir sind immer da.«

Das schreckte die Einbrecher nicht ab, wie Dolf wusste. Geld oder Wertsachen waren nur in bewohnten Häusern abzugreifen. An Einrichtungsgegenständen, Unterhaltungselektronik oder Fernsehern schienen die Täter nicht interessiert zu sein.

Das grenzte die Zahl möglicher Tatorte ein. Rund ums Jahr bewohnt waren nur die Anwesen der alten AnnFrida, von Norman Drench und das der Callums. Dazu kamen jetzt, zum Frühlingsanfang, vielleicht noch zwei Dutzend anderer Häuser, die Dolf in den nächsten Tagen abklappern würde.

Draußen wankte der Sohn der Callums über die Grünfläche heran. Irgendetwas schien mit seinen Hüften nicht zu stimmen, jedenfalls bewegte sich der Junge ungelenk. Mit Mühe schob er die Terrassentür auf und humpelte quengelnd herein. Esther Callum steckte ihm einen Schokoriegel zu. Calvin stolperte wieder hinaus, hangelte sich zurück zum Sandkasten, der von einem Sonnensegel vor der Hitze geschützt war. Der zweite Schokoriegel fiel in den Sandkasten, als der Junge ihn aus der Verpackung friemelte. Calvin stutzte kurz, verzog das Gesicht, wandte sich aber schon wieder seinen Buddelwerkzeugen zu.

»Wie geht's Calvin?«

»Alles in bester Ordnung.«

Dabei wirkte der Junge auf Dolf blass und kränklich.

»Er wächst eben langsamer. Er ist erst neun.«

Dolf fand, er sah höchstens aus wie sieben. Von dem kränklichen Kind hatte Dolf schon gehört. Calvin war vom Schulbesuch befreit, Jahr um Jahr zurückgestellt worden, anscheinend, nach Drenchs Andeutungen, irgendwie Spätentwickler, der mehr schlecht als recht vom Vater unterrichtet werde. Esther arbeitete als Kassiererin in einem Supermarkt in der Stadt. Sie war die Einzige in der Familie, die ein paar Brocken Spanisch sprach. Im Sommer, wenn die britischen Touristen ihre

Lebensmittel- und Alkoholvorräte im Supermarkt aufstockten, war an Esthers Kasse die längste Schlange. Das sicherte ihr den Job das ganze Jahr über.

Sicher waren die Callums keine schlechten Eltern. Schule und Bildung standen nur nicht ganz oben auf ihrer Prioritätenliste. Sie waren beide ohne Abschluss durchs Leben gekommen, Stu als *builder*, Esther als Aushilfe. Warum sollte Calvin sich mehr anstrengen müssen?

Es waren einfache Leute, Salz der Erde, aber nicht gerade erpicht darauf, für die Zukunft ihres Sohnes Opfer zu bringen. Dafür war das Leben zu kurz, zu schön, dafür gab es zu viele Gelegenheiten, es sich gut gehen zu lassen.

Dolf hatte genug gehört, er wandte sich zum Gehen. Stu brachte ihn hinaus, Esther machte sich einen weiteren Drink zurecht. Sie lebten hier wie im Urlaub; ein Urlaub, der jetzt schon mehrere Jahre andauerte. Stu bezog eine Art Versehrtenrente, es ging um die Spätfolgen eines Arbeitsunfalls. Obwohl er sich unablässig fit hielt.

Auf einem Foto an der Pinnwand im Flur war er mit freiem Oberkörper zu sehen, schweißüberglänzt im Abendlicht. Die Aufnahme hätte auch für eine Coca-Cola-Reklame getaugt. Gestützt auf eine Schaufel von der englischen Sorte, mit lanzenförmigem Blatt, trank er Bier aus einer Flasche. Anscheinend war das Foto bei einer Verschnaufpause beim Graben aufgenommen worden. Stuart Callums Schultern ragten beeindruckend auf, selbst sein praller Bierbauch wirkte muskulös. Er war sicher Mitte vierzig, doch er machte den Eindruck, als habe er Kraft wie ein Achtzehnjähriger.

»Was haben Sie damals gebaut?« Es war Dolfs Handwerkerinteresse. Das Foto war hinter dem Haus geknipst worden, der Haufen Aushub sah eindrucksvoll aus, nicht wie das Ergebnis von Gartenarbeit.

»Nichts von Bedeutung. Terrasse, denk ich, keine Ahnung.«

Dem Anwesen war anzusehen, dass Stu über die Jahre Verbesserungen und Erweiterungen an den verschiedensten Stellen vorgenommen hatte. Ein Windfang, die Terrassenüberdachung, eine zusätzliche Gaube im Dach und Giebelfenster mit kleinen Balkonen an den Vorderseiten des Hauses unterschieden es deutlich von den Normgebäuden der Nachbarschaft.

»Ist damals die Füllung für Calvins Sandkasten übergeblieben?« Auf dem Foto im Abendlicht sah der Aushub aus wie der Sand, in den Calvin eben seinen überzähligen Schokoriegel versenkt hatte.

»Leider nein.« Stu grinste herablassend. »Den haben wir aus *Bolnuevo*. Hinter den Skulpturen ist eine Sandgrube, die kennen Sie sicher.«

Dolf kannte die windgekerbten Säulen am Parkplatz des kleinen Städtchens. Die Lavafelsen waren ein beliebtes Fotomotiv. Bei geschicktem Blickwinkel konnten sie es mit den Tafelbergen des Monument Valley oder anderer Nationalparks im Südwesten der USA aufnehmen. Zumindest für Leute wie Dolf, die diese Naturwunder nur von Fotos kannten.

Tatsächlich standen die Steinsäulen am Rande eines riesigen, staubigen Parkplatzes mitten im Ort, mit verdorrten Hügeln und Abhängen dahinter. Dort konnte gut eine Sandgrube sein, auch wenn Dolf sie nicht kannte.

»Stu digging our well« stand mit Glitzer-Edding schräg über eine Ecke der Karte gemalt. Vielleicht war sie als Weihnachts- oder Neujahrsgruß verschickt worden?

Dolf hob grüßend zwei gestreckte Finger an die Stirn und verabschiedete sich. »Ich halte Sie auf dem Laufenden. *See you.*«

»*See you.*«

Vor dem Haus warf Dolf seinen Schlitten an und ließ sich von der Klimaanlage Kühle zufächeln. Callums rechte Sprüche waren schwer zu ertragen. Der Bodybuilder gab keinen großen Denker ab. Dass er von sich selbst ablenken wollte und irgendetwas mit den Einbrüchen zu tun haben könnte, schloss Dolf aus. Sicherlich hatten die Callums nicht besonders viel Geld, Stuarts Rente und der Hungerlohn von der Supermarktkasse erlaubten ihnen wahrscheinlich keine großen Sprünge. Aber sie brauchten auch nicht viel. Bestimmt waren die Raten für die Hypothek ihre größte Belastung. Und das Grillgut für die allwöchentlichen Barbecues. Das brachte Esther wahrscheinlich zum Mitarbeiterrabatt aus dem Supermarkt mit.

Was Stu über die Ghanaer auf der anderen Talseite erzählt hatte, klang so eindeutig nach dumpfen Vorurteilen, dass es Dolf widerstrebte, Callums Theorie nachzugehen. Zwar wurde er dafür bezahlt, jede noch so unglaubwürdige Spur zu verfolgen, aber er musste auch Prioritäten setzen. Callum und die Ghanaer verschob er auf dieser mentalen Liste ganz nach unten.

Wenige Augenblicke später entfiel zumindest die Afrikaner-Theorie vollständig. Auf dem Weg zurück den Hügel hinauf überholte Dolf einen jungen Schwarzen in Arbeitskluft – in Sandalen, Jeans und weißem Hemd. Echte Arbeitskleidung akzeptierten die lustigen Witwen nur bei ausgewiesenen Handwerkern wie Dolf.

Er zog rechts heran, ließ die Scheibe der Beifahrertür herabsurren. »Kann ich Sie ein Stück mitnehmen?«

Der Mann zögerte.

»Und wenn's nur bis zum Rand der Siedlung ist. Sie sind auf dem Weg auf die andere Talseite, nicht wahr?« Dolf zeigte vage mit der Stirn auf die Siedlung der Ghanaer.

Der Mann nickte.

»Also steigen Sie schon ein.«

»Sie sind die neue Polizei?«

»Eher nicht. Dolf Tschirner. Sicherheit.«

»*Security*? Gut.«

»Und Sie?« Dolf ließ den Wagen im Standgas den Hang hinauftuckern. Er hatte es nicht eilig.

»Pools. Manchmal Rasen.«

»Hier unten?« Dolf konnte kaum glauben, dass sich auf der abgewandten Seite des Hügels Geld verdienen ließ.

»Auch vorne. Auch bei Mistress Whelby.« Das klang einigermaßen stolz.

»Ich dachte, das hat jetzt der neue Jamaikaner übernommen?«

»Ghaansha is'n guter Typ. Bleibt genug Arbeit für zwei.«

»Darf ich fragen, wie Sie heißen?«

»Obango da Silva, Eduardo Astrido.«

»Astrido?«

»Genau.«

»Ich bin Dolf.« Er streckte seine Hand hinüber.

»Ich weiß.« Der junge Mann machte keine Anstalten einzuschlagen. Dolf vermutete, das war eine afrikanische Besonderheit. Vielleicht reichten sie nicht gerne die Hand. Oder es gab schlechte Erfahrungen mit der Toleranzbereitschaft der lustigen Witwen.

»Astrido – ist das ein üblicher Name in Ghana?«

»Guinea. Das liegt ganz woanders. Am Äquator, Westafrika. Ist ungefähr so, als würde ich Sie als Südtiroler bezeichnen.«

»Tut mir leid. Sie wussten, dass ich Deutscher bin?«

»Hört man doch. Aus dem Norden?«

»Ursprünglich aus Hamburg-Harburg.« Der Mann war so was von auf dem Punkt. Dolf hatte ihn komplett unterschätzt. Er musste neu ansetzen.

»Sehr selten.«

Dolf hatte den Faden verloren. »Ach ja?«

»Nach einem norwegischen Kinderbuch.«

Es ging um den Vornamen des Guineers. Dolf war wieder im Bild. »Oder schwedisch? Astrid Lindgren?«

»Okay, tut mir leid.«

»Eins zu eins.«

»Wir Schwarzen spielen nicht alle Fußball, müssen Sie wissen.«

Dabei hatte Dolf das gar nicht gemeint. Ins Bockshorn jagen ließ er sich allerdings auch nicht. Sie waren fast am Rande der Siedlung angekommen. Er bog in den schmalen Feldweg ein, an dem sein Häuschen stand. »Arme Leute, dort drüben, bei euch im Dorf?«

»Sehr viele. Nicht alle.«

»Würden die klauen?«

Astrido schlug sich vor den Kopf. »Sie meinen, im Kral, in der Siedlung drüben am Berg?« Er lachte laut auf, entblößte eine Reihe blitzend weißer Zähne. Mit einer Lücke statt des linken oberen Eckzahns, die sich fast geschlossen hatte. »Ihr seid doch voller Vorurteile!«

»Kommen Sie auf einen Kaffee mit rein?« Dolf war in seine Einfahrt gefahren und ließ den Wagen im Leerlauf stehen. Astrido nahm sich die Zeit, ihm zu erklären, dass ihre Jobs von einer Sekunde auf die andere vorbei wären, wenn sie klauten. Klar tauschten sie sich über die Bewohnerinnen aus. Aber auf Diebstähle seien Astrido und seine Kollegen kein bisschen angewiesen. Sie kämen auch so gut zurecht. »Einsame weiße Frauen sind großzügig.« Er stieg aus und ging kopfschüttelnd davon.

Dolf sah ihm hinterher. Der junge Mann war durchtrainiert, hatte einen wiegenden, selbstbewussten Gang, eine deutlich artikulierte Schulterpartie und einen Knackarsch, der selbst in Billigjeans gut zur Geltung kam.

Einsame Frauen sind großzügig. Dolf konnte ein Lied davon singen. Astrido kannte den Refrain. Anscheinend drehte sich in der Siedlung der Engländer so gut wie alles um Sex.

11

Im frühen Morgenlicht warfen die Berge von Mazarrón diesige, gezackte Schatten weit über die Anwesen der Siedlung, die sich hinter Dolfs Hütte pastellfarben an den Hügel schmiegten. Sobald die Sonne höher stieg, zeigten sich Beton, Ziegel und Unterwasserfarbe in hartem Licht. Anfang April standen die meisten Pools noch leer, ihr leuchtendes Hellblau blitzte zwischen Hecken und Büschen hervor. Im Sommer würden, wenn überhaupt, nur die bewegten Reflexionen der Wasserflächen zu ahnen sein.

Dolfs Haus hatte keinen Pool. Er war seit fünf Uhr auf den Beinen, er hatte unruhig geschlafen. Endlich war es acht, endlich konnte er seinen Dienst antreten. Auch Pep saß bereits in seiner Loge, als Dolf den Streifenwagen startete. Seinen Gruß erwiderte er nur zögerlich, aber wenigstens grüßte er überhaupt zurück.

Das Haus des Siedlungsvorsitzenden war einfach zu finden. Es war das britischste Heim inmitten einer Siedlung voller Engländer. Die Nationalflagge hing schlaff im windstillen Morgen, es war nicht der Union Jack, sondern die englische Fahne: ein rotes Balkenkreuz auf weißer Fläche. *Little Britain* stand auf einem Holzschild über der Tür ebenso wie auf dem Henkelbecher eines rotnasigen Hartplastik-Trolls, der auf einer winzigen Gartenbank lümmelte und seinen Tee schlürfte.

Eine ganz ähnliche Bank in Originalgröße und frisch weiß gestrichen stand auf derselben Rasenfläche, nur näher am

Haus. Das Gras war raspelkurz geschoren und leuchtend grün, jeder Golfer hätte es als Green akzeptiert. Dolf erinnerte sich, dass Norman Drench auf Rasen kegelte. Wäre sein Vorgarten groß genug gewesen, man hätte auf der Fläche Kugeln schieben können.

Der Hausherr war dabei, einen Pavillon aufzubauen. Er tat sich schwer mit den plastikbeschichteten Blechstangen, deren ungleiche Winkelstücke nicht zusammenpassen wollten. Es war der zehnte April, elf Tage vor dem Geburtstag der Queen. Sicher war der Zeltbau Teil der Vorbereitungen für die Festivitäten, die Drench abzuhalten plante. Selbst wenn es niemals regnete in dieser Gegend und ein Pavillon die Hitze eher staute als abhielt – kein Engländer, der etwas auf sich hielt, würde unter freiem Himmel auf seine Königin anstoßen. Norman Drench bildete da keine Ausnahme.

Er schaute auf, als Dolf aus dem Wagen stieg. Das ungleichmäßige Grundgerüst, das der Postbote zusammengesteckt hatte, verdrehte sich unter seinen Händen und fiel auseinander. Drench fluchte.

Dolf ging auf ihn zu. »Soll ich das nicht für Sie erledigen?«

»Sie haben jetzt Wichtigeres zu tun, Churner.«

»Ich bin dran. Ich klappere die bewohnten Häuser ab und spreche mit den Besitzerinnen. Morgen oder übermorgen bin ich damit durch.«

»Gut. Das ist immerhin ein Anfang.«

Drench starrte unzufrieden auf das Stangengewirr zu seinen Füßen.

»*Maybe the end of the beginning.*« Vielleicht ließ sich ein britischer Patriot ja von einem klassischen Zitat aufmuntern, vermutete Dolf.

Drench stieg prompt darauf ein. »Dies ist nicht das Ende, noch nicht einmal der Anfang vom Ende, aber vielleicht das

Ende des Anfangs.« Er kannte seinen Churchill auswendig. »Hör ich da einen leichten irischen Akzent in Ihrem Englisch?«

Das mochte wohl sein. Dolfs Englisch stammte noch aus seiner Lehrzeit bei *Blohm & Voss*. Sein Abteilungsleiter, ein koreanischstämmiger Schiffsbauingenieur, sprach nur gebrochen Deutsch. Der hatte seine Ausbildung bei *Harland & Wolf* in Belfast absolviert. Für seine Gesellenprüfung, die zum Teil von Kyu-»*not the shipyard's fault*«-Sung-Il abgenommen wurde, hatte Dolf gebüffelt wie nie zuvor und auch seither nicht mehr in seinem Leben, neben Werkstoffkunde, Materialkalkulation und dem gesamten Lernstoff für Werkzeugmacher noch zusätzlich Englisch.

Harland & Wolf hatten die *Titanic* gebaut, wie nicht nur der Lehrling Dolf, sondern absolut jeder in der Branche wusste. Auf die Arbeit seiner ehemaligen Werft ließ Sung-Il allerdings nichts kommen. Selbst im Vollsuff – als Koreaner vertrug er nicht besonders viel – konnte er mühe- und lückenlos herleiten, dass der Untergang des Ozeanriesen auf menschliches Versagen, auf die Selbstüberschätzung des Kapitäns und des Schiffsarchitekten zurückzuführen war, aber keineswegs auf die Ausführung des Rumpfes. Die Werft traf keine Schuld, darauf beharrte er. »*It wasn't the shipyard's fault!*«

Aus dieser Zeit jedenfalls hatte Dolf sein Englisch. Lynn Whelby fand seinen irischen Akzent vulgär, Dublin-Cockney nannte sie es abfällig, weil es die Sprache der Schweißer und Nieter, der selbstbewussten Arbeiter war. Dolf selbst war noch nie in Irland gewesen.

»Müssen Sie nicht weiter?« Drench stieß die Stangen seiner Zeltruine mit den Schuhspitzen an. Sie fielen noch flacher zusammen.

»Ihr Rasen ist ein absolutes Wunder, Norman. Sicher brauchen Sie eine Menge Dünger?«

»Nicht mehr als üblich. Nur die Wasserrechnung bringt mich um.«

»Könnten Sie nicht das Grundwasser anzapfen?« Dolf kannte einfache Handbrunnen aus seiner Jugend. Jede Schrebergartensiedlung hatte Dutzende davon. Ein Rohr wurde wenige Meter tief in die Erde getrieben, eine Saugpumpe mit Handhebel darauf festgeflanscht, dann musste nur noch durch Ein- und Abpumpen ein Hohlraum am unteren Rohrende ausgespült werden. Es war nicht mehr als die Arbeit eines Vormittags.

»Auf einem Hügel? Nicht wirklich sinnvoll.« Drench verzog geringschätzig den Mund. Dabei pflügte er seine Zeltstangen mit dem Schuh auseinander.

»Aber wozu sollte dann jemand hier in der Siedlung einen Brunnen graben?«

»Super Idee!« Das klang ironisch und von oben herab. Eben noch hatte Drench mit hochgezogenen Achseln seinen missratenen Zeltaufbau betrachtet und ausgesehen wie ein trotziger kleiner Junge. Jetzt drehte er sich kopfschüttelnd zu Dolf um. »Wie kommen Sie bloß auf so was?«

»Nur so ein Gedanke.« Dolf wunderte sich, verscheuchte aber seine Zweifel. Wahrscheinlich hatte er sich vertan. Oder falsch gelesen. *Stu, digging our well*. Sein Englisch war in Ordnung, mit Drench konnte er sich mühelos auch über komplexere Themen verständigen. Aber wahrscheinlich fehlten ihm die Feinheiten der Wortbedeutungen. Was war der Unterschied zwischen *well* und *spring* und *fountain*? Vielleicht konnte *well* auch einen elektrischen Springbrunnen meinen oder etwas in der Art. Obwohl Dolf im Garten der Callums nichts dergleichen bemerkt hatte. Er musste sich getäuscht haben.

12

Dolf hatte alle drei Betroffenen der Einbrüche befragt, so gründlich er konnte. Zwei alleinstehende Damen und ein ältliches Ehepaar aus Dänemark hatten mehr oder weniger dasselbe zu berichten: Sie alle schliefen tief und fest und bemerkten die Diebstähle erst am nächsten Morgen. Obwohl nicht nur Küchen und Wohnräume, sondern auch die Schlafzimmer, sogar die Nachtschränkchen allem Anschein nach rücksichtslos durchwühlt worden waren. Weggekommen war ausschließlich Bargeld – in einem Fall Gold in kleinen Barren – und Devisen. Dinge, die sich rasch und ohne Spuren zu Geld machen ließen. Nach Dolfs Notizen waren zwei der Einbrüche vermutlich an einem späten Freitagabend passiert. Also würde Dolf in der Nacht zum Samstag Streife fahren, nahm er sich vor.

Obwohl die Diebstähle allesamt auf der besseren Seite des Hügels stattgefunden hatten, ließ er seinen auffälligen Schlitten gewissenhaft auch durch die Straßen auf der meerabgewandten Seite rollen. Und er hielt in unregelmäßigen Zeitabständen an Weggabelungen und Kreuzungen, von denen aus er die Straßen im Blick hatte. Seine Ausbeute war kläglich. Ein dürrer Fuchs und zwei Kröten. Wie die Kröten in der trockenen Hitze überleben konnten, war Dolf schleierhaft, aber manche der Anwohner ließen ihre Grundstücke das ganze Jahr über von Gärtnern betreuen; deren Bewässerungsanlagen liefen vollautomatisch.

Er hatte den Streifenwagen am Eingang zur Siedlung in

einer Seitenstraße geparkt und abgedunkelt, als er durch die herabgelassene Scheibe Gelächter hörte. Eine Gruppe Jugendlicher kam lärmend auf ihn zu. Vier cool und angeheitert grölende Jungs und drei unbedarft wirkende Mädchen, zwei von ihnen mit großen schwarzrandigen Nerd-Brillen.

Dolf stieg aus dem Wagen. Die Innenbeleuchtung sprang an.

»*My, the bellhop's still on duty!*« Der am höchsten aufgeschossene der Jungen schien der Wortführer zu sein. Er trug seine Basecap mit dem Schild im Nacken. »*How's life?*«

Sie wichen dem Wagen aus und passierten ihn auf der Mitte der schmalen Straße.

Dolf winkte einen schmächtigeren der Jungen zu sich. »Garret, auf ein Wort, wenn Sie erlauben.«

Garret war angetrunken, er schwankte sacht, aber er kümmerte sich nicht um den Eindruck, den er vermittelte. »Wir sind auf'm Heimweg. Müss'n morgen wieder früh raus.«

Offiziell bereiteten sich die Jugendlichen auf eine Prüfung vor, Dolf hatte vergessen, ob es um den Schulabschluss oder ein Vordiplom an der Uni ging. Offiziell nutzten sie den Bungalow von Garrets Eltern zur Examensvorbereitung. Tatsächlich war es ein Saufurlaub. Garret und seine Gang hausten in einem der Luxusbungalows in Lynn Whelbys *Avenida B*, nur ein paar Einfahrten weiter. Dolf hatte sie an einem Nachmittag der vorangegangenen Woche aus ihrem Koma-Schlaf geweckt und über die Einbruchsserie informiert.

»Haben Sie oder Ihre Freunde irgendetwas bemerkt? Sind Sie unterwegs jemandem begegnet?«

»Niemals, wie auch?« Der Großgewachsene hatte wieder das Reden übernommen. »Wir fahren zum Strand, machen Party, um uns vom Pauken zu erholen, fahren dann wieder zurück.«

»Heute haben wir nur eine kleine Runde um den Block gedreht«, schob Garret erklärend nach.

Denn Auto hatten sie keins dabei. Es war sinnlos, die jungen Leute nach ihrem Auskommen zu fragen, Geld hatten die genug. In der Unordnung ihres Bungalows hatte Dolf Kreditkarten in Schwarz, in Platin, selbst eine Ausführung aus Edelstahl herumliegen sehen.

»War's das, *Officer*?«

»Danke, ja. Gute Nacht.«

»*Nighty-night!*« Eins der Mädchen konnte sogar sprechen, wenn auch mit piepsiger, verwaschener Stimme. Sie alle hatten anscheinend mehr getrunken, als gut für sie war. Aber es gehörte nicht zu Dolfs Aufgaben, den Aufpasser für ein paar Kids zu geben, die sich bemühten, ernsthaft über die Stränge zu schlagen. Er stieg in den Wagen und fuhr ein paar Ecken weiter.

Es war nach halb zwei. Kein Mond beleuchtete das Tal. Es lag so unkonturiert und verschwommen, dass Dolf noch nicht einmal hätte sagen können, ob der Himmel verhangen war. Über ihm erstreckte sich unergründliche Schwärze. Jemand musste die Sterne verräumt haben. Oder da klebte dunkle Folie an der Oberkante der Windschutzscheibe.

Dolf schrak auf, als es ans Seitenfenster klopfte.

»Hier, Tee. Ist auch was Rum drin. Mögen Sie?«

AnnFrida Beringsen stand gebeugt neben seinem Wagen und linste durch dicke Brillengläser und den Schlitz über der Seitenscheibe. Der Tee auf dem Tablett in ihrer Hand duftete köstlich.

»Oder wollen Sie reinkommen? Schlafen kann ich eh nicht.«

Dolf lehnte das elegant und tief aussehende Sofa ab und stellte sich an die Frühstücksbar. Er hatte genug gesessen für diese Nacht. AnnFridas Haus war eingerichtet wie aus einem Möbelkatalog zu Anfang der siebziger Jahre. Damals hatte die Siedlung noch gar nicht existiert, wie Dolf wusste. Die Möbel hatte AnnFrida mitgebracht, Dolf hatte ihr beim Einzug geholfen. Die Frühstücksbar aus Buche, die um eine Ecke ging und Platz für drei geschwungene Chromstahl-Hocker mit Fußstützen und beigen Sitzschalen bot, war für diesen Raum gefertigt worden. Dolf schlürfte an seinem Grog.

»Sind Sie auch immer hübsch vorsichtig, Ann? Und schließen alles ab?« Dolf wusste, dass im Haus einiges zu holen war, selbst ein Unbeteiligter konnte das aus dem Design und der Qualität der Einrichtung schließen. Ann war begütert, sie entstammte einer Familie schwedischer Industrieller. Nicht gerade Dynamit-Nobel, aber alteingesessener als Ikea. Dolf musste schmunzeln.

»Sie sind mir vielleicht einer!«

Dolf begriff nicht. Hatte er etwa laut gedacht? »Wieso?«

»Wissen Sie, was Lynn mir erzählt hat?« Die alte Schwedin zwinkerte schelmisch und prustete heiser. »Ich wollt's ja nicht glauben.«

Aber es stimmte. Dolf erfuhr, dass Lynn Whelby ihre alte Nachbarin über jede Einzelheit ihrer Interaktionen mit Dolf in Kenntnis gesetzt hatte, inklusive aller schmutzigen Details. Er selbst erinnerte sich nicht so gerne daran.

Das lag über ein Jahr zurück. Lynn hatte ihn damals eingekauft, für einen Tausender, für einen Tag und eine Nacht. Dolf als kleiner Handwerker konnte das Geld gut gebrauchen, wie sie zu recht vermutete. Zunächst hatte er abgelehnt, und sie hatte das ungerührt akzeptiert.

Eine Woche später war er auf ihr Angebot zurückgekommen. Sie akzeptierte auch das ebenso unbeteiligt, sie wirkte nicht überrascht, erfreut schon gar nicht. Den Tag über sollte er ihren Spülkasten reparieren und den Verstärker ihres Satelliten-Empfängers auf dem Dach austauschen.

Alles klappte, aber nichts war Lynn gut genug. Sie hatte schlechte Laune und ließ sie an Dolf aus.

Abends sollte er dennoch Männchen machen. Sie wedelte sogar mit den zwei Fünfhundertern vor seiner Nase herum wie ein Freier im Striptease-Lokal.

Dolf nahm einen Job ernst, wenn er lukrativ war, das verlangte seine Handwerkerehre. Er gab sich Mühe. Sie ließ ihn ackern. Lynns Körper war attraktiv hergerichtet und duftete nach schwerem Parfüm an den richtigen Stellen. Für Dolf war es nicht unangenehmer, als sich zu rasieren. Und das Geld konnte er wirklich gut gebrauchen. Dafür ließ er die genervten Anweisungen seiner Kundin klaglos über sich ergehen.

»Das war nicht nett, das hat sie selbst zugegeben. Aber Sie haben's ihr gezeigt, Dolf, sie war voll der Bewunderung. Hätte die Ihnen nicht zugetraut, was?« Anns Augen blinzelten listig und amüsiert, von der Brille noch vergrößert. Dolf vergaß für einen Moment, dass die schrumpelige alte Schwedin nicht dabei gewesen war und alle Einzelheiten nur aus Berichten von Lynn Whelby kennen konnte. Als ihm das einfiel, schauderte es ihn bei der Vorstellung, wie die Baroness sich daran weidete, alle miesen Einzelheiten ans Licht zu bringen, und wie AnnFrida – oder noch andere Siedlungsbewohnerinnen? – jedes Detail begierig aufsogen wie trockene Schwämme.

»Sie haben es ihr besorgt, für einen mickrigen Tausender?« Die tüttelige Alte wollte sich totlachen darüber, ihr hagerer Brustkorb bebte vor Vergnügen.

»Ghaansha erledigt das jetzt.« Dolf bemühte sich um einen neutralen Ton.

»Schon klar. Köstlich!« AnnFrida kriegte sich gar nicht mehr ein vor Lachen.

Dolf hätte gerne das Thema gewechselt. Bloß wie? AnnFrida mochte so vertrocknet und zerstreut tun, wie sie wollte, im Kopf war sie glasklar. Eine Beute erschnupperte sie auf Meilen gegen den Wind. Das hatte sie ihm selbst erzählt. Auf Großwildjagd, zusammen mit ihrem Mann, waren sie früher auf Elche und Rotwild in dessen Wäldern in Samiland gegangen. Und dabei hatte AnnFrida stets erlegt, was ihr vor die Kimme kam. Dolf bezweifelte es keine Sekunde.

Äußerlich gelassen wartete er ab, bis sich die Jägerin wieder beruhigt hatte. Endlich kam AnnFridas Atem mit einem tiefen Seufzer zur Ruhe.

Auch Dolf atmete auf.

»Für mich würden Sie es doch sicher günstiger machen, nicht?« Mit einem unmissverständlich verschmitzten Zwinkern, hinter den Brillengläsern noch überdeutlich vergrößert.

Dolf schluckte, er musste erschrocken die Augen aufgerissen haben. Die gute AnnFrida war sicher weit über achtzig, ihre Finger bogen sich verkrümmt und steif, die Haut ihrer Oberarmen wellte sich wie zu lange gebadet, Fältchen kräuselten sich um ihren Hals wie Dünung auf windstiller See. Dolf konnte sich beim besten Willen nicht vorstellen, dass AnnFrida körperliche Bedürfnisse hatte. Jedenfalls nicht die Art von Bedürfnissen, für die Lynn ihn damals bezahlt hatte.

»Jetzt schauen Sie doch nicht so entgeistert drein, Dolf! Ich mach nur kleine Witzchen!« AnnFrida Beringsen kicherte trocken in sich hinein und tätschelte Dolf beruhigend den Unterarm. War ihm seine Erleichterung anzusehen? Er hoffte nicht.

»Wie wär's mit *zwei*tausend?«

13

Am nächsten Vormittag stand Dolf auf der Fußmatte vor Lynn Whelbys Anwesen. Lynn hatte ihn auf dem Pager erwischt. Er musste zu ihr, das gehörte zu seinem Job. Er trat sich sorgfältig die Füße ab, obwohl sie nicht schmutzig waren. Er wollte Zeit gewinnen, bevor er die Klingel drückte.

Dabei kam niemand. Dolf wunderte sich, er klingelte noch einmal. Endlich ging die Tür auf. Lynn schien einen halben Meter gewachsen und dunkelhäutig geworden zu sein. Außerdem hatte sie ein ganzes Bündel schwarzglänzender langer Lockenzöpfe.

»Ha-ey! Ich bin Ga-anscha. Lynn ist sofort da. Komm rein, Bruder.«

Der Typ war Dolf auf Anhieb unsympathisch. Sein schleppender Singsang passte wie aufs i-Tüpfelchen zu seinem relaxten Outfit: langes Hemd, das ihm aus der Schlafanzughose hing, Sandalenschlappen, die nur von einem schmalen Riemen um den großen Zeh gehalten wurden. Silberne Ringe an drei anderen Zehen. Der Rastaman breitete seinen Arm über dem Eingangsbereich aus – den Dolf kaum ein Jahr zuvor eigenhändig erweitert hatte –, als ob ihm das Anwesen gehörte.

»Ich bin Dolf Tschirner.«

»Der Security-Man, ich weiß.«

Ghaansha ging voraus, in seinem wiegenden Schlurfschritt, der mit jedem Sandalenklatschen überdeutlich zeigte, wie selbstbewusst cool und überlegen sich der Jamaikaner fühlte.

Dolf schüttelte innerlich den Kopf. Aber wenn dieser neue Lover Lynn entspannte, sie umgänglicher oder auch nur gelassener machte, dann war ihnen vielleicht allen gedient.

Die Baroness kam aus dem Badezimmer gestürmt. »Dolf! Wie schön, dass Sie es so rasch einrichten konnten!«

Sie war die Liebenswürdigkeit in Person. Dolf schwante nichts Gutes, und er wappnete sich.

»Kommen Sie hier herein! Ghaansha hat im Garten zu tun.«

Der Jamaikaner verabschiedete sich mit einem Nicken und einem lässigen Winken und ging durch die Terrassentür hinaus.

Lynn Whelby dirigierte Dolf gutgelaunt in ihren ausgedehnten Wohnraum. Beschwingt ging sie voran. Ihr neuer Loverboy schien ihr wirklich gutzutun; sie war vollständig angezogen. Das war die gute Nachricht. Die schlechte war, dass sie einen ausgearbeiteten Plan für Dolf hatte. Sie wies ihm einen Platz am gedeckten Tisch und setzte sich dazu.

»Ich hab vor, Ihnen ein Angebot zu machen, das niemand ablehnen kann, Dolf. Nicht einmal ein Sturkopf wie Sie.« Dabei lächelte sie falsch und freundlich zugleich.

Irgendwoher kam Dolf der Satz mit dem Angebot bekannt vor, er kam aber gerade nicht drauf. Lynn schob sich den Rest des Knäckebrots in den Mund, der auf ihrem Teller zurückgeblieben war. Er schien sie beim Frühstück gestört zu haben. Es war Viertel nach elf. »Kaffee?«

Keines der Dienstmädchen war zu sehen. Dolf konnte sich nicht vorstellen, dass Lynn in der Lage wäre, die Espressomaschine eigenhändig zu bedienen.

»Sehr gern.«

Aber sie konnte es. Sie fuhrwerkte an den Drehknöpfen herum, als hätte sie nie etwas anderes gemacht. »Ich möchte, dass Sie mir eine große Freude machen.«

Schon wieder? Dolf war eher abgeneigt. »Ich weiß nicht recht …« Sich eine derart einflussreiche Siedlungsbewohnerin zur Feindin zu machen konnte er sich allerdings auch nicht erlauben.

»Nicht, was Sie denken. Jedenfalls nicht in erster Linie.« Lynn winkte beruhigend ab. »Vergessen Sie das. Obwohl ich uns beide in guter Erinnerung hab, Dolf.«

Widerwillig spürte er, dass ihn der Gedanke trotz allem erregte. Er riss sich zusammen und atmete tief durch. »Worum geht's denn?«

»Das wissen Sie schon. Und ich sag es Ihnen offen: Ich brauche Sie.«

»Aha.«

Dann schilderte sie ihm in den leuchtendsten Farben, was sie von ihm wollte. Es ging um eine Hochzeitsparty auf einem Schiff, einer Megayacht. Party war so ungefähr die Untertreibung des Jahrhunderts. Es würde zwei Bands geben, dazu den Kurzauftritt von Sting, »*the singer, you know*«, nur mit Cellistin, Piano und Percussions. Das Schiff war noch gar nicht fertig, es wurde aufwendig umgebaut. Aber die Party sollte auch erst zwei Monate später stattfinden.

Die Schiffsrenovierung hätte Dolf interessiert. Aber wenn er jetzt nachfragte, hatte Lynn ihn am Wickel. Er musste unbeteiligt tun. »Groß? Teuer?«

Was der Schiffsumbau am Ende kosten würde, konnte Lynn nicht sagen, wahrscheinlich wusste die Werft es selbst noch nicht, aber alleine die neue Ausstattung durch eine Setdesignerin aus Hollywood war auf eine Viertelmillion kalkuliert. Sie würden vor dem Naturschutzgebiet in *Calblanque* ankern, nur mit dem Boot oder von anderen Yachten aus erreichbar.

»Wie kommen Sie hin?«

»Zusammen mit Ihnen, Dolf. Wir werden unten am Strand von Bolnuevo abgeholt.«

Dolf nickte nachdenklich. »Okay.« Das hieß nur, dass er verstanden hatte, nicht, dass er zusagte.

»Mit dem Heli. Sind nur ein paar Minuten.« Lynn gab nicht so schnell auf.

Die Einladung zur Hochzeit ihres Exmannes war ein Termin, den die Baroness um nichts in der Welt versäumen würde. Und noch viel weniger würde sie dort ohne standesgemäße Begleitung erscheinen.

»Haben Sie nicht den lothringischen Baron?« Dolf meinte sich zu erinnern, dass Lynn Whelby einst mit einem adligen Banker aus Frankreich liiert gewesen war.

»Alt und tattrig, macht nichts her, spricht zu schlecht Englisch. Sie mit Ihrem süßen Belfast-Akzent sind genau der richtige Mann dafür.«

Es musste ihr wirklich dringend sein, wenn sie sich derart ins Zeug legte. Das Wort *süß* hatte sie noch nie in einen Satz gepackt, der etwas mit ihm zu tun hatte, in keinem Zusammenhang. Nicht einmal, als sie ihm Zucker für seinen Espresso reichte. Den sie übrigens einwandfrei hinbekommen hatte.

»Sehr schmeichelhaft, Lynn, aber …«

»Hören Sie wenigstens zu Ende an, was ich Ihnen vorzuschlagen habe, mein Lieber.«

Also hörte Dolf zu. Die Braut ihres Ex war eine junge Kunsthistorikerin aus Südamerika, selbstverständlich klug, selbstverständlich wunderhübsch. Es gab nur exakt eintausend geladene Gäste, und Lynn war sich sicher, dass einige ihrer besten Freundinnen aus London oder Houston ihren rechten Arm dafür gäben, auf dieser Liste zu stehen.

Bis hierhin hatte es bis auf den Schiffsumbau noch nichts an Lynns Schilderung gegeben, was Dolf reizen konnte. Sie schien es zu bemerken, dann sie verzog das Gesicht. »Sie sind ein Snob, Dolf. So kenne ich Sie gar nicht. Aber es gefällt mir. Was muss ich tun?«

Er hob nur die Achseln und die offenen Arme. Er kam sich vor wie begehrte Ware auf dem Viehmarkt. Kostbare Rennpferde oder letzte Exemplare aussterbender Arten mussten sich so fühlen. Nashörner ohne Horn, Haie ohne Flossen. Die Realität hatte ihn wieder.

»Die übliche Summe? Diesmal ohne Zusatzdienste?«

»Ich hab ein besseres Angebot.«

Lynn zögerte keinen Wimpernschlag, sie schluckte noch nicht einmal. »Ich verdoppele.«

Damit waren sie im Geschäft. Sie nannte ihm den Termin und die Randbedingungen: Abholung am Strand von Bolnuevo, Rückkehr am nächsten Morgen auf demselben Weg. »Tanzen Sie?«

Dolf nickte unschlüssig.

»Besser Sie tanzen. Üben Sie ein wenig. Tun Sie mir die Liebe.«

Dolf nickte.

Dann waren da noch zwei Dinge. Er brauchte einen Smoking. Und mit seiner knarrenden Prothese konnte Lynn nichts mit ihm anfangen. »Das Ding geht gar nicht.«

Dolf winkte ungerührt ab. Wenn diese Verabredung nicht zustande kommen sollte, war es ihm nur recht. »Tut mir leid.«

»Nicht doch. Ich hab Ihnen zwei Termine gemacht, Dolf. Weil ich insgeheim wusste, dass ich Sie rumkriegen würde.« Sie küsste ihn auf die Wange. »Danke. Die sind morgen Nachmittag. Norman weiß Bescheid.«

Sie hatte wirklich an alles gedacht. Denn die Termine waren bei einem Maßschneider und einem Spezialisten für Sportprothesen vereinbart. Beide residierten in Valencia, drei Bahnstunden die Küste hoch. Selbst die Tickets hatte Lynn bereits gebucht und am Bahnhof für ihn deponieren lassen.

14

Dolfs Zug fuhr erst spät am Abend wieder in Cartagena ein. Nach *Campo Cálido* ging kein Bus mehr. Dolf nahm ein Taxi, das war mit Lynn so abgesprochen. Am Portiersbungalow passte Norman Drench ihn ab und hieß ihn aussteigen. Der Siedlungsvorsitzende schien ungeduldig auf Dolf gewartet zu haben. Erneut hatte es einen Einbruch gegeben.

Drench höchstpersönlich hatte ein offenstehendes Fenster bemerkt, die Bewohnerin des Ferienhauses aber nicht wecken können. »Dorothy schläft wie betäubt. Irgendwas stimmt da nicht.«

Sie fuhren sofort zusammen hin. Ins Haus ließ Drench ihn aber alleine gehen. Er wollte nicht beteiligt sein, gab er an.

Dolf schlich, so vorsichtig er konnte, durchs Haus. Ein schwacher Geruch nach verbrannten Mandeln hing in der Luft. Vielleicht hatte Mrs Meyers gebacken.

In der Küche war von Spuren eines Kuchens oder Keksen nichts zu sehen, der Ofen stand kühl und blitzblank. Schubladen ragten aufgezogen und zerwühlt aus den Schränken. Im Schlafzimmer der Bewohnerin sah es nicht besser aus, sämtliche Schubladen ihres Nachtschranks waren herausgezogen und ausgeschüttet. Mrs Meyers selbst schlief tief und fest. Ihre Atemzüge gingen unüberhörbar und regelmäßig. Dolf überlegte, ob er einen Arzt holen sollte, verwarf jedoch den Gedanken. Das konnte Drench erledigen, wenn er es für nötig erachtete.

Drench wartete in seinem Wagen und kutschierte Dolf zurück zum Portiersbungalow. Es war eine Sache weniger Minuten. Von einem Arzt für Dorothy Meyers wollte er nichts wissen, solange sie schlief und ihr anscheinend gesundheitlich nichts fehlte.

Der Taxifahrer hatte inzwischen mit Lynn abgerechnet. Als der Wagen aus der Siedlung hinausfuhr, notierte sich Pep gewissenhaft Zulassungsnummer und Uhrzeit.

Das brachte Dolf auf eine Idee. Dorothy Meyers' Haus lag an der Avenida A, der zentralen Straße der Siedlung. Gut möglich, dass ein zufälliger Passant, wie auch Drench einer gewesen war, etwas bemerkt haben konnte. Dolf ließ sich Peps Liste geben. Bis auf das Taxi war sie leer.

»Heißt das, dass den ganzen Abend kein Mensch in die oder aus der Siedlung gefahren ist?« Das konnte Dolf sich beim besten Willen nicht vorstellen. Dann waren Peps Dienste noch viel langweiliger – und unnützer –, als er gedacht hatte.

»Das kann man so wirklich nicht sagen.« Pep gähnte.

»Heißt was?«

»Unsere Bewohner schreib ich nicht auf. Das ist mit dem Vorstand so abgesprochen, müssen Sie wissen.«

Dolf sah zu Drench hinüber. Der nickte entschlossen. »Wir wollen hier schließlich keine Überwachung haben.«

»Also gibt es keine Möglichkeit, herauszufinden, wer im Lauf der Nacht die Hauptstraße benutzt hat?«

Drench zog zustimmend die Achseln hoch.

»Sicher gibt es die.« Pep tippte sich an den Kopf. »Alles hier drin.«

Doch es hatte nur eine einzige Ausfahrt gegeben. »Der Judd-Junge ist mit seinen Freunden rausgefahren, wahrscheinlich zum Strand wie fast jeden Abend.«

Er war noch nicht zurückgekommen.

Dolf wollte sich den Bungalow von Garret Judds Eltern ansehen. Norman Drench kam nicht mit. Aus den Privatangelegenheiten der Bewohner hielt er sich heraus, so gut er konnte. Oder er wollte sich nicht die Finger schmutzig machen, vermutete Dolf.

»Gute Arbeit, Pep! Bis morgen.« Dolf zog die Tür hinter sich zu.

Im Bungalow der Judds hielten sich nur die drei Mädchen auf. Die ohne Brille öffnete Dolf. »Was ist denn passiert?«

Dolf beruhigte sie, er wolle den Jungs nur ein paar Fragen stellen.

Das Mädchen hieß Samantha und sah reifer und kräftiger geschminkt aus als die beiden anderen, wenn Dolf sich recht erinnerte. Sie ließ ihn hinein, setzte sich wieder auf ihren Platz und schlug die Beine unter, ohne Dolf einen Stuhl anzubieten. Die drei saßen vor dem Fernseher, tranken Bier aus Flaschen und sahen sich *Britain's got talent* an. Es musste eine Wiederholung sein, denn inzwischen war es weit nach Mitternacht. Wo ihre Mitbewohner blieben, konnten sie nicht sagen, »Ich bin doch nicht der Aufpasser für meinen Bruder!«

»Welcher der Jungs ist denn Ihr Bruder, Miss?« Dolf stand noch immer unschlüssig mitten im Raum.

»Ist nur so eine Redensart. Sie kommen sicher jeden Augenblick.«

Dolf wartete vor der Villa. Es dauerte nicht allzu lange, bis sich Fahrzeuggeräusche näherten. Garret und seine Freunde fuhren sportlich vor, stiegen geräuschvoll in die Bremsen, knallten die Türen zu und schlenderten unbefangen lachend auf den Eingang zu. Einer hatte einen mittelgroßen Rucksack dabei.

»N'Abend.« Dolf stand im Halbschatten, aber keiner der Jungs erschrak. Der Hochgewachsene witzelte. »Später Besuch, darauf sind wir gar nicht eingerichtet.«

»Was liegt an, *Officer*?« Garret übernahm.

»Ich würde Ihnen und Ihren Freunden gerne ein paar Fragen stellen. Es hat wieder einen Einbruch gegeben, diesmal direkt an der Hauptstraße. Vielleicht ist Ihnen etwas aufgefallen? Sie müssen praktisch am Haus vorbeigefahren sein.«

»Wir sind unten am Berg herum, über die Talseite.« Der Hochgewachsene rückte als Erster damit heraus. Er war der schnellste, aber wohl nicht der schlaueste der Gruppe. Denn Dolf hatte noch gar nicht beschrieben, von welchem Haus die Rede war. Wenn sie wirklich zuerst den Hügel hinab und dann zur Ausfahrt gefahren wären, hätten sie einen ziemlichen Umweg genommen. Das wollte Dolf nicht einleuchten.

»Was ist überhaupt passiert?« Garret schien besser im Lügen, er hatte die Regeln intus: Erst allgemeine Fragen stellen, bevor man sich vorschnell in die Tinte reitet.

»Ein Einbruch, wie gesagt. Meinen Sie, ich kann kurz in Ihre Tasche sehen?«

»Ganz sicher nicht, *Officer*.« Der Hochgewachsene entriss seinem Kumpel den Rucksack, klemmte ihn sich unter einen Arm und streckte Dolf abwehrend die andere Hand entgegen. »Wir sind Jurastudenten, wir kennen unsere Rechte!«

Viel eher war das Bürschchen der Sohn eines Anwalts und hatte mit seinen Rechten Erfahrung aus eigener Anschauung, vermutete Dolf. Er straffte sich. Wenn die Jugendlichen Ärger wollten, den konnte er ihnen gerne bieten. »Dann rufe ich jetzt die Polizei.«

»Tun Sie, was Sie für richtig halten.«

»Ich geb nur kurz Drench Bescheid.« Garret hatte bereits sein Handy am Ohr.

»Norman ist im Bild. Er hat mich hierher geschickt.«

Garret ließ das Handy wieder sinken.

»Würden Sie mich kurz zum Pförtnerhaus begleiten?«

»Wozu? Sie haben noch nicht mal das Recht, unsere Personalien zu überprüfen.«

»Tun Sie's einfach. Kommen Sie bitte mit.« Er konnte sie nicht zwingen. Aber das wussten sie nicht. So weit war es anscheinend nicht her mit ihren Jurakenntnissen.

Es bedeutete nur ein paar Minuten Fußweg. Dolf knipste das Licht an und führte die Jungs in die Garage, sie ließen sich folgsam in den lichten Raum leiten. »Ich hole rasch Norman her. In ein paar Minuten bin ich wieder da. Danke für Ihre Kooperation.«

»*Right, Mister Bellhop*.« Die Jungs sahen sich achselzuckend an. Was konnte ihnen der kleine Wachmann schon anhaben, schien das zu heißen.

Dolf ließ sie stehen und ging hinaus. Die stabile Stahltür zum Flur ließ sich absperren. Vorerst zog Dolf nur geräuschlos einen Stuhl heran und klemmte ihn unter die Klinke.

Das Tor der Doppelgarage stand weit offen. Aber auch im geschlossen Zustand ließ es sich von innen öffnen, es schwang dann hinaus und nach oben. Dolf schob es zu, rangierte seinen Streifenwagen davor, bis die Stoßstange anstieß und blockierte damit das Schwenktor, noch bevor die Jungs richtig gemerkt hatten, was er vorhatte. Jetzt musste er noch rasch die Stahltür absperren, dann hatte er Zeit, die Polizei zu informieren.

Das Revier in Mazarrón lag kaum fünfzehn Autominuten entfernt. Die Polizisten waren schon nach weniger als einer Dreiviertelstunde da. Zum Glück hatten sie kein Blaulicht eingeschaltet, Dolf wollte Aufsehen vermeiden so gut es ging.

Er fuhr den Wagen weg und öffnete die Garage. Die vier

Jungs kauerten in einer Ecke und ließen eine selbstgedrehte Zigarette herumgehen. Wahrscheinlich waren sie schon zuvor bekifft gewesen. Sie wirkten gelassen und unbeteiligt.

Die Polizisten taten, als bemerkten sie den würzigen Duft des Marihuanas nicht. Es waren erfahrene Beamte. Sie konnten genau unterscheiden, welche Delikte sich zu verfolgen lohnten. Und welche nicht.

Aber sie untersuchten den Rucksack, den der Hochgewachsene so vehement verteidigt hatte. Sie fanden vier handelsübliche Gasmasken.

»Wir waren Paintball spielen, das ist schließlich nicht verboten.«

Der jüngere der Polizisten nickte verständnisvoll. Trotzdem fischte er weiter in den Tiefen des Rucksacks. Er förderte eine Spraydose und anderthalb Meter feinen Plastikschlauch zutage. Der war dünn und zugleich steif genug, dass er sich ins Schlüsselloch eines Bartschlosses oder unter einer Tür hindurchschieben ließ.

Jetzt nickte der erfahrene der beiden Polizisten kundig. Er griff sich die Spraydose. Sie trug kein Etikett. Vorsichtig sprayte er ein kleines Wölkchen in die Luft und schnüffelte daran. »Carfentanyl. Für schnelle, tiefe Träume.«

Es war der Geruch nach verbrannten Mandeln. Deshalb also hatten weder Dorothy Meyers noch die anderen Anwohnerinnen die Einbrüche bemerkt.

»Besitz verbotener Betäubungsmittel. Verdacht auf Einbruch. Flucht- und Verdunklungsgefahr bei ausländischen Staatsangehörigen.« Der ältere Polizist diktierte es seinem Kollegen wie für den Notizblock. In Dolfs Ohren klang es gut. Er übersetzte, so gut er konnte. Und dass die Jugendlichen zur Vernehmung auf die Wache gebracht und ein Dolmetscher angefordert würde.

Der Hochgewachsene fluchte derb, Garret Judd hob nur ungerührt die Achseln. Sie setzten sich wieder auf den Boden.

Die Polizisten forderten Verstärkung an, ihr Wagen war zu klein für sechs Personen. Sie mussten warten. Aber Dolf ging nicht weg, bis die Jungs abtransportiert waren. Es würde sich alles als halb so wild herausstellen, beruhigte er Garret und seine Freunde, die nicht einmal besonders besorgt wirkten, nur müde und genervt. Es war inzwischen halb vier Uhr morgens.

Dolf war mit seinem Vorgehen einigermaßen zufrieden. Die Polizisten wollten nicht nur die vier Delinquenten mitnehmen, sie ließen auch die Mädchen als Zeuginnen abholen.

15

»Sind Sie völlig verrückt geworden, Churner?«

Das also war der Grund für das Sturmklingeln, das Dolf nach kaum vier Stunden aus dem Schlaf geschreckt hatte. Norman Drench stand vor seiner Tür, wie immer in kniekurzen Shorts; er war rot angelaufen, selbst seine Wadenvenen schienen empört zu pochen.

»Worum geht's?« Es war nicht schwer zu ahnen, worum es ging. Aber Dolf versuchte, Zeit zu schinden, bis sein Gehirn einigermaßen hochgefahren war. »Kommen Sie rein!«

Drench fuchtelte ablehnend mit dem Zeigefinger, wedelte den Vorschlag energisch weg. »So regeln wir hier bei uns die Dinge nicht, Churner! Das müssen Sie ganz rasch lernen!«

»Also hat es keine Einbrüche gegeben oder was?« Dolf hätte einen Kaffee gut gebrauchen können. Noch besser einen Schnaps.

»Reden Sie keinen Quatsch! Aber diese Vorfälle sind doch keine Sache für die Polizei! Wenn ich die Behörden einschalten will, dann brauche ich Sie doch nicht, Churner. Das muss Ihnen doch klar sein!«

»Aha.« Dolf drehte sich einfach um und ging in seine Küche. Drench konnte draußen stehen bleiben oder ihm folgen. Aber diese Unterhaltung würde er nicht auf der Schwelle vor seinem Haus führen.

Er machte sich an der Kaffeekanne zu schaffen. Drench kam entrüstet hereinstolziert. Auf einen Wink von Dolf rückte er sich den zweiten Stuhl an den Tisch, setzte sich aber nicht. »Wir regeln das hier unter uns. Alle Schäden sind inzwischen behoben, alle Verluste beglichen, alle Einwohner abgefunden. Da gibt es keine Probleme.«

Dolf ballte die Faust in der Tasche. Mit genügend Geld ließ sich alles aus der Welt schaffen. Es war ein Gedanke, an den er sich nicht gewöhnen wollte.

»Wegen ein paar Lappalien können wir den jungen Leuten doch nicht die Zukunft verbauen!«

»Es hätte Tote geben können. Das Zeug ist ziemlich wirksam und schwer zu dosieren. Das sind für mich keine Lappalien.« Dolf kämpfte auf verlorenem Posten. Norman Drench wurde, genau wie Pep und er selbst, dafür bezahlt, den Eigentümern Probleme vom Hals zu halten und nicht welche zu machen.

»Soll ich Ihnen berichten, was Garrets Vater zu mir gesagt hat? Der Mann ist Kronanwalt, mit Zulassung für das höchste Gericht Ihrer Majestät. Sind Sie sicher, dass Sie dem erklären wollen, was nach Recht und Gesetz gilt? Überlegen Sie sich das gut, Churner. Mit dem Geld, was Sie oder ich im Jahr verdienen, lädt der Mann seine Klienten zweimal zum Essen ein.«

Dolf hätte seine Zähne lautstark zusammengeschlagen, wenn sie mehr getaugt hätten. So brachte er nur ein klägliches Knirschen zustande.

»Wirklicher Schaden ist ja nicht entstanden. Bei der Beringsen haben die Jungs fünftausend in bar mitgehen lassen, Ann-Frida hat es noch nicht mal bemerkt, geschweige denn vermisst! Sie scheint völlig verdattert gewesen zu sein, als Judds Mitarbeiter sie angerufen haben.«

»Die haben Geld wie Heu, Garret und seine Kumpels. Die tun das nicht aus Not. Die tun das für den Kick, weil sie Spaß dran haben, Leute wehrlos zu sehen. Wenn denen nicht bald jemand die Grenzen zeigt, wird das zur Gewohnheit. Macht Ihnen das keine Sorgen, Norman?«

»Das, mein lieber Churner, ist zum Glück nicht unser Problem!« Endlich setzte Norman Drench sich und löffelte Zucker in seinen Kaffee.

»Wann kommen sie frei?«

»Sind sie längst. Eins der Mädchen hat in der Nacht noch ihre Eltern angerufen. Sie ist minderjährig. Ihr Vater sitzt dem Berufungsgericht *Finanzen und Soziales* vor. Samantha wurde um sechs Uhr entlassen, die anderen eine halbe Stunde später.«

Also waren die Jungs wahrscheinlich wieder zurück in ihrem Bungalow. Dolf würde ihnen einen Besuch abstatten, sobald er Norman Drench losgeworden war.

»Der Kaffee ist gut. Haben Sie noch einen?« Drenchs Laune besserte sich zusehends.

Dolf machte sich auf den Weg, nachdem er sich rasiert und angezogen hatte. Am Bungalow der Judds reagierte niemand auf sein Klingeln, auch nicht auf Klopfen. Es war Samstagvormittag. Sie konnten gut noch schlafen. Aber kein Wagen stand vor der Tür.

Dolf schaute bei Pep im Portalgebäude vorbei und erfuhr, dass die Jugendlichen am frühen Vormittag die Siedlung verlassen hatten. Pep konnte die Kennzeichen der beiden Fahrzeuge und die Uhrzeit aus dem Kopf hersagen.

Dolf holte sich seinen Zweitschlüssel zum Bungalow.

Von außen wies nichts auf einen überhasteten Aufbruch hin, der Vorgarten lag unberührt wie an den Tagen zuvor.

Innen schon. Von den Kreditkarten und Handys fehlte jede Spur. Die hatten die jungen Leute sorgsam mitgenommen. Sonst nicht viel, nicht einmal die Ladegeräte. Aufgeräumt hatten sie gar nichts. Allerdings hatte Dolf das auch nicht erwartet.

Überall standen Essensreste herum, ungespültes Geschirr, Pizzakartons und Faltschälchen vom China-Imbiss. Überquellende Aschenbecher und verstreute Kippen verteilten sich im gesamten Haus, selbst in den Ritzen der Sitzgarnitur. Leere Wodkaflaschen gab es im Überfluss, auch von Rum und Gin. Plastikflaschen von Shampoo und Conditioner marinierten im Ablauf der Dusche. Selbst Unterwäsche war liegengeblieben.

Von Gras oder Marihuana fand Dolf keine Reste. Wirklich gründlich hatte er allerdings nicht danach gesucht.

Hätte er nicht zufrieden sein sollen? Die Serie von Einbrüchen war aufgeklärt, ihre Urheber festgestellt. Dass die Schäden behoben, die Verluste ausgeglichen worden waren, war im Sinne aller Beteiligter. Was machte Dolf so wütend?

Er kontrollierte und schloss alle Fenster und Außentüren, verließ das Haus und verriegelte es sorgfältig. Egal, wie die Jugendlichen es hinterlassen hatten, es war Dolfs Job, dafür zu sorgen, dass das Anwesen nicht ungesichert zurückblieb.

In der Einfahrt kam ihm eine fröhlich grüßende junge Frau entgegen, dem Aussehen nach eine Philippina oder Indonesierin. »*Muy buenos dias, Señor.*«

Sie hatte Putzutensilien, Eimer, Schrubber, Tücher und Staubsauger auf einem Schiebewagen dabei, den sie am Straßenrand aus ihrem Auto gezogen, aufgeklappt und beladen haben musste. Dolf schenkte sie ein strahlendes Lächeln.

»*Buen dia.*« Ihre Aufgedrehtheit machte ihn nur noch saurer. Dabei konnte sie nichts dafür. Sie machte ihren Job anscheinend gern. Dass es Dolf bis aufs Blut reizte, wie einfach die reichen Schnösel ihre Probleme gelöst bekamen, dafür konnte die freundliche Philippina rein gar nichts.

16

An einem Wochenende außerhalb der Saison – nicht im Sommer oder an Ostern oder Weihnachten – war in der Siedlung nicht viel zu tun. Der Vorteil war: Dolf hatte Zeit. Das war zugleich auch der Nachteil. Er hatte nichts zu erledigen, keine Reparatur stand an, er fand nichts, an dem er sein Mütchen hätte kühlen können. Er verbrachte den Nachmittag auf einem abgeranzten Liegestuhl, den er auf den Kies im Schatten seines Hauses gerückt hatte. Die Biographie über einen Armeegeneral, die er in seinem Regal gefunden hatte, nervte mit spaßig gemeinten Anspielungen, die er nicht verstand oder nicht lustig fand. Das Käseblättchen des Eigentümervereins ödete ihn an. Etwas anderes gab es nicht zu lesen oder zu tun. Er trank nicht vor fünf, bevor sich die Sonne tieforange über die Hänge der Küstenhügel senkte. Danach um so mehr. Seine Laune wurde dadurch nicht besser, und er ging früh schlafen.

Freitagnacht war er aus Valencia zurückgekommen, den Samstag hatte er im Liegestuhl verbracht. Es war dringend Zeit, die alten Knochen durchzurütteln. Dolf hatte Lust auf einen Spaziergang quer durch das Tal, vielleicht auf den Gipfel einer der Berge gegenüber. Der Sonntag lud dazu ein, er war diesig und versprach, nicht allzu heiß zu werden.

Aus Pflichtgefühl oder um den Spaziergang zu verlängern drehte er vorher noch eine Runde durch die Siedlung.

Außer einer toten Katze fand er nichts. Er hatte keinen Wagen dabei, er stieß den Kadaver mit den Schuhspitzen in den Schatten einer Hecke. Er würde ihn abends beseitigen.

»Sie sehen dünn aus, Dolf. Lassen Sie mich für Sie kochen!« Rose Tucker kam ihm auf dem Trottoir vor ihrem Haus entgegen. Sie trug eine Hundeleine zusammengelegt in der Hand, dabei hatte sie seit Jahren keinen Hund mehr, wie Dolf genau wusste.

»Ein andermal gerne, Rose.«

»Heute Abend. Ich erwarte Sie!«

Er hatte nicht wirklich etwas Besseres vor. »Was gibt es denn?«

»*Kidney Pie*, meine Spezialität.«

Nierenpastete. Nicht gerade sein Geschmack. »Rechnen Sie nicht mit mir, Rose.« Dolf lüpfte sein Hütchen zum Abschied und machte sich auf den Weg.

Er hätte es vorher nicht zu sagen vermocht, aber er hatte ein Ziel, sein Unterbewusstsein lenkte ihn zu den Hütten auf der anderen Seite des Tales. Die Ansiedlung duckte sich an die bräunlichen Hänge. Sie hatte Morgensonne – das war das Wichtigste – für die Aktivitäten zum Tagesanbruch. Nachmittags lag die Hüttensiedlung im Schatten. Das war den Meisten sicher ganz recht. Bis sie spät am Abend von ihren harten Jobs zurückkamen, hatten sich ihre Buden auf angenehme Temperaturen abgekühlt.

Von weitem sahen die Hütten fast idyllisch aus, einsame Spuren menschlichen Lebens in einem dürren Tal nackter Erosion durch Wind, Regen und – alle paar Jahre einmal – reißende Fluten. Als Dolf näher kam, bemerkte er mehr Spuren der Zivilisation, als ihm lieb war. Autowracks, die sich noch fahren ließen, waren geparkt, nicht ausgeschlachtet. Verbrannte Autoreifen lagen herum, eine ausgeweidete Waschmaschine, Reste von Styroporverpackungen und Gemüsekörben aus

Hartplastik, Müll in zerfetzten Plastiktüten, ein ausrangierter Grill.

Der stellte sich bei näherem Hinsehen als in Betrieb heraus, befeuert mit Brettern einer Weinkiste und den dünnen Leisten, die von einer Orangentrage stammten. Ein Topf mit Suppe oder irgendeinem Fond köchelte vor sich hin. Er roch würzig, nach Knochen, Sellerie und Grieß.

Vom runden Platz in der Mitte der Siedlung kam ein hochgewachsener, sehr dunkelhäutiger Mann, der Lauch, Möhren und eine Art rotbraunen Rettich unter den Arm geklemmt hatte. In den Händen balancierte er ein Schneidebrett mit einem grünen Haufen Kräuter und einem großen Messer. Er grüßte Dolf mit einem Nicken, setzte seine Last ab und inspizierte die brodelnde Flüssigkeit im Topf, genau wie Dolf wenige Sekunden zuvor. »Fufu. Dauert noch.«

»Riecht gut.«

»Komm später. Bring deinen eigenen Teller und Löffel mit.«

Es schien der Sonntag der Essenseinladungen zu sein. »Danke. Welches ist Tridos Hütte?«

Der Mann wies abschätzig ans Ende der Siedlung. »Die Guineer sind ganz hinten.«

Auf dem runden Platz wie auch sonst in der Ansiedlung waren nur Schwarzafrikaner zu sehen, vor allem junge Männer, aber auch einige Ältere und einzelne junge Frauen in bunten Kopftüchern, Jogginghosen und Flipflops. Weiter entfernt hingen blütenweiße Blusen und Hemden wie gestärkt an fadendünnen Wäscheleinen.

Im Zentrum des Kreises lagerten die Bewohner um eine Art Feuerstelle, die jedoch kalt und rußig erloschen lag. Plastikstühle, ein Tisch mit nur noch drei Beinen, eine ausgeschlachtete Espressomaschine, die als Sitzgelegenheit diente, ein Kinderrad ohne Sattel, ein gepolsterter Sitz wie aus einem Golfcart bildeten das Mobiliar.

Noch bevor Dolf sich entschieden hatte, welchen der vier oder fünf Menschen, die sich unterhielten, rauchten und Karten spielten, er ansprechen wollte, sah er aus dem Augenwinkel Trido in einiger Distanz. Dessen Arme steckten bis zu den Ellbogen in einer Kinderbadewanne. Dolf humpelte hin.

Trido wusch. Das Wasser in der Wanne war nicht besonders klar und trug nicht besonders viel Schaum. Dafür hatte Trido auch nicht viel Wäsche. »Wenn du nur drei T-Shirts hast, musst du dauernd waschen, sagt meine Frau.«

Der junge Guineer war verheiratet? Dolf stellte ein paar beiläufige Fragen, und Trido reckte ihm, Hände im Waschwasser, sein Hinterteil entgegen. Auf Tridos Aufforderung hin fischte Dolf eine Brieftasche aus der Jeans und fand Fotos von zwei kleinen Mädchen, zwei und vier Jahre, Tridos Frau und Schwiegermutter. Denen schickte der Guineer alles, was er erübrigen konnte, an Unterhalt. Geldscheine steckten keine in der Brieftasche. »Um die fünfhundert im Monat, wenn es klappt.«

Dolf nickte. Er drehte die Brieftasche unschlüssig in den Fingern. »Wie viele Leute leben hier?« Dolf sah sich um. »Im Kral.«

Die Hütten waren aus Blechresten, aus Holzpaletten, aus beschichteter Pappe wie von Milchtüten gebaut. Keine sah aus, als wäre sie in den letzten Monaten neu dazugekommen.

»Vierzig vielleicht. Manchmal hundert.«

»Wenn die Saison beginnt?«

Trido schüttelte den Kopf. »Hier ist immer Saison. Wenn ein größeres Schiff durchgekommen ist. Oder die *Guardia civil* Überstunden abbaut. Oder ein Auge zudrückt, weil Nationalfeiertag war.«

Dolf schluckte. »Alle *sin papeles*?«

»Sonst wären die nicht hier.«

Trido war mit seiner Wäsche fertig und hängte die drei T-Shirts und zwei Hosen an eine Leine, die sich von seiner Hütte zur nächsten spannte. Es war windstill, die Sachen hingen leer und traurig wie Hülsen. Sie tropften.

Dolf gab dem Guineer seine Brieftasche zurück. »Hübsche Mädchen.«

»Mhm.« Trido verzog sorgenvoll den Mund. »Hast du schon gegessen?« Er wickelte eine Tierkarkasse aus einem blutigen Wachspapier, ein Brustkorb mit anhängender Wirbelsäule. Am Rücken war noch etwas Fleisch dran. Der Größe nach konnte es Kaninchen sein oder ein kleiner Hase.

»Nein, ich bin noch eingeladen.«

Das war geschwindelt, dabei hatte er Hunger. Aber er wollte Trido auf keinen Fall etwas wegessen.

Der sammelte schwarze Bananen und Süßkartoffeln zusammen, suchte nach einem Messer, fand kein sauberes. »Muss ich noch schälen.«

»Drüben am Grill kocht einer Suppe. Sah lecker aus. Er hat uns eingeladen.«

»Der Bruder kocht ghanaisch, so was esse ich nicht.«

»Aha.« Dolf schluckte.

»Aber auf Mons Ofen ist noch Platz frei.« Trido schnitt das knochige Fleisch in grillgerechte Stücke. »Ist junge Ziege. Geben sie uns billiger.«

Trido und seine Kumpels wussten genau, was Freibankfleisch war, auch wenn sie sich für die Details nicht interessierten. Es war billig, es war frisch. »Wäre es gefährlich, käme es doch nicht auf den Markt.«

Dolf hoffte, dass Trido recht hatte. Sie gingen zum Grill hinüber.

Die am nächsten stehende Hütte schien komplett aus leeren Wasserflaschen gebaut zu sein. Grotesk überdimensionierte Stahlnieten verbanden das dünne Plastikmaterial. Vor dem Vernieten war jede Flasche säuberlich der Länge nach aufgetrennt worden, jede zweite Reihe Flaschen stand überkopf. Wären die klobigen Nieten nicht gewesen, die Wand hätte luftig gewirkt, fast wie aus Glasbausteinen.

»Kommen aus der Kranfabrik.« Mon rührte in seinem Topf herum. Es duftete noch appetitlicher als zuvor. »Damit werden Streben vernietet. Die da sind Ausschuss. Hab ich aus dem Altmetall.« Anscheinend konnte man Dolf seine Fragen von den Augen ablesen.

Mon rückte seinen Topf an die Seite des Grills und machte Platz für Tridos Fleischfetzen. Der fachte wortlos das Feuer an, legte sein Grillgut auf und würzte kräftig. Dann ließ er sich neben Mon auf die Fersen nieder. Zusammen musterten sie Dolf erwartungsvoll.

Hätte er Wein mitbringen sollen? Brot? Zigaretten? Sich auf seine Fersen setzen konnte Dolf mit seiner Prothese auch nicht. Er fühlte sich so fehl am Platz wie auf einer olympischen Turnveranstaltung.

»Schon mal auf dem Berg gewesen?« Sein ursprüngliches Ziel fiel ihm ein. Er wies mit der Stirn auf den Hang hinter der Ansiedlung.

»Wozu?« Mon spielte mit den Lippen an seinen Schneidezähnen.

Darauf wusste Dolf keine Antwort. »Erzähl ich euch, wenn ich zurück bin.« Er stapfte los.

17

Später ärgerte sich Dolf. Er hätte die Einladung zum Essen annehmen sollen. Gemeinsame Mahlzeiten brachten die Menschen zusammen. Und Hunger hatte er tatsächlich, jedenfalls Appetit. Dass er Tridos Fleisch und Mons Suppenzutaten nicht vertraute, war kein Grund, die Sachen nicht wenigstens zu probieren. Nicht zum ersten Mal verfluchte er sich für die Masse an Vorurteilen, die in ihm steckten.

Der Aufstieg war extrem beschwerlich, vor allem weil Dolf keinen Weg fand. Zwischen dem Gestrüpp, auf dem lockeren Geröll kam er nur mühsam voran. Zum Glück war der Berg nur ein besserer Hügel. Dafür blieb die Aussicht hinter jeder Erwartung zurück. Kein Meerblick, wie Dolf sich erhofft hatte. Nur die Rückseite weiterer, noch höherer Hügel. Der Ausblick war eine einzige Enttäuschung. Auf dem Weg zurück vermied Dolf den Kral und passierte das Tal ein paar hundert Meter flußaufwärts. Ohne den Trampelpfad der Afrikaner war selbst die Durchquerung eines trockenen Flusstales beschwerlich, staubig und unsicher. Dolf fluchte mehr als einmal. Er war froh, als er schließlich die befestigten Straßen der Siedlung erreichte.

Rose Tucker lehnte entrüstet ab, als Dolf sich anschickte, seine schmutzigen Schuhe auszuziehen. Männer in Socken konnte sie nicht ernst nehmen. Also ließ Dolf die Treter an, wusch sich nur kurz Gesicht und Hände und ließ sich für Roses großes Ereignis in ihre gute Stube, ihr selten genutztes Wohnzimmer bugsieren. Die breite Doppeltür zum Schlafzimmer war geschlossen. Ein runder Tisch stand liebevoll gedeckt vor dem Sofa. »Bin gleich so weit. Setzen Sie sich, Dolf.«

Rose hatte anscheinend nicht oft Besuch. Jedenfalls nicht oft genug, dass sich Sitzgelegenheiten lohnten, deren Höhe zum Tisch gepasst hätten. Dolf versank bis zu den Waden im Sofa. Die Tischkante ragte ihm auf der Höhe seines Kinns entgegen.

»Fühlen Sie sich wie zu Hause.«

Er hatte keine Ahnung, wie sich das anfühlen sollte. Ein Zuhause hatte Dolf seit seiner Scheidung, fast dreißig Jahre zuvor, nicht mehr gehabt. Alle seine Bleiben seither waren provisorisch, übergangsweise oder aus der Not geboren. Nicht im Traum hätte Dolf sie als sein Zuhause betrachtet. Das kahle Häuschen am Rande der Siedlung, das er derzeit bewohnte, zählte genausowenig. Das alles konnte Rose selbstverständlich nicht wissen. Sie trug behutsam ein Tablett herein, darauf stand eine Terrine mit Deckel.

Die Pastete sah perfekt aus, hellbraun knusprig aufgegangen, und sie duftete hervorragend. Stolz und geschäftig machte Rose sich daran, sie anzuschneiden.

»*Oh, I forgot to cut the kidney!*« Unter der aufgebrochenen Teigkruste dampfte ein Stück Fleisch, dessen kugelige Formen an eine Dolde Weintrauben erinnerten. Rose stutzte kaum merklich, wandte sich behände um, griff nach einer nicht ganz sauberen groben Haushaltsschere und fuhrwerkte in der duftenden Pastete herum. An den Schnittstellen der Nierchen quoll wässriger rotbrauner Saft aus den Harngängen. Dolf schluckte.

»*Not a problem, I trust. – Enjoy!*« Rose legte ihm großzügig vor. Die Pastete duftete noch immer herrlich, nur mit einer feinen Note säuerlichen Uringeruchs, wie Dolf jetzt fand.

Rose strahlte ihn erwartungsvoll an.

Er kostete zögerlich von der Pastete, immerhin die Spezialität seiner Gastgeberin. Der *Kidney Pie* schmeckte hervorragend.

Dolf ließ sich sogar noch eine zweite Portion aufnötigen. Rose sah es mit Genugtuung; sie grinste triumphierend. »Auf unser entzückendes kleines *date*, Dolf. Ich freue mich, dass es Ihnen schmeckt.«

Mit dem blumigen, schweren Rotwein, den Rose besorgt hatte, ließ sich das Abendessen gut überstehen. Er stammte aus Chile. »*Cheerio!*«

Auf dem Rückweg – es war dunkel und sehr viel später geworden, als Dolf geplant hatte –, fiel ihm der schmale Fuchs auf, der wie in Krämpfen verdreht im Zugang zu einem der unbewohnten Häuser lag und sich deutlich vom hellen Steinbelag abhob. Das Tier war tot. Außerdem hatte es Sand an den Lefzen und am Brustfell. Ein toter Fuchs passte nicht zu einer Katzenseuche, fand Dolf. Oder gehörten die beiden Spezies irgendwie in eine gemeinsame Gruppe? In Biologie hatte er nicht wirklich aufgepasst.

Jedenfalls war so was nicht auf die leichte Schulter zu nehmen. Wenn es eine Tierseuche auf dem Hügel gab, konnte sie auf die Hunde und Katzen der Siedlungsbewohner übergreifen. Dolf hatte keine Latexhandschuhe dabei, er würde den Kadaver untersuchen lassen und einen Termin beim Tierarzt arrangieren. Als Erstes am nächsten Morgen.

18

»Zum Tierarzt? Für einen toten Fuchs?« Norman Drench starrte Dolf an, wie ein Insektenforscher einen Käfer angesehen hätte, den er für eine seltene neue Art gehalten und jetzt als hundsgewöhnlichen Mistkäfer identifiziert hatte.

Dolf suchte nach Worten.

»Wer soll den bezahlen?« Drench ließ nicht locker. Dolf starrte nachdenklich auf seine leeren Hände. Den Fuchs und den Kadaver der Katze hatte er in Plastiktüten gewickelt in den Kofferraum gepackt und eigentlich nur auf dem Weg zum Tierarzt das Okay des Siedlungsvorsitzenden einholen wollen. Drenchs energische Abfuhr verwunderte Dolf. Wenn den Haustieren in der Siedlung Gefahr drohte, war das sicherlich eine Angelegenheit für den Eigentümerverein.

»Da ist Sand am Maul des Fuchses. Wollen Sie sich das nicht wenigstens anschauen?« Obwohl Drench heftig abwinkte, wandte Dolf sich um, drückte den Knopf, um den Kofferraum des Streifenwagens zu entriegeln.

Drench packte ihn sogar am Arm. »Nein, ich hab einen schwachen Magen.«

Dolf zuckte die Achseln. »Sieht aus wie aus dem Sandkasten der Callums.«

»Was reden Sie da? Gibt es hier nur diese eine Sorte Sand oder was? Das ist nicht Ihr Ernst, Churner!« Drench versuchte ein höhnisches Lächeln. Wahrscheinlich hatte der ehemalige Postbote recht. Sicher bestand der halbe Hügel aus Schwemmsand, schließlich lag das Tal nur ein paar Kilometer vom Meer entfernt.

»Also, kommen Sie schon.« Drench war sichtlich bemüht, einzulenken und versöhnlich zu klingen. »Schaffen Sie die Kadaver weg und verscharren die irgendwo. Oder besser noch verbrennen Sie sie.«

Norman Drench war pensionierter Postbote Ihrer Majestät. In seiner Heimat hätte er sicher nicht zugestimmt, dass ein Haustier einfach so abgefackelt würde. Aber hier war er auf Dauerurlaub, im permanenten Ausnahmezustand, so erklärte sich Dolf die Reaktion des Briten jedenfalls.

Er nickte und wandte sich zum Gehen. Aber merkwürdig kam es ihm doch vor.

Er fuhr bei Pep am Empfang vorbei. Dolf wies ihn an, die Kadaver zu entsorgen, sicher würde er in der Doppelgarage einen Kanister Benzin oder Lampenöl oder Verdünnung finden, um die Tierleichen im Trockental, im Lee der Siedlung, abzufackeln und zu verscharren.

»Weiß schon, wo. Ist ja nun wirklich nicht zum ersten Mal.« Pep wollte sich den Schlüssel zum Streifenwagen aus Dolfs ausgestreckter Hand greifen, doch Dolf schloss die Faust darum. »Wie? Ist das schon öfter vorgekommen?«

»Füchse, Ratten, Eichhörnchen. Katzen höchstens zwei oder drei. Selbstverständlich wird darüber nicht Buch geführt, Boss.«

»Aha.« Dolf grübelte.

»Sonst noch was?«

Dolf schüttelte nur den Kopf. Pep machte sich brummig auf den Weg. Er wisse einen guten Platz, eine illegale Müllkippe auf der anderen Seite des Tales, wo er auch sonst öfter einmal brennbare Abfälle entsorgt habe. Das *barranco* liege im

Lee der Siedlung, wie Pep ausführlich erklärte. Er schien auf Dolfs Nachfrage zu warten. »Damit der Qualm nicht hier rüber zieht.«

»Schon klar. Hauptsache, die Dinger werden vernünftig verscharrt.«

Dolf hatte das bestimmte Gefühl, dass sein eifrig bemühter Helfer den Streifenwagen nur um die nächste Ecke steuern und die Mülltüten mit Fuchs und Katze in den nächsten Container »*¡úsame con bolsa!*« entsorgen würde. Doch auch in einem zugeschnürten Plastikbeutel kämen die Ratten wieder ran und würden irgendwelche Erreger, falls es denn welche gab, verbreiten. Aber das war die Entscheidung des Siedlungsvorsitzenden. Dolf hatte Anweisungen zu befolgen. Er konnte sich aufregen oder es bleiben lassen, es machte keinen Unterschied.

Pep dampfte ab, und Dolf machte sich zu Fuß auf den Weg zu den Callums auf der meerabgewandten Seite des Hügels. Das Motorboot in ihrem Vorgarten hatte seine Abdeckung eingebüßt, der leere Motorraum gähnte Dolf schamlos entgegen.

Der kleine Calvin lärmte im Garten. Dolf ging außen ums Haus herum und rief laut einen Gruß.

»Jederzeit, wenn's kein Jäger ist!«

Dolf sah ein Idyll vor sich. Ein durchtrainierter Mann mit nacktem Oberkörper, der sich in Form hielt. Eine hübsche blonde Frau, die sich auf einer Gartenliege in der Sonne aalte. Das Kind der beiden, das sich an der frischen Luft mit einem Geschicklichkeitsspiel die Zeit vertrieb.

Bei näherem Hinsehen bröckelte die Fassade sichtlich. Calvin mühte sich mit einem gehobelten Prügel ab, einer Art Staffelholz, das er gegen eine Reihe grober Holzkegel zu werfen versuchte, er kam damit aber nicht zurecht und stieß den Prügel mit eckigen Bewegungen in die Luft. Beinahe wäre er selbst getroffen worden. Irgendwas stimmte nicht mit dem Jungen. Er wirbelte das Rundholz mit großem Geprahle um den Kopf, aber er war nicht in der Lage, es in eine bestimmte Richtung zu schleudern.

Stu Callum stampfte auf einer Trittstufe herum, die er unbeirrt erstieg, nur um sofort wieder davon abzuspringen. Schwere Hanteln brachten seine Unterarmmuskeln zur Geltung. Stu lächelte säuerlich, ob vor Anstrengung oder schlechter Laune, vermochte Dolf nicht zu sagen. »Sie machen sich ganz schön wichtig, Churner, finden Sie nicht?«

Also doch schlechte Laune, dachte Dolf. Jetzt fiel ihm auf, dass auch Esther Callums entspannte Gelassenheit nicht mehr als eine Maske war. Als sie nach einem Glas neben ihrer Sonnenliege griff, zog sie erschrocken die Hand zurück und fluchte. Das Cocktailglas sprang davon, umgestoßen durch das Staffelholz, das Calvin versehentlich in ihre Richtung geschleudert hatte. Esther warf den Scheit verstimmt zurück in Richtung ihres Sohnes. »Geh rüber auf die andere Seite des Gartens, Calvin, *Love*.«

Der Junge brummelte unwillig. Esther hob ihr Glas auf. Zum Glück war es aus unzerbrechlichem Duralex. »Der Junge raubt mir noch den letzten Nerv!« Das war halb unterdrückt gezischt.

»Er ist ein Junge, er muss sich bewegen.« Stuart Callum beruhigte sie zwischen zwei Hantelhebern.

Dolf sah dem Jungen hinterher, wie er die aufgestellten Holzkegel umkickte, dabei fast selbst hinfiel, bevor er sie ein paar Meter weiter ungleichmäßig wieder aufstellte. Jetzt bemerkte Dolf, dass der Sandkasten abgedeckt war. Verborgen unter der Plane, die zuvor über den Rumpf des Motorboots gebreitet gewesen war. Auffällig. Aber hatte es Sinn, die beiden danach zu fragen?

»Was ist los? Ist der Sandkasten feucht geworden?«

Jetzt wirkte Esther Callum richtig böse auf Dolf, versuchte es aber unter zuckersüßem Lächeln zu verbergen. »Der Junge ist zu alt für einen Sandkasten, wir schütten den zu. Stu wird Rasen säen, nicht wahr, *Darling*?«

Stu nickte grimmig zwischen zwei Treppenstufen. Er atmete ruhig, nur die Adern an seinen Schläfen traten leicht hervor. Er liebte seine Übungen und pausierte nur, wenn es unbedingt sein musste.

»Können Sie Hilfe gebrauchen? Soll ich Ihnen den Sand abnehmen? Ich könnte meine Einfahrt damit aufschütten.«

»Danke. Ich sehe das als Training. Ob ich eine Hantel bewege oder eine Schaufel, ist mir piepegal.«

»Wo kriegen Sie Muttererde her? Auch aus Bolnuevo?«

»Hab ich mir noch nicht überlegt, muss ich sagen.«

Er schien sich nicht daran zu erinnern, dass er Dolf erklärt hatte, der Sand stamme aus einer Sandgrube in der Gegend. Klang Stu Callum abweisender als nötig?

Dolf stand auf fremdem Grund, er stellte misstrauische Fragen. »Na, nichts für ungut. Ich mach mich wieder auf den Weg. Meinen Sie, ich könnte kurz ihr Toilette benutzen?«

»Fühlen Sie sich wie zu Hause, Sie kennen ja den Weg.«

Esther wand sich aus dem Liegestuhl.

»Danke, machen Sie sich keine Umstände.«

Aber sie wollte Dolf nicht begleiten, sondern stellte den Gasgrill an. Es war noch nicht Mittag. Aber fast.

Dolf ging hinein.

An der Pinnwand neben der Gästetoilette suchte er nach dem Foto vom Brunnenbau, konnte es allerdings auf den ersten Blick nicht finden. Es gab jede Menge Fotografien der kleinen Familie am Strand, auf Sonnenliegen, bei Kindergeburtstagen und Wochenendausflügen, hauptsächlich vor Strandbars, *chiringuitos*, die jeden Sommer am Meer aufgebaut wurden. Es gab auch Grußkarten aus Großbritannien, sogar Weihnachtsmotive mit Schnee. Aber das Foto vom Brunnengraben hing nicht mehr dort.

Der trollgeschmückte Vorgarten von Norman Drench lag nur eine Querstraße entfernt. Der Hausherr kam erst nach längerem Klopfen an die Tür. »Muss das jetzt sein?« Sein Kinn und seine rechte Wange blühten weiß von Rasierschaum. In seinem rotweißblauen Morgenmantel sah er aus wie ein halber Santa Claus auf einem zweigeteilten Vorher-nachher-Foto. Oder als wäre er nach einem bösen Aprilscherz gerade halbrasiert aufgewacht. Genauso missmutig schaute der Siedlungsvorsitzende auch drein. Dolf hatte keine Lust, Rücksicht darauf zu nehmen. Sein böser Verdacht, dass er an der Nase herumgeführt werden sollte, bohrte in ihm. Es gab nicht viele Sachen, die er übler nahm. »Können wir reden?«

»Kommen Sie später wieder.«

»Nein.«

Drench machte große Augen. Dass der Hausmeister der Siedlung ihm Widerworte gab, schien er nicht gewohnt zu sein. Noch weniger, dass Dolf sich vor ihm aufbaute, als wollte er ihn jeden Moment zur Seite schieben. Drench gab nach, trat aus der Tür und zur Seite und sah sich hektisch um.

Im Hausflur wartete Dolf, aufgepumpt vor Empörung, schwer atmend ab. Drench kam herein, schob die Eingangstür zu, wickelte sich den Bademantel enger um die Hüfte und verschränkte die Arme vor der Brust.

»Also los, Churner, meinetwegen. Aber fassen Sie sich kurz.« Er nahm schon wieder seine herrische Haltung an. Wahrscheinlich hatte er vergessen, wie lächerlich er aussah mit dem weißen Sahneklecks an Kinn und Wange.

»Der Brunnen auf dem Grundstück der Callums, ist der …«

»Brunnen?« Drench unterbrach Dolf mit energischem Handkantengefuchtel. »Es gibt keinen Brunnen. Nirgendwo auf dem Hügel.«

»Es gab aber einen.« Dolf hatte das Foto mit eigenen Augen gesehen. Im Hintergrund war das Haus der Callums mit den Anbauten im Obergeschoss und der nachträglich angebrachten Terrassenüberdachung zu erkennen. Dolf war sich fast sicher.

»Niemals.«

»Vielleicht vor Ihrer Zeit?«

»Die Callums haben erst vor ein paar Jahren gekauft. Ich bin seit sechzehn Jahren ununterbrochen hier.«

»Irgendwann im Sommer, ohne dass Sie es mitgekriegt haben, Norman?«

»Unmöglich. Es gibt eine Klausel, die keinerlei Grabungsarbeiten auf den Grundstücken erlaubt.«

»Dabei haben doch fast alle Häuser ein Schwimmbad!«

»Die Pools sind beim Siedlungsbau vom Generalunternehmer erstellt worden, alle in einem Zug. Aber seither sind bauliche Veränderungen verboten, glauben Sie mir.«

»Stu Callum hat alles Mögliche an seinem Haus verändert, die Gauben, die Austritte im Obergeschoss …«

»Lappalien.« Drench fiel ihm wieder ins Wort. »Es geht um Erdarbeiten. Grabungen und Aushub sind nicht gestattet. Ein Brunnen fiele definitiv unter dieses Verbot.«

Dolf glaubte zu wissen, dass er auf dem Foto im Haus der Callums den Hausherrn bei Grabungsarbeiten gesehen hatte. Er konnte sich kaum vorstellen, dass Drench davon nichts mitbekommen haben sollte. Aber aus dessen kategorischem Leugnen meinte Dolf einen Anflug von Panik herauszuhören. Aus welchem Grund? Dolf hatte keine Ahnung. Doch er spürte, dass er nicht weiterkam, wenn er den Siedlungsvorsitzenden noch mehr in die Enge trieb.

Dolf setzte neu an und bemühte sich, gelassen und unbeteiligt zu klingen. »Was, glauben Sie, könnte der Sinn hinter dieser Regelung sein? Haben Sie eine Idee, Norman?«

Drench zuckte die Achseln. »Nicht die geringste.« Es klang fast ehrlich. »Wahrscheinlich soll der Charakter der Siedlung nicht verändert werden. Wenn sich irgendjemand einen Anbau hinstellt, werden alle anderen Häuser weniger wert.«

Das leuchtete Dolf ein. Jeder Besitzer konnte sich Gartenmöbel und Hartbrandwichtel vor das Haus stellen, soviel er wollte; selbst die Umbauten Stuart Callums griffen nicht wirklich in die Bausubstanz ein. Aber sobald es Häuser mit zusätzlichem umbautem Raum gäbe, mit unterschiedlichen Quadratmeterzahlen, gerieten die Angebote durcheinander und damit die Werte und die Preise.

»So wie es derzeit steht, gibt es genau zwei Kategorien von Grundstücken: Landseite und Meerseite. Klare Preise. Und zwar exakt zwei.«

Für die Besitzer stellte das nicht nur genaue Orientierung her, sondern bot so eine Art Sicherheit, vermutete Dolf. »Dann ist die Klausel so etwas wie eine Versicherung, dass die Anwesen auf jeden Fall ihren Wert behalten, höchstens steigern können?«

»Jetzt haben Sie's begriffen, Churner.« Drench hieb ihm kumpelhaft auf die Schulter: Die Hierarchie war wieder hergestellt. »Der Baugrund hier ist nicht ganz unkompliziert, wir hatten immer wieder Schäden durch Setzungen und Verwerfungen. Da dürfen wir nur absolute Experten dranlassen, müssen Sie wissen.« Norman Drench war im Großzügigkeitsmodus. Sein Schaumbart verzog sich zu einem gutmütigen Grinsen. Jedenfalls auf der rechten Seite.

»Sagen Sie mir, wie die Klausel genau lautet? Damit ich Bescheid weiß?«

»Sicher. Ich zeig's Ihnen.«

Darauf hatte Dolf gehofft. Drench verzog sich in sein Arbeitszimmer, er wollte seinen Kaufvertrag herauszusuchen. Als er wenige Sekunden später zurückkam, hatte er sich den Schaumbart abgewischt. Jetzt zeigte sein Gesicht eine glatte Wange und die andere mit unregelmäßigen Stoppelflechten. Der Schaum zuvor hatte den Expostboten weniger entstellt, fand Dolf. Drench kam mit einem Hefter zurück, zog seinen Kaufvertrag, einen dünnen Papierstapel von vielleicht fünfzehn Seiten, aus einer Klarsichthülle, hieß Dolf den Ordner halten und blätterte die mit einer Siegelschnur zusammengehefteten Papiere durch. »Hier, lesen Sie selbst.«

Er hielt Dolf die Passage hin und legte seinen Zeigefinger drauf. Die Haut um seine Nagelbetten war gelblich verfärbt und brüchig. »Aushub und Grabungsarbeiten sind ausdrücklich untersagt. Für allfällige Ausnahmen, die ausschließlich der Gebäude- und Wertsicherung dienen dürfen, ist in jedem einzelnen Fall eine schriftliche Genehmigung durch den Vertragsnehmer einzuholen.«

Der Passus war fett gedruckt. Niemand konnte ihn übersehen. Dolf hätte Norman Drenchs Raucherfinger nicht gebraucht, um ihn zu finden. »Grabungen ohne Genehmigung verstoßen gegen diese Vereinbarung, machen den Kaufvertrag gegebenenfalls ungültig und entbinden die Verkäuferin von jeglicher Haftungspflicht.« Das war nicht fett gedruckt und stach nicht besonders aus dem übrigen Text hervor.

»Steht in jedem Vertrag. Vorne in ihrem Büro haben sie eine Blanko-Kopie, Churner. Da können Sie das noch mal nachlesen.«

Dolf hatte das Schriftstück schon zuvor genau studiert. Er

kannte den fettgedruckten Abschnitt, hatte ihm zuvor aber keine Bedeutung beigemessen. Was ihm jedoch vor allem aufgefallen war: dass in der Vertragskopie die Verkäuferangaben geschwärzt und später überklebt worden waren. Verkäufer war die Siedlungsgenossenschaft, gesichert durch Bürgschaften der Stadtverwaltung von Mazarrón. Im gesamten Vertrag gab es keinen Hinweis auf die Erbauer der Siedlung.

»Und der ist von Einundachtzig? Nicht zu glauben.« Dolf schlug mit einem Griff die letzte Seite des Kaufvertrages auf, als wollte er nach dem Datum bei den Unterschriften sehen. Tatsächlich bekam er dabei wie zufällig die allererste Seite des Papierstapels vor Augen, wo die Parteien aufgeführt waren. »… im folgenden Käufer genannt, und CoCaSA, vertreten durch Isabel Alonso Fraga, 2 Avda de las Moreras, 30 870 Mazarrón, im folgenden Verkäuferin genannt …«.

»Also, sehen Sie ja selbst: Kein Brunnen erlaubt.« Drench griff sich hastig seinen Vertrag zurück und wand Dolf den Papierstapel aus den Fingern.

»Danke, Norman. Vielleicht habe ich mich wirklich getäuscht.«

»Vertrauen Sie mir, Churner. Alles, was Sie wissen müssen, erfahren Sie von mir.«

»Alles klar.« Dolf nickte nachdenklich. »Nichts für ungut.«

Drench ordnete seinen Vertrag wieder in Klarsichthülle und Aktenhefter. »Sonst noch was?«

»Nein, alles gut.« Dolf wandte sich zum Gehen. Aber die Adresse der Verkäuferin hatte er sich gemerkt: Name, Straße und Hausnummer. Endlich hatte Dolf einen Ansatzpunkt.

19

Das erste Mal vergaß er sein neues Bein bereits auf dem Weg zum Bahnhof. Als es ihm auffiel, erschrak Dolf bis auf die Knochen und geriet ins Straucheln. An seinem Gepäck lag es nicht, er hatte nur zwei Einkaufstüten. Eine flache Schachtel mit dem Abendanzug in der einen, in der anderen sein altes Bein, sechs oder sieben Kilo, aber beileibe nicht schwer genug, um ihn so aus dem Gleichgewicht zu bringen. Er musste sich an einer Straßenlaterne abstützen, sich aufrichten und tief durchatmen, um seinen Puls zu beruhigen. Seit mehr als drei Jahren, seit der Amputation hatte er keinen einzigen wachen Moment lang vergessen, dass er eine Prothese trug. Der Gedanke, dass ihm das entfallen konnte, war angsteinflößend und beglückend zugleich.

Dass der Smoking auf Anhieb passte wie angegossen, überraschte Dolf nicht. Immerhin hatte der Maßschneider drei Wochen zuvor für das Anmessen fast anderthalb Stunden benötigt.

Dass er jedoch mit der neuen Prothese so rasch zurechtkommen würde, das hatte noch nicht einmal der Orthetiker gehofft. Fast kam es Dolf so vor, als ob die beiden Spezialisten, Maßschneider wie Orthopädietechnikermeister, exakt dieselbe Zeit gebraucht hatten, der eine beim Vermessen, der andere beim Anpassen. Das Vermessen für die Prothese hatte dabei kaum dreißig Minuten gedauert. Aber der Schneider hatte auch mit Maßband, Nadeln und Kreide gearbeitet, während

Dolf beim Orthopädiespezialisten seinen Beinstumpf nur ein paar Sekunden in einen Laser-Scanner halten musste.

Jetzt, drei Wochen später, war klar, dass die beiden ihr Handwerk meisterhaft beherrschten. Dolf hütete seine neuen Errungenschaften wie einen Schatz. Den Smoking, ein flaches Paket von der Größe einer Riesenpizza, presste er noch fester unter den Arm, die Prothese hatte er sowieso gleich anbehalten.

An ein und demselben Tag wurde sein Leben durch zwei Spezialisten, deren Ateliers nur ein paar hundert Meter auseinanderlagen, von Grund auf erneuert. Dolf fühlte sich wie neu geboren, trotz seiner fünfundsechzig Jahre, einer verfetteten Leber und eines amputierten linken Unterschenkels.

Die Praxis des Orthopäden (und Schönheitschirurgen) lag im obersten Stockwerk eines Jugendstilbaus am Rand der Altstadt, mit Blick auf die *Rambla*, die sich durch das Zentrum Valencias zog. Die Werkstatt des Maßschneiders nahm das Souterrain eines einfacheren Altbaus ein paar Straßen weiter ein. Es waren zwei verschiedene Welten.

Für die Prothese benötigte Dolf eine halbstündige Einweisung durch den Techniker, der sie gebaut hatte. Das Hightech-Teil aus Karbon, Titan und Elektronik war ein Wunderwerk, ein phantastisches Spielzeug, »*a state of the art gadget*«, wie der selbstherrliche Schönheitschirurg es genannt hatte. Dolf fand sie schlicht phänomenal. Aber es war selbstverständlich undenkbar, wahrscheinlich sogar gefährlich, ihren Gebrauch zu vergessen, gerade weil das Ding so hervorragend funktionierte.

Die körperlichen Voraussetzungen für eine Prothese brachte Dolf mit. Als Besitzer eines belastbaren Oberschenkelstumpfes war er privilegiert unter den Einbeinigen. Bereits für seine knarrende alte Prothese hatte Dolf mühsam gelernt, dass die

Energie für jeden seiner Schritte aus der Hüfte und dem Rücken kommen musste, weil Oberschenkel- und Wadenmuskeln nicht mehr existierten oder in funktionslose Sehnen mündeten. Seine Gewöhnung an die moderne Prothese würde absehbar und angekündigt mehrere Tage dauern, vielleicht Wochen. Aber dass der erste, überwältigende Erfolg sich bereits nach kaum einer halben Stunde einstellte, brachte eine herrliche Überraschung.

Dolf stieß sich vom Laternenpfahl ab. Seine Prothese kostete bestimmt ihr Gewicht in Gold. Dabei wog das Ding kaum zwei Kilo, ein Fünftel des Beins, das es ersetzte. Den genauen Betrag kannte Dolf nicht, die Rechnung würde direkt an Lynn Whelby verschickt. Die Baroness war verschwiegen, weniger aus Großzügigkeit als aus Berechnung; auch wenn ihr klar sein musste, dass Dolf sich für diese Art von Geschenk nie wirklich erkenntlich zeigen konnte. Nur um ihn gewogen zu machen, hätte die Baroness niemals einen solchen Batzen Geld in die Hand genommen. Es ging ihr darum, binnen kurzer Zeit einen präsentablen Partner beizuschaffen, der sie auf der Hochzeit ihres Exmannes nicht allzusehr ins Hintertreffen geraten ließe.

Aber wenn er Lynn nur einen Bruchteil der Glückseligkeit zurückgeben konnte, die ihn eben, beim Straucheln am Laternenpfosten, überwältigt hatte, tat er das gern.

Auf dem Weg durch die schmalen Gassen um die Kathedrale und zum Bahnhof schritt Dolf forsch und intuitiv aus und ertappte sich dabei. Gerade so, als finge er an zu verdrängen, dass er jemals eine andere, unbequemere Prothese getragen hatte. Sein maßangepasstes Hightech-Teil war auf seine Bedürfnisse gefertigt, niemand außer ihm konnte es gebrauchen. Freiwillig würde er es nicht mehr hergeben. Mit dem Smoking verhielt es sich anders. Lynn hatte ihm eindeutig klargemacht, dass sie das Kleidungsstück als Leihgabe betrachtete. Sie wollte, dass es später in einem ihrer Schränke aufbewahrt wurde.

Dolf setzte sich in den Zug zurück nach Cartagena. Er hatte zweieinhalb Stunden Zeit, sich mit dem Gedanken zu beschäftigen, weshalb Lynn ihm ein Spielzeug geschenkt hatte, das sie fast zwei Monatseinkünfte gekostet haben dürfte.

Er hatte nicht mehr als eine grobe Ahnung davon, was ihn auf der großen Party erwartete. Die Hochzeit würde auf Walter Tuckers Luxusyacht stattfinden, vor der Küste von Calblanque. Soweit Dolf wusste, gab es im Naturschutzgebiet weder Anleger noch Festmacherbojen. Aber er traute dem Ölmagnaten auch zu, dass er die Yacht draußen in der Bucht vor Anker gehen ließ. Die meisten Gäste würden – wie Lynn und Dolf – ohnehin mit dem Helikopter ankommen. Und um den Ehrentag der zukünftigen Mrs Tucker angemessen zu feiern, gab der urwüchsige, von Land aus nur mühsam zugängliche wilde Naturpark rund um das Kap sicher den perfekten Hintergrund ab.

Insgeheim vermutete Dolf, dass die Location des Events in der Nähe von Lynns Residenz kein Zufall, sondern eine Laune ihres Exmannes war. Für einen Amerikaner mit Wohnsitz in Texas und eine Latina, die bis vor kurzem in Manhattan gelebt hatte, bot die Küste Südostspaniens sicher nicht den naheliegendsten Ort für eine Ballnacht. Andererseits: Tuckers Yacht kreuzte den Sommer über ständig im Mittelmeer herum. Auf diesem Meer fühlten sich Amerikaner kultiviert und weltmännisch, geschichtsbewusst und tolerant. Sie nannten es *the tiny little sea back yonder*.

20

Der Bahnhof von Cartagena stellte nur eine Kulisse dar. Von außen wirkte das Gebäude wie eine wuchtige Halle mit ausgedehnten Seitenflügeln und großzügigen Portalen. Doch die Eingangstüren führten nur in einen querliegenden schmalen Schlauch, wo gegenüber enge Durchgänge zu den Gleisen abgingen. Die Bahnsteige selbst lagen unter freiem Himmel. Für eine Überdachung gab es keinen Grund, es regnete so gut wie nie in Cartagena, von Schnee oder Hagel ganz zu schweigen.

Dolf stieg aus dem Zug, beschwingt wie er war, und lief Norman Drench in die Arme. Das war kein Zufall.

»Ich soll Sie direkt bei Lynn abliefern, sie kann es kaum erwarten. Sie hat mir gesagt, mit welchem Zug Sie ankommen, Churner.« Der Siedlungsvorsitzende bugsierte Dolf in seinen Wagen. Dolf wunderte sich.

Drench schien es zu bemerken. »Ich musste ohnehin zum Bürgermeister, wegen der Neuvermessung der Grundstücke und der Wasserversorgung.«

Es war mitten am Nachmittag, zwischen zwei und halb fünf hatte kaum eine Behörde geöffnet. Nun ja. Sicher gab es einen anderen wichtigen Grund, warum der Siedlungsvorsitzende ihn persönlich abholte. Oder Dolf war einfach zu misstrauisch.

»Wissen Sie eigentlich, auf wie kompliziertem Erdreich unsere Siedlung errichtet worden ist?«

Dolf hatte keine Ahnung. Müde, wie er war, hätte er einen

Moment Ruhe gut gebrauchen können. Später würde er Lynn ertragen müssen.

»Die Lage ist phantastisch, geradezu privilegiert. Dieser Teil der Küste ist so unverbaut und ursprünglich wie vielleicht nirgendwo sonst am Mittelmeer.« Drench klang wie der Ansager eines Werbespots im Fernsehen. »Aber wir liegen an einem Trockental, Churner. Vor ein paar Jahren hat eine Flutwelle in der Siedlung ziemlichen Schaden angerichtet.«

»Ich hab davon gehört.«

»Es ist Schwemmland, Sand und Kies und all so was. Kein über Jahrhunderte gewachsener Grund, wie wir ihn in England oder Sie in Deutschland gewohnt sind. Deshalb ist es so wichtig, dass Veränderungen am Baugrund nur von Experten vorgenommen werden. Von Leuten, die sich mit so etwas auskennen. Verstehen Sie, was ich meine?«

Dolf verstand. Aber Drenchs Reklameansprache ödete ihn allmählich an. Sie fuhren auf der Landstraße im Landesinnern zügig aus der Stadt heraus. Bald würden sie einen kurvigen Pass überqueren, und Dolf graute davor, sich von Norman Drenchs eckigem Fahrstil gegen Tür oder Armlehnen pressen zu lassen.

»Vielleicht reagiere ich deshalb manchmal etwas unwirsch, wenn die Grundsätze der Siedlungsvereinbarungen in Frage gestellt werden. Ein Brunnenbau wäre definitiv ein Verstoß gegen diese Grundsätze. Das könnte ich nicht akzeptieren. Also, vergessen wir die Sache. In Ordnung, Churner?«

Dolf nickte. Er war für die Sicherheit der Siedlungsbewohner verantwortlich, nicht für die Einhaltung irgendwelcher Bauvorschriften. Aber es wunderte ihn immer mehr, warum Norman Drench dieses Thema so wichtig zu nehmen schien.

Draußen begannen die engen Kurven des Passanstiegs, und Dolf musste sich am Fenstergriff festhalten. Er starrte stur geradeaus, um seine aufkommende Übelkeit niederzukämpfen.

Selbstverständlich hatte auch Drench persönlich eine Menge Geld zu verlieren, wenn sich herausstellen sollte, dass die Siedlung auf instabilem Grund errichtet war und die Häuser damit viel weniger wert wären als gedacht.

Die zahlreichen Swimmingpools fast aller Anliegen waren gerade deshalb von Experten geplant und gebaut worden, erklärte Drench.

»Von Statikern? Architekten?« Dolf stellte abwesend eine Zwischenfrage, die aufmerksam wirken sollte.

»Bergbauingenieure. Leute, die sich mit Erdbewegungen auskennen. Es gibt keinen Grund, irgendwelche Pferde scheu zu machen.«

Dolf nickte und gab sich einsichtig. Er hörte genau heraus, wie ernst es Drench nahm, ihn zu beschwichtigen und ihn möglichst davon abzubringen, nach den Erbauern der Siedlung zu forschen. Dazu machte Dolf gute Miene, doch ablenken lassen würde er sich auf keinen Fall. Irgendetwas wollte der Siedlungsvorsitzende vor ihm geheimhalten.

21

Am nächsten Morgen kam Dolf nur schwer auf die Beine. Er spürte jeden Knochen, vor allem in seiner linken Hüfte. Im Vollgefühl seiner neuen Beweglichkeit musste er sich beim Gehen überanstrengt haben. Die neue Prothese war ein Traum, aber sie konnte ein gesundes Bein nicht völlig ersetzen. Er musste kürzer treten. Im Wortsinn. Für die wenigen hundert Meter den Hang hinauf und hinüber zum Portiersbungalow nahm er den Streifenwagen.

Im Büro am Empfang gab es einen Computer. Pep bediente ihn geschickt. Über das Wi-Fi des Countryclubs auf der anderen Seite der Landstraße hatte er sogar eine Internet-Verbindung hergestellt. Das konnte nicht ganz legal sein, vermutete Dolf, sinnvoll noch weniger. Niemand in der Siedlung brauchte Zugang zum Internet, schon gar nicht das Sicherheitsteam.

Die Verbindung funktionierte blitzschnell, erklärte Pep stolz. Innerhalb von zwei Minuten baute sich eine vollständige Bildschirmseite auf. Dolf beobachtete fasziniert, was Pep auf den Monitor zauberte. Er gab Dolfs Angaben in eine Suchmaske ein, und schon nach wenigen Minuten flackerten wie von Zauberhand Informationen auf.

Dolf suchte nach dem Kürzel *CaCo S. A.*; es stand nach seiner Einschätzung für eine Firma, die sich *Cartagena* und *Company* auf die Fahnen geschrieben hatte, auch wenn er den genauen Firmennamen nicht kannte.

Es gab drei Einträge, die infrage kamen: eine Sanitärfirma in Salamanca, eine in Caracas, Venezuela, eine in Caen. Keine Baufirma befand sich darunter, keine Projektentwicklungsfirma oder ähnliches. Pep blieb geduldig. Er durchsuchte nacheinander die Telefonbücher und Firmenregister von Mazarrón, von Cartagena, von Murcia, von Alicante, von Malaga. Dolf lag ihm zu Füßen.

Aber sie fanden nichts. *CaCo* gab es nicht, ebensowenig *CaCoSA* und alles, was Dolf und Pep sonst noch an Schreibweisen einfiel. Pep wollte sich als Nächstes die Katasterbücher vornehmen. Dolf winkte ab. Er hatte eine kleine Bemerkung am unteren Rand der Bildschirmübersicht gefunden; demnach wurden gelöschte Einträge nicht wiedergegeben. Sie konnten nur durch persönliche Einsicht in der Registratur erlangt werden. Dazu hätte Dolf sich Urlaub nehmen müssen. Ihm leuchtete ein, dass eine Baufirma, die seit mehr als zehn Jahren ihre Aktivitäten eingestellt hatte, nicht mehr in den aktuellen Registern zu finden war. Und wo hätte er anfangen sollen? Die Firma konnte aus der Landeshauptstadt sein. Und aus jedem Ort zwischen dort und hier. Aus jedem Ort Spaniens.

Die Adresse, die Dolf auf Norman Drenchs Kaufvertrag gesehen hatte, bot seine zweitbeste Chance. Die *Avenida de las Moreras* war eine Straße im Gewerbepark von Mazarrón unterhalb der Stadt. Mit dem Streifenwagen brauchte er nicht mehr als zehn Minuten.

Dolf erwartete ein Bürohaus mit vielen Stockwerken und einer Menge zugehöriger Briefkästen an der Tür. Er täuschte sich. Die Adresse gehörte zu einem ungepflasterten Stück Parkplatz; ein Maschenzaun umgab die blendend helle Fläche aus gestampftem Kies. Am Tor hing ein verblichenes Blechschild: *se alquila*.

Dolf rief die zugehörige Telefonnummer an.

Eine halbe Stunde später sprach er in einem schicken Geschäftshaus im Stadtkern mit dem Geschäftsführer der Immobilienfirma, die den Parkplatz vermarktete. Der junge Mann hatte den Posten gerade mal drei Jahre inne. Den Parkplatz, das Geschäft und die Akten hatte er von seinem Vorgänger übernommen. Unterlagen über Verträge, Umsätze und die Mieter reichten genau so lange zurück wie gesetzlich vorgeschrieben: fünf Jahre. Sämtliche Papiere aus dem Jahr 1981, dem Jahr in Norman Drenchs Kaufvertrag, waren geschreddert. Dafür hatte noch der Vorgänger des jungen Mannes gesorgt, es war so ungefähr seine letzte Amtshandlung, der Vorbesitzer war tot.

Dolf steckte in einer Sackgasse. Nicht, dass es ihn überrascht hätte. Es war nicht das erste Mal.

Er fragte nach einer älteren Buchhalterin, einer Sekretärin, irgendjemand, die sich vielleicht noch erinnern konnte, aber der angehende Immobilienhai lächelte dünn: So liefen seine Geschäfte nicht. Wenn er einen Laden übernahm, dann kaufte er nur die Hardware, die Kundendatei, den Besitz und die Unterlagen. Personal galt als nicht vermittelbar, das drückte höchstens den Preis.

Er hörte sich sehr viel abgebrühter an, als er mit Mitte dreißig sein sollte. Und sehr viel weniger sympathisch, als er aussah. Dolf zog mit leeren Händen ab.

Er fuhr noch einmal auf den weiten Parkplatz, auf das leere, umzäunte Grundstück im Gewerbegebiet. Nach Norden hin wurde das Areal von den Halden und Abhängen der ehemaligen Mine begrenzt, nach Süden zogen sich Obstplantagen und Tomatenfelder bis hinab nach *Puerto de Mazarrón*, dem Ort um den Hafen der Stadt, wenige Kilometer entfernt.

Der Parkplatz lag an der Küstenstraße, der Hauptverkehrsader, auf der jeder Einheimische und jeder Tourist, der Cartagena auf dem Weg nach Süden verließ, unweigerlich vorbeikommen musste, bevor die neue Verbindungsstraße im Landesinneren entstand.

Dolf sah sich um. Das Gewerbegebiet bot den üblichen Mix aus Gartencentern, Baumärkten, Fliesengroßhandel und Autohäusern. So oder ähnlich fand er sich an der Peripherie fast jeder mittleren Stadt in Südspanien.

Wenn die öffentlich zugänglichen Unterlagen schon nichts hergaben – wer an diesem Ort würde sich an eine Firma erinnern, die fast dreißig Jahre zuvor hier ihren Sitz gehabt hatte, vielleicht in einem Gebäude, das inzwischen abgerissen war?

Dolf hoffte auf einen Wachmann oder einen Portier. Er suchte nach einer Person, die Zeit und Muße hatte, sich mit Nachbarn anzufreunden. Und die noch immer in der Nähe war. Doch er fand niemanden.

Über das öffentliche Telefon vor dem Autohaus erfragte er den Monteur des Telefonanschlusses für das leere Grundstück; die Angaben waren nicht aufzutreiben. Unter der Telefonnummer, die im Blechkasten der Gas- und Wasseruhr eingeprägt war, ließen sich die Abrechnungsdetails des Parkplatzes herausfinden; die damals zuständigen Monteure waren längst in Pension.

Dann fuhr Dolf zu einem Gärtnereibetrieb, der auf einem Hügel am Rande des Gewerbegebiets thronte. Die Pflanzungen und Gewächshäuser waren erst wenige Jahre zuvor dort aufgemacht worden. Niemand kannte die Gegend aus der Zeit von vor fünfundzwanzig Jahren. Aber wann die Müllabfuhr kam, das wussten sie.

Dolf erkundigte sich bei der Stadt nach der aktuellen Tour und dem Namen des Fahrers, er folgte dem knatternden Ungetüm von Mülllaster durch die engen Straßen von Mazarrón und passte ihn zur Mittagspause in einer Bar an der Hauptstraße ab.

Der Mann war Jahrzehnte zu jung. Doch er konnte Dolf zumindest sagen, dass bis wenige Jahre zuvor eine Gruppe von Bürocontainern auf dem abgezäunten Parkplatz gestanden hatte. Sie waren nie abgeholt worden und allmählich verrostet. Am Ende musste die Stadt für die Entsorgung aufkommen, weil kein Besitzer zu ermitteln war. Der junge Müllwagenkapitän hatte die Container nie in Betrieb erlebt oder jemanden in der Nähe gesehen.

»Wer hat Ihre Tour vor Ihnen gemacht?«

»Villalobos.«

Dolf erfragte Vornamen und Adresse.

Aber der Müllwerker machte ihm wenig Hoffnung. »Villalobos ist in Rente. Und wie der säuft, wird der kaum noch eine Erinnerung haben. Kein schlechter Kerl.«

Das genügte Dolf als Ansporn. Es kostete ihn zwanzig Minuten konzentriertes Zuhören und eine halbe Flasche verdünnten Brombeerschnaps, dann hatte ihm Juanmiguel Villalobos den Namen Isabel Alonso bestätigt und eine Adresse der Dame herausgerückt, die damals das mobile Büro betreut hatte. »Nur in der Saison, nur von März bis Oktober. Aber jeden einzelnen Tag und immer bis spät in die Nacht. Sie war ein zähes fleißiges Ding, das kann ich Ihnen sagen.«

Sieben Tage pro Woche und bis zu zwölf Stunden pro Tag hatte die junge Dame demnach dort verbracht, unter einem Sonnenschirm, auf dem Platz vor dem improvisierten Verkaufsbüro. Wenn jemand wusste, in wessen Namen die Anwesen der Siedlung verkauft worden waren, dann Isabel Alonso. Nach Villalobos' verschwommener Erinnerung war sie sehr hübsch, trug stets bunte Sommerkleider in Blau, Rot, Violett und in Gelb. »Das Gelbe stand ihr am besten.« Villalobos versank in seinen Erinnerungen.

Dolf verstand jetzt, warum der alte Mann sich die Immobilienverkäuferin so gut gemerkt hatte, obwohl sie nie Zeit für ihn gehabt und auch nur zwei Sommer dort gesessen und die Siedlung vermarktet hatte.

»Nur zwei Jahre, sind Sie sicher?«

Villalobos nickte achselzuckend.

Sie mussten *Campo Cálido* in Höchstgeschwindigkeit hochgezogen haben, überlegte Dolf. In den achtziger Jahren ließen sich Großprojekte noch auf einen Rutsch finanzieren, erbrachten die Investoren hohen Einsatz und brauchten langen Atem. Heutzutage wurden Vorhaben solchen Umfangs schrittweise erstellt. Zunächst legte der Investor kleinere Summen vor, baute die Infrastruktur aus Straßen, Versorgungsleitungen und Gemeinschaftseinrichtungen. Die einzelnen Häuser an diesen leeren Straßen wurden erst nach und nach errichtet. War eins verkauft, wurde mit dessen Erlös das nächste hochgezogen. In der Regel klappte das reibungslos. Im neuesten Bauboom seit 2002 wuchsen die Siedlungen rasch in die vorbereitete Infrastruktur.

Wenn es einmal nicht funktionierte, blieben seltsame Skelette übrig, wie Fossilien – die Reste angefangener Projekte. Die Gemeinschaftsanlagen standen einsatzbereit, ein Netz aus Straßen mit Beleuchtung, Kanalisation und Hausanschlüssen, vor allem aber Kinderspielplätze mit Spielgeräten und Klettergerüsten, nagelneu und schon verwaist. Von der Sonne bleichten sie Jahr um Jahr mehr aus und gaben ein merkwürdiges Bild ab. An der Tankstelle außerhalb von *Puerto de Mazarrón*, wo Dolf manchmal Station machte, um seinen Straßenkreuzer aufzutanken, stand so eine Siedlung. Selbst die überhöhten Fußgängerüberwege, die Schwellen und Schikanen zur Temporeduzierung, waren schon errichtet. Sie verlangsamten den Verkehr auf der Küstenstraße für Zebrastreifen, die zu leeren Bürgersteigen ohne eine einzige Behausung führten.

Dolf lenkte den Streifenwagen auf das Grundstück am Rande des Örtchens *Los Lorentes*, wo Isabel Alonso Fraga in einem Wohnwagen leben sollte. Der Platz war leer. Sie wohnte nicht mehr dort.

22

Dolf fand Isabel Alonso im Frauenwaschraum des örtlichen Campingplatzes. Sie sah nicht gut aus: struppiges Haar, gerötete Haut, aufgedunsenes Gesicht. Sie hatte einen alten Regenmantel an, wohl anstelle eines Bademantels. Es war halb elf Uhr vormittags. Isabel Alonso machte nicht den Eindruck, als hätte sie bereits geduscht.

Und noch weniger wirkte sie wie die Geschäftsführerin einer Immobilienfirma. Dolf sprach sie an, stellte sich vor. Sie wandte sich ab. Sie hatte ihm nichts zu sagen.

Dolf fluchte. Wie schwer konnte es sein, herauszukriegen, wer hinter der Firma stand, die siebenundzwanzig Jahre zuvor diese verdammte Siedlung auf dem Hügel hochgezogen hatte?

Die Frau verharrte in der Ecke des Waschraumes wie ein verängstigtes Tier, wischte sich die Haare vor die Augen und vermied seinen Blick. Andererseits sah sie nicht wirklich eingeschüchtert aus, eher unwillig. Sie schien einfach abzuwarten, bis vorbei ging, was immer ihr hier bevorstand. Mit Druck holte man wahrscheinlich nicht viel aus ihr heraus.

»Ich bitte Sie, mir zu helfen. Ich flehe Sie an.« Er legte so viel Respekt in seine Stimme, wie er aufbringen konnte.

»Kann mir ja selber nicht helfen.« Das klang schon weniger abweisend.

»Nur ein paar Fragen. Ist auch was für Sie drin.« Er bot an, ihr einen Drink zu spendieren, sie spuckte aus. Oder Geld?

Dolf holte seine Brieftasche heraus. Er hatte nur Münzen und kleine Scheine. Sie lächelte verächtlich und stieß Luft durch die Zähne aus. Dolf seufzte. Sie musste einmal sehr attraktiv gewesen sein. Für einen Wimpernschlag war das in ihrem Lächeln aufgeblitzt. Jetzt fasste sie ihren Mantel über der Brust zusammen und winkte Dolf mit der Schulter zum Ausgang. Es wirkte fast wie ein Einverständnis.

Zwar wollte sie in ihrem Zustand nicht mit Dolf sprechen, aber wenn er bereit wäre, ein paar Minuten zu warten …

Dolf nickte hoffnungsvoll.

Isabel Alonso hatte sich geschminkt und umgezogen. Sie trug ein Sommerkleid, viel zu luftig für den kühlen Vormittag. Sogar Parfüm hatte sie aufgelegt. Und sich für die Nerven einen Schluck aus der Wermutflasche genehmigt. Jedenfalls stieg Dolf dieser Geruch in die Nase.

Sie bot ihm einen Platz auf der Eckbank in ihrem Caravan an, er setzte sich, verhedderte sich aber mit seinem Bein unter dem Mechanismus des Klapptisches.

»Was ist mit Ihrem Bein?« Sie schien nicht bemerkt zu haben, dass er eine Prothese trug, jedenfalls nicht auf den ersten Blick. Sie hatte Dolf eindringlich angesehen, vom Kopf bis zu den Schuhen, als er nach der vereinbarten Viertelstunde vor ihrem Wohnwagen stand. Und anerkennend genickt.

Auch er hatte sie eingehend gemustert und seinen ersten Eindruck bestätigt gefunden. Sie musste einmal sehr attraktiv gewesen sein, volles Haar, schöne Augen, wenn sie klar wären, ein schmale, gerade Nase über exakt konturierten Lippen.

»Danke, dass Sie sich die Zeit nehmen.«

Sie nickte beiläufig. In einem anderen Leben, zu einer anderen Zeit, hätte Dolf es sicher nicht versäumt, sich mit ihr zu verabreden. Vielleicht nicht gerade auf einen Wein.

»Nur um das klarzustellen: Es gibt nichts, was ich Ihnen vorzuwerfen habe, ich bin nur neugierig.«

»Auf die alten Geschichten? Die *CaCoSA* macht schon lange keine Geschäfte mehr.« Isabel Alonso legte skeptisch den Kopf schief.

Dolf fand ihren ausweichenden Blick, versuchte ihn zu bannen. »*Señora Alonso*, Sie scheinen die Einzige zu sein, die sich überhaupt noch an die Firma erinnern will.«

»Nun, das ist alles, was uns bleibt, nicht wahr?« Sie seufzte und versuchte ein Lächeln. Dolf wusste es zu schätzen. Bereitwillig beantwortete Isabel Alonso ihm alle Fragen, und er hatte viele. Fast wirkten ihre schlichten, offenen Antworten auf seine konzentrierten Fragen wie der innige Austausch zwischen frisch Verliebten.

Auf dem leeren Grundstück im Industriegebiet hatte tatsächlich ihr Verkaufsbüro gestanden, zwei Container und ein Toilettenwagen. Die waren Jahre zuvor abgeräumt worden, damit hatte sie schon längst nichts mehr zu tun. Damals, drei Sommer lang am Ende der siebziger Jahre, verbrachte sie die Tage beinahe ohne Unterbrechungen in ihrem Büro. Der Laden lief auf ihren Namen. Sie war die Strohfrau. Sie kassierte einen Monatslohn, gar nicht mal schlecht, aber auch nicht so exorbitant hoch, dass sie sich Sorgen gemacht hätte. Sie verhandelte Kaufverträge auf Spanisch und Englisch und bereitete sie vor, die Papiere wurden in einem anderen Büro in der Nähe ausgefertigt und von ihr und den Käufern unterschrieben. Mit der weiteren Abwicklung, der Eigentumsübertragung und den Einzelheiten hatte sie nichts mehr zu tun, auch wenn all das, ebenso wie die zahlreichen Inserate in Werbezeitungen, unter ihrem und dem Namen der *CaCoSA* lief.

Das war Teil einer Vereinbarung, die sie mit einem jungen Typen getroffen hatte, der noch nicht einmal vorgab, ihr wirklicher Geschäftspartner zu sein. Alle Beteiligten setzten voraus, dass er als Strohmann fungierte, genau wie sie die Strohfrau für die Kunden sein würde. Der Grundbesitz am Gelände der Siedlung wurde ihrer Firma übertragen, die Häuser wurden fristgerecht und handwerklich einwandfrei errichtet. Bei Fragen wandte sie sich an ihren Kontaktmann, der kümmerte sich um alles Weitere. Auch für alle technischen Belange gab er den Kopf des Geschäftes ab. Dass er dafür zu jung aussah, war eine der Fragen, die Isabel Alonso sich niemals stellte. So verstand sie ihre Rolle: Sie wurde fürstlich dafür bezahlt, dass sie keine Probleme machte.

Ungefähr einmal in der Woche kam der junge Mann in ihr Containerbüro, holte Vertragsentwürfe ab und brachte ausgearbeitete Verträge und Unterlagen vorbei. Sie unterschrieb, die Verkäufer unterschrieben, der Junior oder seine Chefs veranlassten die Eintragungen im Grundbuch, die Besitzübertragungen, alles unter ihrem Namen. Zahlungen flossen an sie und wurden von ihrem Konto weitergeleitet. Alle waren zufrieden.

Ein einziges Mal in ihrer seltenen Freizeit sah sie aus der Distanz den Junior mit einem Mann, den sie für den Betreiber der Geschäfte hielt. Auf Dolfs Fragen konnte sie ihn auch recht genau beschreiben. Ein stattlicher Herr in den besten Jahren, schlecht angezogen, dominant und linkisch zugleich in seinen Bewegungen. Namen kannte sie keinen. Ob sie ihn wiedererkennen würde, konnte sie nicht sagen, schloss es aber auch nicht aus.

Der Junior hieß Hernando Sillas. Er war damals unter einer Telefonnummer zu erreichen, die schon seit Jahren nicht mehr funktionierte, Isabel Alonso hatte es ausprobiert. So lange Hernando erreichbar war, bewahrte sie sämtliche Akten auf: einen ganzen Meter Ordner, Beschlüsse, Rechungen, verfallene Geldforderungen.

Als ihr der Junior im Herbst des dritten Jahres erklärte, dass er nicht mehr kommen werde, wartete sie noch ein paar Tage ab. Dann konnte sie ihn telefonisch nicht mehr erreichen und an das Geld, das ihr noch zustand, kam sie auch nicht heran. Also schloss sie die Container ab und ging.

»Und die Akten?«

»Sind weg.«

Sie war so oft umgezogen, sie hatte nichts behalten. Hernando begegnete ihr nicht mehr. Der arme Kerl verschwand ein paar Monate später unter merkwürdigen Umständen. Immerhin, den Zeitungsartikel mit der Vermisstenanzeige hatte Isabel Alonso als Schnipsel in einer Schublade verwahrt.

Dolf nickte nachdenklich. Er hatte alle seine Fragen verschossen, ihm fiel nichts mehr ein. Isabel Alonso wartete bereitwillig ab. Sie hätte ihm sicher noch ein Dutzend weiterer Fragen beantwortet, zögerlich, schlicht, um möglichst exakte Angaben bemüht. Aber Dolf hatte keine Fragen mehr.

Er bedankte sich, schrieb ihr seine Adresse und Telefonnummer auf. Sie drückte sich den Zettel gegen die Brust, bevor sie ihn sorgfältig in die Schublade legte, aus der sie Hernandos Zeitungsartikel genommen hatte.

Ihn überkam das Gefühl, sie würde ihn niemals anrufen. Und, Hand aufs Herz, wenn er sich ehrlich prüfte, er sie wahrscheinlich auch nicht.

23

Der Helikopterflug war holprig und hektisch. Nervöser war nur noch Lynn, die ununterbrochen an Dolf herumzuppelte, seine Fliege nachjustierte, seinen Smokingkragen hochschlug, nur um ihn gleich wieder glattzustreichen. So unruhig hatte Dolf sie noch nie erlebt. Doch er würde den Teufel tun, sie darauf anzusprechen.

Nach außen hin wirkte sie kühl und betont gelassen, in Abendkleid und Partyjäckchen. Sie sah keinen Cent billiger aus als die fast elftausend, die Kleid, Schuhe und Wäsche gekostet hatten, Schmuck und Schönheitsreparaturen nicht eingerechnet. Sie sah phantastisch aus für eine fast Siebzigjährige, die sich als Ende vierzig ausgab und gut als Mitte fünfzig durchging.

Sie flogen nicht hoch, wenige Dutzend Meter über der Wasseroberfläche, fast auf Höhe der verwaisten Kommandobrücken der Frachter und Tanker, die in der Bucht vor Cartagena auf Reede lagen. Der gesamte Flug dauerte gerade mal sieben Minuten.

Als der Hubschrauber in sanftem Bogen in die Bucht von Calblanque einschwebte und sich auf das Landedeck der *Rosebud* senkte, konnte Dolf das ausgeklügelte Arrangement überblicken: die mehr als hundert Meter lange Privatyacht des Walter S. Tucker III lag mit dem breiten Heck zum Land hin verankert. Ihr Abstand zur Küste bot Platz für eine ganze Armada kleinerer Boote, die zum Strand oder auch zu anderen in der Nähe vertäuten Yachten pendelten.

Der Bug der *Rosebud* mit dem signalfarbenen riesigen H auf der Landeplattform lag nach Südosten ausgerichtet. So zeigte das Heck mit mehreren aufgeklappten Bootsdecks gegen die Küste und präsentierte sowohl den Sonnenuntergang im Westen als auch das atemberaubende Panorama des Naturparks als attraktiven Hintergrund.

Die kleineren Boote, die um das Schiff herumwuselten, strebten auch zu mehreren anderen Superyachten, die in gebührender Entfernung in der Bucht ankerten.

»Keins von denen ist so groß wie Walters Schiff«, verkündete Lynn stolz und laut, weil der Helikopter im Sinkflug aufjaulte.

Unter Yachtbesitzern gab es wenige, einfach zu durchschauende Regeln. Etwa, dass man seinem Mädchen nie einen Mann mit einem größeren Schiff vorstellte. Diesmal ging es um eine Hochzeit, also ein frisch zu verpflichtendes Mädchen. Falls Walter Tucker Freunde hatte, die ein größeres Schiff ihr eigen nannten, dann besaßen sie die Rücksicht, zumindest hinter der nächsten Felsflanke zu ankern. Innerhalb der Bucht war die *Rosebud* das größte Schiff, da hatte Lynn recht.

Sie und Dolf stiegen aus und bückten sich unter den im Leerlauf drehenden Rotoren, der Helikopter würde sofort wieder abheben, sobald sie die Sicherheit des überdachten Niedergangs erreicht, ihre Kopfhörer abgezogen und dem Copiloten übergeben hatten. Weitere, noch wichtigere Gäste erwarteten ihn oder die beiden anderen Shuttleflieger. Mit der knappen Ankunft innerhalb der letzten Stunde vor Beginn der Feierlichkeiten hatte Lynn eine Verabredung herausgeholt, die ihre Nähe zum Gastgeber des Festes angemessen wiedergab. Unter ihrer Maske aus antrainierter Gelassenheit blitzten ihre Augen triumphierend.

»*Baroness! What a pleasure!*« Von der Steuerbrücke herab wurde Lynn von einem Offizier erkannt und gegrüßt und genoss das sichtlich. Auf dem Deck darunter war eine Bar aufgebaut. Die sechs fest installierten Tresen des Schiffes – allein die Bar im Salon bot Platz für zwei Dutzend Gäste – konnten nicht für tausend Besucher aufkommen, stellte Lynn sachkundig fest.

Der schmucke Offizier kam auf ein paar Worte herunter, grüßte standesgemäß militärisch, aber auch höflich zurückhaltend. Vor allem konnte oder wollte er Lynns Frage nach dem Aufenthaltsort ihres Gastgebers nicht beantworten. Dolf wurde so herzlich willkommen geheißen, routinemäßig mit einem Drink ausgestattet und unmittelbar darauf freundlich ignoriert, wie es nur allerbestes Personal fertigbrachte. Er sah sich um.

Er hatte sich schlau gemacht über das Schiff, er kannte die Herstellerwerft von einem kurzen Besuch im Rahmen seiner Ausbildung. Damals war die auf Spezialanfertigungen für Ölplattformen spezialisiert; Bau und Umbau höchstklassiger Luxusyachten waren erst Jahre später zu ihrem Kerngeschäft geworden.

Inzwischen musste sie darin Weltklasse sein. Dolf sah kostbare Lederbezüge, samtbezogene Wände, goldene Armaturen und Geländer, kristallene Lüster wie in einem Louis-quatorze-Schloss. Nur die geschwungenen Wendeltreppen zwischen den Decks und die massiven, hochseetauglich verstärkten Panoramascheiben erinnerten daran, dass man sich auf einem Schiff befand.

Lynn hatte genaue Vorstellungen vom Verlauf des Nachmittags. Sie lotste Dolf über eine breite geschwungene Treppe hinab in den Salon. Auch hier verhüllten ausladende Blumenarrangements und Tischwäsche mit Golddekorationen alle Abstellflächen. Lynn und Dolf tauschten ihre Gläser gegen frische ein. Auf dem Hauptdeck, auf halbem Weg in den

Bauch des Schiffes, gab es, auf ausdrücklichen Wunsch der Braut, Champagnercocktail. Dolf fand ihn zu süß und zu stark zugleich.

Der Ablauf der Feierlichkeiten lag als Programm aus, gedruckt auf duftigem, weichem Bütten, das farblich zum Burgunderrot der Einladungen passte. An Dolf würde das alles als gigantischer Farbwirbel vorüberrauschen, wenn er sich nicht zusammenriss und sein halbvolles Glas wegstellte. Er kam schließlich nicht zu seinem Vergnügen her.

In einem begehbaren gläsernen Weinkühler bewunderten sie die Hochzeitstorte. »Arbeit für sechs Konditoren, für drei Wochen exklusiv.«

Das Ungetüm sah aus wie ein riesiges Knallbonbon, mit einer Kanonenkugel aus schierem Gold im Zentrum. »Dabei schmeckt Blattgold nach gar nichts.«

Dolf nickte achselzuckend. Lynn und er stiegen eine weitere breite Außentreppe hinab und erreichten die Badeplattformen hinter den Bootsdecks. Noch hatten sie von ihren Gastgebern keine Spur gesehen. Lynn kannte sich im Schiff aus und wies Dolf auf Veränderungen und Neuerungen hin. Sie zeigte ihm auch den improvisierten Tanzsaal, wo sie später auf ihn warten würde.

Auf Höhe der Wasserlinie durchzog ein hallenhoher holzgetäfelter Raum die gesamte Breite des Rumpfes. Zu beiden Seiten ragten geschosshohe Klappen wenige Zentimeter über der Meeresoberfläche als Badeplattformen ins Freie. Die Vergnügungsboote, die hier üblicherweise zur Verfügung gehalten wurden, hatte man weggeschafft. Ihre Stauräume bildeten die Halle; später am Abend würde der Parkettboden des Bootsdecks die Tanzfläche abgeben. Zwei Sets vom Musikequipment warteten bereits aufgebaut. Lynn war eingeweiht und wusste, was für die meisten der übrigen Gäste eine herrliche

Überraschung würde: Zwei britische Bands würden am Abend aufspielen, *Sting* und *Blur*, weitläufige Bekannte der Braut aus Künstlerkreisen.

Das war zumindest die offizielle Erklärung. Lynn konnte allerdings auch auf den Dollar genau angeben, wie viel diese beiden »Freundschaftsdienste« kosteten. Selbst ihr aufwändiges Leben hätte sie davon für mehr als ein Jahr finanzieren können.

Zur Bucht hin ragte ein Fotopodest auf, eine Segelschiffkulisse mit Holzreling und Wantenabschnitten. Dort lichtete eine Fotografin sämtliche Gäste in dramatischer Pose ab. Mit den Felsen als Hintergrund und einer kleinen Windmaschine konnten die Aufnahmen gut als Schnappschüsse eines wilden Segeltörns durchgehen. Falls jemand die Idee, in Abendkleidung auf ein Segelschiff zu gehen, nicht völlig absurd erschien …

Ihren Gastgeber sah Dolf erst zu Beginn der Trauungszeremonie auf einer Videoleinwand. Selbst auf einem Schiff, das so mächtig und breit gebaut war wie die *Rosebud*, gab es nicht genügend Platz für mehrere Hundert Zuschauer. Das Jawort wurde gefilmt und in die Salons der Yacht übertragen, auch ins Bordkino. Dort saß Dolf bequem in einem tiefen Sessel; der Saal bot Platz für vierzig Leute. Während der Zeremonie drängelten sich sicher doppelt so viele in den tiefen, weichen Polstern.

Auf der Leinwand begann die Übertragung. Am Heck eines der oberen Decks wartete eine blumenumrankte Bühne. Das Podest bot die spektakulärste Aussicht des Tages. Der Priester sprach mit dem Rücken zum Land, zu den sonnenüberglänzten Sandhügeln und Geröllbergen des Naturschutzparks. Zuschauer und Kameras sahen das Brautpaar vor diesem Live-Panorama.

Dolf erhaschte einen Blick auf Lynn, wie sie Walt Tucker Gesellschaft leistete, während die Braut unter vielfachen »Ahs« und »Ohs« vom anderen Ende des Decks herangeführt wurde. Tatsächlich war ihr Kleid, obwohl Dolf unter dem Siegel der Verschwiegenheit selbstverständlich wusste, wieviel es gekostet hatte, fast schon schlicht. Schleppe und Schleier gaben den Blick auf ein langes, vorn geteiltes Überkleid frei, unter dem ein Minirock hervorblitzte. Schuhe, Beine und Grazie von Miss Venezuela machten ihrem Titel alle Ehre. Conzuela sah fast natürlich aus, trotz kiloschwerem Ballast von Collier, Frisur und Haarschmuck. Dolf konnte sich vorstellen, wie Lynns Blicke sie rösteten. Aber die Exgattin war selbstverständlich klug genug, nichts davon zu zeigen. Auf dem Video war sie auch nicht mehr zu sehen.

Kurz vor dem Podest streifte Conzuela wie übermütig ihre hochhackigen Schuhe ab und trat auf Strümpfen zum Geistlichen, der sie um einen Kopf überragte und strahlend neben sich in Position rückte. Walter kam von der anderen Seite, grüßte die Anwesenden als Held und Gewinner und so gutgelaunt, wie es ihm möglich war. Es konnte losgehen.

Die Zeremonie geriet kurz und schlicht, der Geistliche nahm Rücksicht auf Walter Tuckers Aufmerksamkeitsspanne. Conzuela wirkte kaum größer als Tucker. Sie bekam ihren Ring übergestreift und ihren Brautkuss verpasst. Alle Anwesenden, auch die fast hundert Leute im Kinosaal, applaudierten, ließen das Brautpaar hochleben und stießen auf sie an.

Dolf wurde von einer dürren, hochgewachsenen Schönheit in den besten Jahren angestupst und aufgefordert, Brüderschaft zu trinken. Wozu er gerne gute Miene machte. Die Dame sprach keine Sprache außer Amerikanisch mit schwerem Südstaatenrollen. Dolf tat, als wäre sein Englisch nicht gut genug, und ließ die Unterhaltung sachte einschlafen. Dennoch schleppte ihn die Dame anschließend hinauf zum Deckssalon. Dort wartete eine Überraschung, eine weitere Filmvorführung. Freunde der Braut hatten ein *Making of* über Zuelas Kindheit und Jugend zusammengestellt. Die meterlange Fensterfront im Oberdeck verdunkelte sich stufenlos und wie von Zauberhand. Nach dem, wie Dolf fand, eher belanglosen Film faszinierte ihn vor allem, wie die Fenster im Handumdrehen wieder durchsichtig wurden und den Blick freigaben auf das tiefe Blau des Sonnenuntergangs am Kap *Tiñoso*, kaum zwanzig Seemeilen entfernt. Allein der photoelektrische Effekt in den rund fünfzig laufenden Metern Salonverglasung musste ein mittleres Vermögen gekostet haben.

»Wo bleibst du bloß?« Lynn holte ihn aus dem Staunen. Sie brauchte Dolf auf dem Bootsdeck, in wenigen Minuten würde der Brauttanz beginnen. Dafür war stilecht die blaue Stunde zwischen Sonnenuntergang und Nacht vorgesehen.

Im Tanzsaal mit Ausblicken auf Bucht, Küste und Nachbarschiffe nach drei Seiten spielte zum späten Licht des malerischen Sonnenuntergangs eine Tanzband. Die Umgebung ergab einen tiefblauen, romantischen Moment, der auf keinen der Anwesenden, nicht einmal auf Lynn, seine Wirkung verfehlte. Für einen langen Moment verstummte das Gemurmel über *Pre-Nups* und *Mid-Nups* und die ausformulierten Vereinbarungen, die angeblich von der Braut unterzeichnet worden waren und ihren Zugriff auf Walt Tuckers Vermögen vereiteln sollten.

In diesem lichtblauen Augenblick wünschten alle dem Paar von Herzen alles erdenklich Gute. Dann zerstäubte die Magie wie Feenpulver. Nach dem feierlichen ersten Tanz überließ Walter Tucker seine junge Braut rasch ihren Studienfreunden. Lynn ergatterte einen Tanz mit ihm. Dolf beobachtete, wie sie ihrem Exmann um den Bart ging – noch immer, da war er sich sicher, konnte sie fast alles von ihm haben. Dolf selbst musste einen Augenblick unschlüssig herumgestanden haben, denn prompt wurde er von der ranken Südstaatlerin in Beschlag genommen.

Kurz darauf entließ sich Tucker aus Lynns Armen. Sie kam auf Dolf zugeschossen und griff ihn energisch aus den Armen der Süstaatlerin. Dabei erfuhr er nicht wenig überrascht, dass die sehnige ehemalige Schönheit die Witwe und Alleinerbin des Besitzers einer landesweiten Baumarktkette war.

»Wie in aller Welt hast du die aufgetan? Knapp sieben Milliarden, und zwar in der dritten Generation!« Lynn zeigte alle Anzeichen echter Bewunderung. Dolf tat geheimnisvoll. Gelegenheit, sich bei Lynn interessant zu machen, hatte er nicht so oft.

Und dann wurde er auch noch von Zuela abgeklatscht. Lynn verzog das Gesicht. Aber was konnte Dolf machen? Die Braut hatte ihre hohen Stöckel wieder an, sie überragte Dolf um ein paar Zentimeter. Viel mehr als dass er Lynns Begleiter war, dass er zwar in Spanien lebte, aber kein Spanier war, sprachen sie nicht miteinander. Doch Zuela stellte sich als unbeschwert und freundlich und eine aufmerksame Zuhörerin heraus. Obwohl Dolf auf der Hut war, überraschte ihn die ungekünstelte Herzlichkeit der Braut. Conzuela Tucker-Velazquez erwies sich nicht nur als wunderhübsch und klug, sondern auch als bodenständig und sympathisch.

Gegen zehn nahm Lynn herrisch seinen Arm. Dolf hatte schließlich einen Job zu erledigen: einen bleibenden Eindruck zu hinterlassen. Bisher war ihm das ganz gut gelungen, das musste sogar Lynn widerwillig zugeben. Jetzt ging es um ein farbenprächtigeres Schauspiel. Lynn warf sich ihm nach allen Regeln der Kunst an den Hals.

Obwohl Walter Tucker III noch nicht einmal in der Nähe war, soweit Dolf sehen konnte. Sogar ein Thema für Small-talk hatte er sich zurechtgelegt. In den sechziger Jahren hatte Dolf auf der Viersen-Werft in Lüneburg, wo die *Rosebud* umgebaut worden war, seinen ehemaligen Ausbilder, einen koreanischen Schiffsbauingenieur, besucht. Dolf hätte Walt Tucker eine Viertelstunde über die Werft und den Betrieb dort erzählen können. Vorerst kam es nicht dazu.

Lynn hatte es sich in den Kopf gesetzt, Dolf als feurigen Liebhaber zu präsentieren, sie schmiegte sich an seine Schultern und Hüften. Als Dolf darauf einstieg und sie seinerseits begehrlich um Taille und Po fasste, bremste sie ihn tuschelnd. »Schön, dass Sie Spaß haben, Dolf. Aber vergessen Sie nicht, wozu wir hier sind.«

So tanzten und schäkerten sie noch eine Weile herum, bis Lynn die Lust verlor, weil sie einsehen musste, dass ihr Exmann dem Rest des Abends wohl fernbleiben würde. Damit war auch ihr Interesse an der Feier erloschen.

Dolf vermied das Thema, und Lynn sprach es auch auf dem Heimweg nicht an. Sie brachten ihn mit einem kleinen Boot, dem Landrover und einem Mietwagen mit Fahrer hinter sich. Es dauerte fast neunzig Minuten. Falls Lynn sauer war, ließ sie es sich nicht anmerken. Für den Helikopter hätten sie mehr als eine Stunde warten müssen.

24

Erst, als er bereits getroffen war, hörte Dolf den trockenen Knall.

In eine leere, königsblau gerahmte Fensteröffnung gebeugt, betrachtete er den vermüllten Innenraum einer Fabrikruine, starrte auf Abfälle, Schutt und die Haarrisse im rostroten Estrich, der nach jahrelangem Säurebad matt glänzte wie geronnenes Blut, als der Gewehrschuss ihn seitlich, knapp unter den Rippen, traf und gegen die Hauswand warf.

Er sackte auf die Fensterbrüstung, fand mit zittrigen Händen Halt, hielt sich mühsam aufrecht und wusste nicht recht wozu. Wenn das Projektil in seinen Bauch eingedrungen war, wäre er in tödlichen Schwierigkeiten.

Denn er befand sich auf dem verlassenen Minengelände, eine halbe Stunde Fußmarsch oberhalb der Straße und von den nächsten Häusern der Ortschaft Mazarrón entfernt. Er war ohne Handy unterwegs, wahrscheinlich gab es hier oben ohnehin keinen Empfang. Bis er Hilfe geholt hätte, wäre er längst verblutet.

Dolf stützte sich auf die Brüstung und drückte den Rücken durch. Der Schmerz war nicht schlimmer als nach einem heftigen Fußtritt. Er ertastete eine Flüssigkeit in seiner Nierengegend, die aber viel zu kühl und dünnflüssig war, um sein eigenes Blut sein zu können. Außerdem leuchtete sie neongrün. Dolf war von einer Paintball-Kapsel getroffen worden. Er war völlig unverletzt. Verärgert und erleichtert zugleich stieß er Luft durch die Zähne aus. Er hatte einen Treffer aus einem Spielzeuggewehr kassiert. Und sich davon einen riesigen Schrecken einjagen lassen. Was für eine idiotische Schweinerei!

Der Schütze kam um die Ecke des nächstgelegenen Gebäudes gebogen, es war eine Art Garage, die zu den Nebengebäuden der Verhüttungsanlage zu gehören schien. Der übergewichtige Mann, Typ alt gewordener Junge, schob sich Gesichtsschutz und Atemmaske in die Stirn und entschuldigte sich nachlässig. Er habe Dolf für einen seiner Gegner gehalten. Üblicherweise treibe sich kein Unbeteiligter hier herum. Der untrainierte junge Mann musste wohl dreißig oder fünfunddreißig sein, aber er sprach trotzig und mit vorgeschobenem Unterkiefer wie ein Pubertierender von zwölf oder vierzehn. Insgeheim vermutete Dolf, dass er log. Außer ihnen beiden befand sich niemand in der Nähe. Zumindest soweit Dolf sehen konnte. Der Kerl hatte ihm aus Übermut einen Schuss in die Seite gejagt. Auch wenn Dolf das nicht beweisen konnte. Böse grummelnd wandte er sich ab.

Das Gelände der ehemaligen Mine von Mazarrón war seit Jahrzehnten stillgelegt. Es war nicht abgesperrt, unten an der Landstraße stand sogar ein Hinweisschild auf die Geschichte des Bergbaus bis zurück vor die Besatzung durch die Römer. Aber hier oben lagen die Hügelkuppen und Halden, die Abraumwüsten und toten Gewässer menschenleer. Die ehemaligen Fördertürme, die Verflüssigungs- und Scheidewannen, die versiegelten Tröge für Chemikalien und Erzbrei ebenso wie die Villa des Minenbesitzers oder seines Verwalters und die schräg wie Abgrenzungsmauern über die Flanken der Hügel verlaufenden Rauchabzüge wurden anscheinend von Paintballern als Übungsgebiet genutzt. Die Markierungsflüssigkeit auf Dolfs Jacke zersetzte sich rasch an der Luft, bald war der Fleck nicht mehr leuchtendgrün, sondern nur noch wässrig. In wenigen Minuten würde nichts mehr davon zu sehen sein. Außer seiner Aufregung war kein Schaden entstanden. Dolf ließ den pummeligen Berufsjugendlichen, der in Tarnkleidung mit Munitionsgurten und Sportschuhen auftrat, ziehen, ohne dessen Personalien zu fordern.

Dass Dolf ebenso wie sämtliche britischen Bewohner der Siedlung in der Woche nach den Anschlägen auf die Londoner U-Bahn in einem Zustand von Schock und Starre verharrte, konnte der Paintballschütze wohl nicht ahnen. Dabei hatten die Anschläge auf die Metro in Madrid, ein Jahr zuvor, die Spanier in einen ähnlichen Taumel aus Schock und Empörung gestürzt.

Dolf war hergekommen, weil er raus musste aus der Siedlung, weg von den Gerüchten und Befürchtungen, mit denen die Briten sich verrückt machten. Außerdem interessierte er sich für den Minenbetrieb und die Bergbauarbeiten, die in dieser Gegend seit Jahrhunderten unternommen wurden. Selbst unten im Tal, in der Nähe der Siedlung, war er bei seinen Spaziergängen auf Reste einer kleineren Minenanlage gestoßen. Hier oben hoffte Dolf Erklärungen zum Ablauf der Arbeiten zu finden, Hinweise über die Minen von Mazarrón. Dafür war er am falschen Platz zur falschen Zeit, mehrere Jahrzehnte zu spät. Die Mine lag stillgelegt und verlassen, alle Zugänge zu den Stollen und Teufgruben übermannshoch vermauert und gesichert. Niemand der Zuständigen hielt sich noch hier vor Ort auf.

Das Gelände zog sich weitläufig und sumpfig über mehrere Hügel und Täler. Obwohl sich Dolf einige Dutzend Meter über der Talsohle befand, konnte er keinen Ausblick auf die weite Senke erlangen, in der sein Arbeitsplatz lag. Braunbunte Halden, Gebäuderuinen und Bergflanken verdeckten die Sicht.

Metallisch glänzender Kies und schwefelgelbe Erden, kupferroter Sand und blaugrauer Schlamm bildeten eine Mondlandschaft. Dolf wusste noch nicht einmal, nach welchen Metallen auf diesem Gelände bis zur Schließung der Anlage geschürft worden war.

Das Ambiente war deshalb so bizarr, weil eine Farbe völlig fehlte: grün. Bäume und Büsche, Gras und Kräuter gab es auch in der Umgebung nur wenig, die Gegend war bekannt für ihre vegetationslosen zerklüfteten Schluchten und ausgedörrten Flussläufe. Aber das hier war anders, war chemisch bunt und aufgewühlt. Geröll und Gesteinsbrei aus den Tiefen der Schächte lagen an der Oberfläche aufgeschüttet. Sie wirkten trügerisch fest, gaben aber unter jedem Schritt nach. Kein Vogel, kein Insekt störte die windige Stille des Frühsommernachmittags. Nicht einmal die Hitze brannte hier so gnadenlos herab wie jenseits der Abhänge und Bergflanken. Wasser gab es, in allen Regenbogenfarben schillernd, in Becken und kleinen Seen. Es sah giftig und unwirtlich aus, ohne Fische oder anderes Leben. Welche Chemikalien diese Gewässer, die hier seit einem Vierteljahrhundert auf ihre Entsorgung warteten, schillern und funkeln ließen, welche Prozesse dafür sorgten, dass die umliegende Brache seither von keiner Pionierpflanze besiedelt wurde, dass kein Grashalm oder Löwenzahn wuchs, keine Distel oder Birke, war Dolf schleierhaft. Argwöhnisch fragte er sich, wie giftig diese Umgebung wohl sein mochte.

Er fand einen einsamen Spaziergänger und ging ihm entgegen. »*¿Esta Usted de aquí, Senõr?*«

»*Hace muchos años.*« Doch obwohl der Mann aus der Gegend stammte und seinen Hund ausführte, konnte er Dolf nicht helfen. Dass die Mine längst geschlossen und der Betrieb seit Jahren eingestellt, dass alle Angestellten und Arbeiter, Ingenieure und die Angehörigen der Verwaltung entweder weitergezogen, in Rente oder verstorben waren, das wusste der Mann. Aber er kannte niemanden, der Auskunft über den früheren Betrieb hätte geben können.

25

Dolf hatte kaum seinen Streifenwagen vor der Doppelgarage eingeparkt und war dabei, seine schlammverschmierten Schuhe vorsichtig aus dem Fußraum der hinteren Sitzbank zu heben, als Pep freudestrahlend zu ihm hinausgelaufen kam.

»Wahnsinn, die Schwiegertochter. Sieht Ihnen kein Stück ähnlich, Chef. Bei Lichte betrachtet sind Sie ja auch im engeren Sinne gar nicht verwandt, streng genommen.«

Dolf starrte seinen Helfer begriffsstutzig an. Von wem redete Pep?

»Was für ein Feger!«

»Hä?«

»Feger. F-E-G-E-R.«

»Worum geht es, Pep?« Dolf musste sich zusammenreißen, um nicht die Geduld zu verlieren. »Ich verstehe kein Wort.«

»Na ja, so nennt man umgangssprachlich eine Person, eine weibliche zumal, die heiß, also sehr gut aussieht … attraktiv wirkt, sozusagen.«

»Santes war hier?«

»Ihre Schwiegertochter.« Pep nickte kennerhaft. »Hat sie jedenfalls gesagt.«

»Was wollte sie?« Dolf wusste genau, dass Santes niemals einfach so vorbeischauen würde. Irgendwas musste passiert sein. »Wann war das? Wo ist sie?« Dolf sah sich um.

Pep lachte schadenfroh auf. »Sie ist längst wieder weg.«

»Was wollte Santes?«

»Hat sie nicht gesagt. Mir jedenfalls nicht.« Pep tat geheimnisvoll. Dolf hatte keinen Nerv dafür. »Wie lange ist das her?«

»Achtunddreißig Minuten.«

Dolf schob sich an seinem Assistenten vorbei ins Büro und wählte Santes' Nummer. Nach sechsmaligem Klingeln ging der Anrufbeantworter dran. Dolf legte auf und wählte ihre Handynummer. Dort meldete sich sofort die Mailbox. Wieder legte Dolf auf. »*¡Pep!*« Er rief es laut hinaus und drehte sich unwillig um.

Pep stand genau hinter ihm, kaum einen halben Schritt entfernt. »Ja?«

»Hat sie was hinterlassen?«

»Nein.«

»Hat sie angedeutet, was sie wollte?«

»Nein.«

»Hat sie gesagt, wann sie wiederkommt?«

»Nein.«

»Pep, wollen Sie mich zum Wahnsinn treiben?«

»Nein!« Pep zuckte zusammen. Andererseits sah er hochzufrieden aus und gefiel sich sichtlich in seiner Rolle. »Mir scheint«, fing er bedächtig an, »sie wollte nicht erzählen, worum es ging.«

Dolf wunderte sich. Wartete ab.

»Irgendwelche Frauensachen vielleicht?« Pep rundete vielsagend die Augenbrauen.

»Was für ein Unsinn!« Sicher hatte Pep wieder einmal alles falsch verstanden. Oder bildete sich irgendetwas ein. Dolf ging kopfschüttelnd hinaus, um seine Schuhe sauber zu machen. Er hatte nur zwei Paar, und er konnte es sich nicht leisten, eins davon schlammverkrustet stehen oder den Schmutz gar eintrocknen zu lassen.

Als er mit dreckbesudelten, triefenden Händen am Waschbecken in der Garage stand, ging sein Piepser los. Dolf reckte sich umständlich, um auf das Display zu schielen. Lynns Nummer.

Er rief zu Pep hinein, ob der wohl rasch die Baroness anrufen könne, fragen, was los sei.

Pep sprach kurz mit Lynn Whelby.

»Sie will ihre Brüste loswerden, soll ich dir ausrichten, Chef.« Das war lauthals zu Dolf in die Garage gerufen.

»Wie bitte?« Dolf stand im halligen, zugigen Raum der Doppelgarage, mehrere Meter von Pep entfernt, außerdem lief das Wasser, weil Dolf gerade dabei war, das Waschbecken sauber zu spülen. Er drehte den Hahn zu.

»*¡Sus TETITAS!* Dass sie die loswerden will!« Pep rief es laut und überdeutlich artikuliert herüber, wie für einen Hörgeschädigten. »Ihre BRÜÜSTE.«

Er musste völlig durchgeknallt sein.

26

Vor Lynns Bungalow trat Dolf sich gründlich die Schuhe ab. Er wusste, wie Lynn ihre Angestellten runtermachte, wenn sie schlechte Laune hatte. Dann fiel ihm ein, dass er sein besseres Paar Schuhe anhatte. Das musste eigentlich sauber sein, es war nicht im Schlamm der Abraumhalden gewesen. Dolf klingelte Sturm.

Ghaansha riss verwundert die Tür auf. »Wo brennt's?«

Es gab niemand, den Dolf in dieser Situation, mit seinen vielen Fragen im Kopf, weniger gern gesehen hätte.

»Bin schon da.« Lynn kam hinter dem Jamaikaner in den Vorraum. »Danke, Schatz!«

Sie hatte zumindest den Anstand, ihren Loverboy irgendwo außerhalb des Salons zu beschäftigen, während sie Dolf voller hämischer Vorfreude erzählte, wie sie Santes am Portiersbungalow wartend angetroffen und angesprochen hatte, wie sie ihr von ihrem gemeinsamen Ausflug zur Hochzeit des Jahres erzählt und ganz nebenbei eingeflochten hatte, wie gut ihr Dolf zur Hand ging, wie gut sie sich verstanden und wie gut ein Mann im Haus ihr auch sonst tat.

Dolf konnte seiner Schwiegertochter keinen Vorwurf machen, wenn sie der Baroness auf den Leim gegangen war und annahm, er und Lynn könnten so etwas wie Vertraute oder gar liiert sein. Dass Lynn es gewesen war, die ihm die neue Prothese spendiert hatte, wusste Santes sogar aus Dolfs Mund.

Aber dass Santes seine unangenehmste Kundin auch noch ins Vertrauen gezogen hatte! Es gab kaum eine Person in der Siedlung, bei der ein Geheimnis schlechter aufgehoben war als bei Lynn Whelby. Dass die Baroness keinen Augenblick zögern würde, ihr Wissen zu nutzen, wann immer es ihr zupass käme, daran zweifelte Dolf keinen Augenblick.

»Jetzt tun Sie nicht so, als ob Sie das nicht längst geahnt hätten, Dolf! Sie haben doch Erfahrung mit solchen Dingern, Sie haben doch Augen im Kopf!«

Nicht nur, dass Dolf keine Ahnung hatte, dass seine Schwiegertochter sich vor Jahren die Brust hatte vergrößern lassen. Jetzt sei sie verzweifelt, breitete Lynn genüsslich vor ihm aus, und kreuzunglücklich mit ihren Implantaten, weil die außerdem eine Gesundheitsgefährdung darstellten. Jedenfalls befürchte seine Schwiegertochter etwas in der Art.

Dolf fiel aus allen Wolken. Und er hatte nicht die Gelassenheit, es zu verbergen. Lynn Whelby schien die Situation mit jeder Faser ihres zähen Herzens zu genießen.

27

Die Geschichte stellte sich als lange nicht so abstrus und abwegig heraus, wie sie aus Lynns Mund geklungen hatte. Dolf telefonierte mit Santes und kündigte sich für den folgenden Abend an.

Santes hatte sich fünf Jahre zuvor tatsächlich den Busen machen lassen, als Dolfs Sohn sie wegen einer anderen, einer üppigen Schwedin verlassen hatte. Dunkel erinnerte Dolf sich an einen Kurzurlaub in London und dass Santes ihm danach schmaler und ausgezehrter vorkam. Aber jemand hätte ihn mit der Nase darauf stoßen müssen, damit er etwas gemerkt hätte.

Sie empfing in an der Tür ihrer schicken kleinen Innenstadtwohnung, küsste ihn auf die Wangen und ließ sich in den Arm nehmen. Sie sah verwegen und entschlossen aus, vielleicht etwas zerzaust. »Gut, dich zu sehen, Dolfo.«

»Du machst vielleicht Sachen! Ist das zu glauben, dass ich rein gar nichts davon mitbekommen hab?«

Kopfschüttelnd hielt er sie auf Armlänge, sah ihr lange in die Augen und nachdenklich auf den Busen. Sie folgte seinem Blick in ihr Dekolleté. Seufzte nachdenklich, kein bisschen befangen. »Tja.«

»Bist du absolut sicher, dass die Kissen raus müssen?«

»Bin ich.« Sie suchte seinen Blick, fand ihn. Santes hatte recherchiert, dass Implantate ihres Herstellers sich auflösten und ihren Inhalt ins umgebende Gewebe ergossen. »Nicht sämtliche, aber in immer mehr Einzelfällen. Und kein Mensch kann dir sagen, welche Chargen betroffen sind oder wieso.«

Santes befürchtete, dass ihre Abgeschlagenheit neuerdings, ihre Kopf- und Gliederschmerzen davon rührten. Bisher hatte sich keins der Kissen verformt, doch Santes fand keine Ruhe, solange sie die Polster unter ihrer Haut spürte. Sie musste die Dinger so rasch wie möglich loswerden.

Die Operation fünf Jahre zuvor hatte rund fünftausend Euro gekostet, ein Eingriff von weniger als einer Stunde, mit drei Tagen Klinikaufenthalt. Sie jetzt rückgängig machen zu lassen, kostete das Vierfache, wenn sie sich nicht unter das Messer irgendeines Kurpfuschers legte. Und das wollte sie nicht. Keine Krankenkasse würde dafür aufkommen. Santes brauchte einen Batzen Geld.

Dass sie ihre Ersparnisse, ihre Möbel und das gemeinsame Haus verloren hatte, war ihrem Exmann, Dolfs Sohn, geschuldet. Der hatte die Möbel verkauft und das gemeinsame Konto geplündert. Kein Wunder, dass Santes bei ihrem Schwiegervater Hilfe suchte, der gerade eine kostspielige maßgefertigte Prothese erhalten hatte. Ob sie gehofft hatte, mit ihrem Geständnis ausgerechnet bei Dolfs schwerreicher Gönnerin ein offenes Ohr zu finden? Von Lynn Whelbys Herz aus Granit und ihrer Börse aus gehärtetem Stahl konnte Santes nichts wissen.

»Saublöde Situation.«

Dolf nickte gedankenverloren. Santes brauchte dringend achtzehntausend Euro, um ihre Nerven nicht völlig zu zerrütten. Von der Hypothek des Hauskaufs hatte sie nach wie vor enorme Schulden bei der Bank. Auf ihren Lohn im Reisebüro erhielt sie einen Minikredit, der aber nicht reichte.

»Irgendwas muss sich doch machen lassen.« Wenn Dolf jeden anpumpte, den er kannte, konnte er vielleicht dreitausend auftreiben. Ein Bankkredit kam für ihn seit der Sache mit der Eisfabrik nicht infrage. Es würde hinten und vorne nicht reichen.

»Danke, dass du mir hilfst, Dolfo.« Santes schlang sich die Arme um die Brust, als wäre ihr kalt.

Dabei hatte Dolf keine Ahnung, ob er das schaffen würde. Ihm stand ein unangenehmer Gang bevor.

»Was gibt es denn, Churner? Und so ganz förmlich?«

Tatsächlich trug Dolf sein bestes Hemd. Er hatte Norman Drench um diesen Termin gebeten. Sie saßen sich im kaum genutzten Büro des Vereinsvorstands gegenüber, Pep war irgendwo in der Siedlung unterwegs. Dolf wollte diese Sache gerne unter vier Augen besprechen. Drench hatte nichts dagegen. Er war Vorsitzender des Vereins, Kassenwart und Dolfs Arbeitgeber in einer Person. Formal musste er sich für jede seiner Entscheidungen die Zustimmung der Mitgliederversammlung holen. Aber in der Praxis bekam er sie stets auch nachträglich. Drench stellte den richtigen Ansprechpartner für Dolfs Problem dar.

»Wäre es denkbar, eine Vorauszahlung, eine Art Vorschuss auf mein Gehalt beziehen?«

»Sicher, um wieviel sollte es denn gehen?« Drench klang souverän wie ein Handelsminister oder ein Gebrauchtwagenverkäufer.

»Fünfzehntausend.«

Da musste Drench doch schlucken. Sein Adamsapfel hüpfte hin und her, als müsste er einzelnen fallenden Speicheltröpfchen ausweichen.

»Wie würden Sie, also, wieviel könnten Sie denn pro Monat zurückzahlen, Churner?«

»Dreihundert vielleicht. Viel mehr ist nicht drin.«

»Gute Güte, ich weiß wirklich nicht …« Drench war Kopfrechner genug, um blitzschnell zu überschlagen, dass Dolf über mehr als vier Jahre damit beschäftigt wäre, einen solch hohen Vorschuss zurückzuzahlen, selbst wenn der Eigentümerverein keine Zinsen nähme. Dass ein solches Vorgehen sie außerdem in Schwierigkeiten brachte, weil jeder überschüssige Euro aus Dolfs Lohn eigentlich zu pfänden war, erwähnte Drench beiläufig auch noch.

»Das können wir nicht machen, *sorry*.« Drench tat es sichtlich leid, dass er seinem Wachmann nicht helfen konnte. Dolf akzeptierte es. Aber mit seinem Problem kam er damit keinen Schritt weiter.

28

»Wie haben Sie uns gefunden?« Die Stimme klang misstrauisch, nicht ängstlich. Sie kam hinter einer nur spaltbreit aufgezogenen Tür hervor.

Es war eine seltsame Gegend, in die Dolf hier gekommen war. Er hatte sich ein Taxi genommen, aber der Fahrer weigerte sich, auf ihn zu warten. *Lo Campano* lag außerhalb der Stadt, allerdings nur durch einen halben Kilometer Landstraße und einen Kreisverkehr von ihr getrennt. Die Siedlung im Hinterland des Hafens bestand aus zwei Parallelstraßen einfacher Mehrfamilienhäuser, es waren vernachlässigte und kaum instand gehaltene Sozialbauten. Autowracks, Gartenstühle und Mülltonnen standen auf der Straße. Merkwürdige Typen trieben sich im Viertel herum. Zwei halbwüchsige Jungs, die eigentlich schulpflichtig hätten sein müssen, überquerten vor dem Taxi betont lässig die Straße, wie in Zeitlupe, und fixierten Dolf eindringlich und herausfordernd.

Der Hausflur, in dem er jetzt stand, war zu düster, um zu erkennen, ob das kaum geöffnete Türblatt von einer Kette gesichert war. Es kümmerte Dolf auch kein bisschen. Er hatte nicht vor, gewaltsam vorzugehen.

Er bemühte sich, freundlich zu klingen. »Nicht so schwer herauszukriegen. Ich hab Leute gefragt und gut zugehört. Sind Sie Don Vicente?«

»Was für Leute?«

»Fischer, am Hafen.« Das stimmte nicht ganz. Dolf hatte

die Adresse von einer Guatemaltekin. Juana, seine ehemalige Nachbarin im Übergangswohnheim in Canteras, hatte ein paar Jahre zuvor für einen kleinen Eingriff, der keinen Aufschub duldete, ein paar hundert benötigt und sich die Adresse besorgt. Dolf half ihr in der Notlage aus, lieh ihr das Geld und bekam es in Raten auf sechs Monate verteilt pünktlich zurück. Doch die Handynummer und Adresse des Geldverleihers hatte Juana nie mehr aus ihrem Nummernverzeichnis gelöscht. »Ich bin Adolfo Chirén, ich hab angerufen.«

Nur ein Grummeln kam als Antwort. Die Tür ging auf. Der Junge an der Tür war nur ein Helfer, knochig und linkisch, kaum über den Stimmbruch hinaus. Bei Licht sah er schmal, sehnig und hektisch aus. Aber nicht ungefährlich. Sein Blick taxierte Dolf vom Kopf bis zu den Schuhen. Der Junge winkte Dolf mit einer Handbewegung hinein, führte ihn eine halbe Treppe hinab und zog eine schwere Stahltür auf. Der Raum dahinter war kaum besser ausgeleuchtet.

»*Señor Chirén aquí.*« Die Stimme des Jungen hallte im Raum nach. Er schob Dolf voran. Die Stahltür fiel krachend ins Schloss. Der Junge war draußen geblieben.

Sein Boss saß an einem altmodischen Schreibtisch am entfernten Ende des langgestreckten Raums. In einem Block einfacher, kleiner Wohnungen musste eine so große Fläche eine Seltenheit sein, wahrscheinlich eine Art Gemeinschaftskeller oder Waschküche. Bis auf den wuchtigen, speckigen Schreibtisch wirkte der düstere Raum leer.

Vicente Lagrado erwartete seinen Besucher mit verkniffenem Blick über die Schulter, eine Braue hochgezogen, ein Auge halb geschlossen. Entweder der Mann hatte zu viele Gangsterfilme gesehen, oder er war auf einem Auge kurzsichtig.

Sein Alter war schwer zu schätzen. Er konnte Mitte dreißig sein oder Anfang fünfzig. In seiner Lederhose steckten zwei armdünne Oberschenkel; eine gestreifte Samtweste und ein dunkles Jackett schlackerten um den dürren Leib. Dolf tippte auf irgendeine konsumierende Krankheit oder eine Sucht. Aus Lagrados gefalteten Händen lösten sich seine Finger wie Spinnenbeine nach der Fortpflanzung, und er zeigte auf einen Platz vor dem Schreibtisch für Dolf. Finger und Hände sahen fein und schlank aus, mit fahrigen Bewegungen wie lebhafte Künstlerhände.

Es gab keine Sitzgelegenheit vor dem Schreibtisch. Lagrados Geschäfte liefen rasch ab. Er traf schnelle Entscheidungen. Unter dem Kegel der Schreibtischlampe fummelten die langen, dünnen Finger an einer Perlenschnur herum, wohl einem Rosenkranz.

Dolf versuchte, das Gesicht hinter dem Lichtkegel der Lampe zu lesen. Lagrado trug so etwas wie Fünftagestoppeln zwischen Schnäuzer, langen Koteletten und klar konturiertem Kinnbart. Als er zischelnd den Mund verzog, entblößte er braun verfärbte Zähne. Hinter die Ohren waren glatte, schwarzblaue Haare gestriegelt, die mit Lederstiefeln um die Wette glänzten, deren hohe Absätze der Geldverleiher auf eine aufgezogene Schublade gestützt hatte. Er fläzte lässig auf seinem nach hinten gekippten Schreibtischsessel, wirkte jedoch schmal und kleingewachsen. Dolf konnte seine Beweglichkeit nicht einschätzen.

Als ob er Dolfs Gedanken lesen konnte, schnellte das Männchen vor, wirbelte auf seinem Drehstuhl herum und rückte an die Kante der einigermaßen hell erleuchteten Schreibtischplatte. »Also?«

Dolf streckte ihm seine offene Hand hin, aber der Handschlag wurde von einem vierschrötigen Glatzkopf im dunkelbraunen Dreiteiler erwidert, der behände aus dem Schatten hinter Lagrados Schreibtisch trat und Dolfs Hand ergriff. Dessen Handschlag war trocken und brutal. Dolfs Mittelhandknochen wurden zusammengequetscht wie ein Bündel Salzstangen. Es gab auch ein entsprechendes Knacken.

Dolf zog erbost seine schmerzende Hand zurück. Der Typ machte ganz den Eindruck, als wollte er alle Verrichtungen anstelle seines Chefs vornehmen. Lagrado selbst rührte keinen seiner feinen Finger.

»Ich fürchte fast, ich hab keine Sicherheiten, falls Sie so was brauchen, Don Vicente.« Dolf rieb seine pochende Hand in die Fläche der anderen.

»Sicherheiten? Machen Sie sich darüber keine Sorgen, Chirén. Wir holen uns schon, was uns zusteht.« Lagrados angedeutetes Grinsen konnte sich gut auf Dolfs zermalmte Hand beziehen. Er machte eine kleine Fingergeste zum Glatzkopf. »Mein Mitarbeiter. Oder seine Kollegen.«

»Gut.«

»Deshalb sind wir auch etwas teurer als die Banken.«

»Versteht sich von selbst.« Dolf gab sich keiner Illusion hin, wo er hier war. Er hatte einen Geldverleiher gesucht und allem Anschein nach auch gefunden.

»Ein halbes Prozent.«

Null Komma fünf Prozent? Das sollte teurer sein als die Banken? Dolf begriff nicht sofort. Das war ihm wohl anzusehen.

»Pro Woche.«

Dolf schnappte nach Luft. Das waren zwei Prozent pro Monat, sechsundzwanzig Prozent im Jahr.

»Das sind die Konditionen. Haben Sie ein Problem damit, Chirén?«

Dolf schüttelte bedächtig den Kopf. »Das heißt nur, dass ich so schnell wie möglich zurückzahle.« Und dass er keine Ahnung hatte, wie das gehen sollte. Aber davon ließ er selbstverständlich nichts verlauten.

»Um wieviel geht es denn?«

»Fünfzehn.« Dolf legte so etwas wie eine fragende Betonung in die Zahl.

»Fünfzehn Mille? Nicht der Rede wert.«

»Gut.« Es schien zu klappen. Dolf war nicht erleichtert.

»Wollen Sie es gleich mitnehmen?«

Der Glatzkopf rieb sich bereits die Hände. Lagrado sah Dolf nur abwartend an. Nicht neugierig, eher in trüben Gedanken, wie man einen Strafzettel an der Windschutzscheibe betrachtete und überlegte, ob man ihn wegwerfen oder einstecken sollte, Unterschied machte es ohnehin keinen. Langsam verstand Dolf, wie der Kredithai zu seinem Beinamen gekommen war. Ehemalige Kunden nannten ihn hinter vorgehaltener Hand *el Lagarto*, die Echse. In seiner farbenfrohen Aufmachung erinnerte er Dolf eher an einen Salamander.

Dolf zögerte. Der Glatzkopf wartete mit stierem Blick auf seine Entscheidung, die Finger des Salamanders spielten scheinbar uninteressiert mit der Perlenschnur.

»Also. Was sagen Sie?« Der Glatzkopf klang ungeduldig.

Dolf schüttelte den Kopf. Es musste eine andere Möglichkeit geben.

Der Glatzkopf ließ seine Arme seitlich am fülligen Körper herabfallen und ausbaumeln.

Dolf dankte und verabschiedete sich rasch. Er musste hier raus, so schnell es ging.

Lagrado wirkte nicht enttäuscht, nur seine Lider sanken müde herab. Der Junge brachte Dolf abschätzig grinsend zur Vordertür. Dolf wankte hinaus. Vom hellen Sonnenlicht kniff er die Augen zusammen.

29

Auf dem Weg von Mazarrón herauf bog der Bus in das weite Tal ein, in dem die Siedlung auf ihrem ausladenden Hügel hingestreckt lag. Im Abendlicht leuchteten die Häuser wie Krümel auf einem Sandkuchen, der aus dem Ofen kommt.

Eine Villa gab es dort, in der, wie Dolf sehr genau wusste, ein Haufen Geld so gut wie unkontrolliert herumlag. Er selbst hatte die Vase mehr als einmal in der Hand gehalten. Das letzte Mal, nachdem er erfahren hatte, dass die Jugendlichen aus der *Avenida B* fünftausend Euro aus dem Porzellangefäß herausgenommen hatten, ohne dass es der Eigentümerin auch nur aufgefallen wäre. Die bauchige Urne, eine bechergroße Vase mit Deckel aus dünnem Porzellan, vielleicht chinesischer Herkunft, stand auf dem Kaminsims von AnnFrida Beringsen.

Dolf hatte auf dem Weg von Cartagena Zeit genug gehabt, seine Optionen auszuleuchten. Viele gab es nicht. Wenn er betteln musste, würde er eben betteln.

AnnFrida freute sich sichtlich, als sie Dolf die Tür öffnete. »Kommen Sie, kommen Sie, ich koche uns Tee. So setzen Sie sich doch.«

Die alte Dame wirkte ganz aus dem Häuschen. Sie wohnte alleine, ihre Verwandtschaft lebte in Schweden, eine jüngere Schwester, ebenso wie ein paar Nichten und Neffen, deren Fotos auf dem Kaminsims in der Nähe der Urne arrangiert standen.

Leise zitternd balancierte AnnFrida feine Teetassen mit der

passenden Kanne auf einem Tablett an den Couchtisch. Die Untertassen klirrten melodiös, als die alte Dame sie näher heranrückte.

Dolf holte tief Luft. »Danke.« Das Anliegen, mit dem er jetzt herausrücken musste, fiel ihm nicht ganz leicht. »Ach Ann! Wie lange kennen wir uns schon?«

»Ewig, mein Bester, ein halbe Ewigkeit!« Sie schmunzelte stillvergnügt und neckisch.

»Als ich Ihnen damals beim Einzug geholfen habe, vor, wie lange ist das her, fast drei Jahre ...«

»Das war sehr nett von Ihnen, Dolf!«

»... da haben Sie mir ein Trinkgeld angeboten, wissen Sie noch?«

»Tatsächlich? Ich kann mich gar nicht erinnern.«

»Sie waren sehr großzügig, sie hatten Zehntausend in der Hand, zwanzig Fünfhundert-Scheine.« Er fächerte, genau wie sie selbst es damals gemacht hatte, einen imaginären Stapel Scheine auf.

»Tatsächlich? Haben Sie die genommen?«

»Selbstverständlich nicht. Es war viel zu viel.«

»Aber Sie haben sich doch nützlich gemacht, Sie haben drei Tage lang geschuftet mit ihrem kaputten Bein. Ich bin froh, dass Sie es angenommen haben.«

»Aber das habe ich nicht, Ann. Wirklich nicht.«

»Aha.«

»Im Moment allerdings ... Gerade jetzt könnte ich es gut gebrauchen, wissen Sie.«

Die schrumpelige alte Dame nickte ihm freundlich zu. Die Haut um ihre Augen und am Hals war eng gefältelt wie zartes Seidenvlies. Überall sonst am ihrem schmalen Körper sah die Oberfläche aus wie Milchhaut oder Käserinde, wie eine Versammlung bleicher Maden. Dolf wusste das. Mehrmals in den vergangenen Wochen hatte AnnFrida ihn holen lassen, wenn sie aus ihrem Bad ins Bett gebracht werden wollte. Sie wog nicht viel. Aber sie hatte stets darauf bestanden, dass nicht etwa Pep, sondern Dolf persönlich solche Dienste verrichtete. Er legte ihr dann ein Handtuch über, und sie, neckisch wie ein junges Mädchen, trug stets dafür Sorge, dass das Tuch irgendwo in ihrem Haus, jedenfalls mitten auf dem Weg, wenn Dolf beide Hände voll zu tun hatte, wie zufällig herabglitt, worauf sie silberhell gurrte. Sicher war sie als junge Frau eine Schönheit gewesen. Als Dolf sie kennenlernte, musste sie bereits weit in ihren Achtzigern gewesen sein. Doch ihre Koketterie hatte sie nie verloren. Sie nickte in Gedanken oder Erinnerungen. Dolf schaute sie erwartungsvoll an. Er versuchte aus ihrer Miene eine Antwort zu lesen. Es gelang ihm nicht.

»Was Sie nicht sagen.«

»So eine Art Notlage, Ann, ich würde es als Darlehen betrachten und so rasch wie möglich zurückzahlen, wenn Sie verstehen.«

AnnFrida tätschelte ihm liebevoll die Hand. »Sicher, sicherlich.«

Dolf nickte erwartungsvoll.

AnnFrida seufzte erleichtert auf. »Tja, die alten Geschichten. Es ist so schön, wenn Sie davon erzählen, Dolf.«

Sie hatte keinen Schimmer, wovon er sprach.

Er sah hinüber zur Deckelvase mit den grüngrauen Linien, mit der skizzierten Zeichnung eines Paares, das auf blassgelbem Grund in einem Park oder Garten promenierte. Vielleicht war sogar die Vase selbst kostbar, Dolf konnte es nicht sagen. Doch er wusste, dass Ann dort eine Menge Geld aufbewahrte. Mehrfach in den letzten Jahren hatte sie ihm Fünfhundert-Euro-Scheine aus einer Rolle geschält, wenn er losfuhr, um Pflanzen für ihren Garten oder Farbe für ihre Fassade zu besorgen.

AnnFrida hatte mehr, als sie brauchte, bedeutend mehr, als Dolf benötigte, außerdem würde er sich das Geld bloß borgen, beschwichtigte er sein Gewissen. Aber Dolf konnte noch nie überzeugend lügen, nicht einmal sich selbst gegenüber: Er plante, eine hilfsbedürftige alte Frau zu bestehlen. Seine verzweifelte Lage ließ er als Ausrede nicht gelten. Dolf überlegte hin und her.

»Na, genug für heute. Morgen ist auch noch ein Tag!« AnnFrida klang aufgekratzt.

Dolf trank seinen Tee aus und brachte das Geschirr mit AnnFrida zusammen in die Küche, er half ihr die Treppe hinauf, die erste Stufe fiel ihr immer am schwersten. Sie wollte sich hinlegen und bat ihn, die Tür hinter sich zuzuziehen. Er versprach es.

Doch er nahm, als er die Treppe hinunterging, nicht den direkten Weg hinaus.

Im Wohnzimmer musste er sich nicht lange orientieren. Er hob die Vase vom Sims und nahm den Deckel ab. Ein leichtes Schleifgeräusch war nicht zu vermeiden. Im Innern steckte eine Rolle Fünfhunderter, blassviolett und bankfrisch, zusammengehalten von einem groben, eckigen Gummiband. Das Bündel war fast so voluminös wie Dolfs Handgelenk. Er zählte Papierkanten zwischen den Fingernägeln. Sechsunddreißig der Scheine ergaben einen Stapel von der Dicke zweier Bierdeckel. Achtzehntausend Euro. Er betrachtete es als Kredit. Sobald er konnte, würde er AnnFrida das Geld zurücklegen.

30

Santes nahm ihn überschwänglich in den Arm, innig und warm wie lange nicht. »Dank dir, Dolfo. Du kannst dir nicht vorstellen, wie erleichtert ich bin.« Dazu einen dicken Kuss auf seine unrasierte Wange, direkt vor dem Ohr. Es war ein herrliches Gefühl, mit Geld gar nicht zu bezahlen, nicht einmal mit achtzehntausend.

Es gab Momente in Dolfs Leben, da wünschte er sich, wohlhabend zu sein. So reich, dass es auf ein paar Tausender mehr oder weniger nicht ankäme. Dass er nicht stehlen müsste, um seiner Schwiegertochter aus einer momentanen Klemme zu helfen.

»Wieviel ist es?« Santes hatte den Umschlag noch in der Hand, den Dolf ihr eben überreicht hatte.

»Achtzehn.«

»Du bist ein Schatz. Du kriegst es zurück, sobald die Versicherung überwiesen hat.«

»Schon gut.«

Sie stand vor ihm, knetete den Umschlag, sah ihn an. Er lächelte verhalten. Sie sah gut aus, weit weniger besorgt und außer sich als bei ihrem letzten Zusammentreffen. Aber das war auch ein paar Tage her.

»Woher hast du es so plötzlich? Ich hab befürchtet, dass du dich schwerer tust …«

»Vorschuss. Den kann ich abstottern.« Dolf wollte das Thema abtun. Es hatte keinen Sinn, seine Schwiegertochter mit den Einzelheiten zu belasten. »Es ist wahrscheinlich keine ganz einfache Operation, oder?«

»Es muss sein. Lies selber, wenn du mir nicht glaubst.« Auf der entfernten Seite des Esstisches in Santes' Salon lagerte ein ganzer Stapel Computerausdrucke, Lexikonartikel und medizinische Fotos, eine aufgeschlagene Seite aus einer Frauenzeitschrift mit bunten Brüsten, Kopien aus einem Medizinjournal. »Ich bin sogar deswegen in der Bibliothek gewesen.« Die nächste medizinische Fakultät gab es in Murcia, mehr als eine halbe Autostunde entfernt.

»Außerdem ist es völlig gleichgültig. Selbst wenn es keine medizinischen Gründe gäbe ... es ist im Kopf, weißt du. Sobald ich ein Problem damit habe, ist es auch eine Sache für die Ärzte.«

Sie hatte sich entschlossen. Es gab nichts, was er dagegen tun konnte. Er hätte es ihr nicht ausreden können, auch wenn er sich Sorgen um seine Schwiegertochter machte. Selbst wenn sie erwogen hätte, sich den Magen verkleinern zu lassen – und das war, immer in ihren Worten, eine viermal so heftige Operation! –, Santes war erwachsen. Sie würde nicht auf ihn hören.

Dolf trieb um, dass er sich eine Mitschuld an der Sache gab, zumindest eine indirekte. Sein eigener Sohn hatte Santes dazu gebracht, die Entscheidung mindestens heraufbeschworen. Nur weil Eduardo sie damals mit dieser Schwedin »mit einem größeren Busen als ich« betrogen hatte, war Santes überhaupt auf die Schnapsidee verfallen. Dolf hatte keine Lust, mit diesem Thema wieder anzufangen.

»Dass aber auch niemand was gemerkt hat!«

Santes schien genau zu wissen, worauf er anspielte. »War keine große Sache. Vier Tage in London, das lange Wochenende im Juni, zwei Tage auf einer Schönheitsfarm im Umland, grüne Wiesen, Schafe und Lämmer, nach dem Rückflug noch drei Tage mit Plastiktapes unter einer weiten Bluse, zwei Wochen Schwellungen, aber das kaschiert man genauso, sechs Wochen keinen Sport und danach auch nur mit Spezial-BH, das ist alles.«

»Im Juni?« Dolf versuchte angestrengt, sich zu erinnern.

»Als du mich das nächste Mal gesehen hast, kurz vor Weihnachten, ist dir nichts aufgefallen. Jedenfalls hast du nichts gesagt.«

»Was erwartest du? *Waoh, sieht dein Busen bombastisch aus, hast du den machen lassen?* So was sagt doch kein Mensch!«

Santes wandte sich achselzuckend ab. »Glaub einfach, was du willst.«

»Wer denn? Nun sag schon!«

»Maria im Reisebüro hat es sofort gesehen; Pilar, die Mutter meines Patenkinds, hat gefragt; Adela und Simona, mit denen ich im Sommer ins Freiluftkino geh, meine Vermieterin ...« Santes dachte nach.

Dolf war völlig von den Socken. »Und was sagst du ihnen dann?«

»Frauensachen.« Sie zog eine Schnute und warf ihm einen Kussmund zu. »Brauchen dich nicht zu interessieren.«

Dolf wunderte sich nur. »Sport? Machst du doch eh nicht.«

»Joggen gehört theoretisch auch dazu.«

Dolf neigte skeptisch die Stirn. Er wusste, dass Santes manchmal eine Runde um das Hafenbecken spazierte, bis ans Ende des Wellenbrechers und zurück. Wenn sie dabei insgesamt einen Kilometer locker trabte, war das viel. Vielleicht zweimal im Jahr. Aber dennoch hatte sie für diese Gelegenheiten eine elegante, straff sitzende Gymnastikhose. Eigentlich brauchte sie keinen Sport, um ihre Figur zu halten. Er schüttelte den Gedanken ab. Es war schon spät.

»Also dann. Ich muss los.«

»Dann leg ich den Termin fest. Mitte September wird das frühestens passieren; die Anzahlung hab ich bereits überwiesen, vom Dispo, da bin ich ziemlich tief, deshalb wird das Zurückzahlen …«

»Mach dir darüber keine Sorgen, das warten wir ab.«

»Aber mit dem da …«, sie griff nach dem Umschlag und wedelte damit herum, »… rücke ich auf der Liste ganz nach oben.«

31

Bei der Rückfahrt durch die mondüberglänzte Landschaft rund um die Berge hinter Cartagena schreckte Dolf mehr als einmal vor Schemen zurück, die ihn aus den trockenen Kämmen und Schluchten ansprangen; eine dösende Schlange, das Hinterteil einer liegenden Kuh, die Schnauze auf den Vorderpfoten eines schlafenden Hundes – er sah Gespenster in den Hügelflanken und Tobeln, den Trockentälern und Tafelfelsen. Auf der kurvigen Bergstraße konnte er mit dem auffälligen Streifenwagen den kleinen Abstecher nach Cartagena und in die Tiefgarage unter Santes' Apartment riskieren; er vermied nur die Autobahn. Über deren erst kürzlich fertiggestellten Zubringer hätte die Fahrt noch einige Minuten weniger gedauert.

Mondlicht glänzte auch über der Minenlandschaft, die Dolf von seinem winzigen Badezimmerfenster aus eher ahnen als tatsächlich sehen konnte. Wahrscheinlich hätte er die Szenerie anmutig, sogar schön finden können, wenn er nicht genau gewahr gewesen wäre, wie öde, leblos und verlassen das unfruchtbare Gelände um die verfallenden Ruinen der Grubengebäude dort lag.

Er war aus einem wüsten Traum aufgewacht. Darin taumelte er eingesperrt in einer gigantischen Trommel, die sich schräg und um die eigene Achse drehte wie in einer gigantischen Waschmaschine. Erst nach und nach erfasste Dolf, dass er in einem gläsernen Betonmischer gefangen war. Dessen gerippte Außenwand stieß ihm schmerzhaft Steiß und Hüften und ließ ihn kopfüber auf der Stelle purzeln. Dabei lag ein spielerisches, leichtes Gefühl über dem Traum, trotz der Stöße, die er abbekam. Dann veränderte sich das Licht und die Szenerie, die rotierende Tonne stellte sich als gigantischer Salzstreuer heraus, Dolf wurde herumgewirbelt und über einem regenbogenschillernden See ausgestreut, er stürzte ins Wasser und geriet mit offenen Augen unter grünlich schimmernde Fluten, kämpfte sich an die Oberfläche und tauchte in einer Höhle auf, in einem unterirdischen See, in diesigem, diesmal bläulichem Licht, arbeitete sich gegen die Strömung an die Hinterwand der Höhle, watete aufs Trockene, hastete einen dunklen, dunstgeschwängerten Gang entlang, der immer heißer und stickiger wurde, goldene Sprenkel funkelten in den Wänden, doch als Dolf sie aus dem lehmigen Gestein lösen wollte, zerbröselten ihm die falschen Nuggets unter den Fingern.

Schweißgebadet und mit trockener Kehle wachte er auf. Dolf rang nach Luft. Ganz gegen seine Gewohnheit stand er auf und hüpfte in das kleine Bad, wo er sich Wasser in großen Schlucken in den Rachen schöpfte und über den Schädel schaufelte.

Dann musste er laut auflachen, denn sein Unterbewusstes hatte AnnFridas Geldvase zu einem Salzstreuer verniedlicht. Und ihn danach in eine Goldmine geschickt. Er würde sich um die Vorgeschichte der Mine auf der gegenüberliegenden Talseite kümmern, um die Folgen des Bergbaus in dieser Gegend. Er musste sich die Grubenarbeiten genauer vornehmen. Was er an Antworten und Informationen in den Bergwerken von Mazarrón nicht gefunden hatte, würde er in einer anderen Mine erfragen können, zumindest die technischen Details und Vorgehensweisen mussten in jedem Schürfbetrieb ähnlich sein. Die letzte Grube in der Gegend, die wenige Jahre zuvor noch in Betrieb gewesen war, lag kaum eine Dreiviertelstunde mit dem Bus entfernt. Dort gab es sogar Führungen.

Am folgenden Mittag brachte Dolf seinen Streifenwagen vor Norman Drenchs Haus zum Stehen. Der Siedlungsvorsitzende war dabei, seinen Rasen mit einer Kantenschere samt Griffverlängerung zu trimmen. Für Dolf sah es aus wie ein Hundebesitzer, der einen sehr kleinen Kläffer mit einem weit aufgerissenen Maul spazieren führte.

Dolf grüßte mit einer Hand am imaginären Mützenschirm. »Ich nehme das Wochenende frei, Norman.«

»Das können Sie nicht machen, Churner!«

»Ich bin seit drei Monaten im Job, ich hab noch keinen freien Tag gehabt.«

»Waren Sie nicht einen Nachmittag in Valencia?«

»Das hab ich nachgearbeitet.«

»Es ist mitten im Sommer, die Siedlung ist voll, wir haben Hochsaison.«

»Ist mir klar, dass es zurzeit eher ungünstig ist. Aber es geht nur um zwei Tage.« Dolf blieb hart. Diesmal würde er sich nicht von Drench den Schneid abkaufen lassen. Irgendwas in ihm verspürte Lust, bockig zu reagieren. Abwartend sah er den Siedlungsvorsitzenden an. Er schlug die Augen nicht nieder, doch er starrte auch nicht. Es sollte aussehen wie ein interessierter Beobachterblick, hoffte Dolf mit schräggestelltem Kopf.

Drench wandte die Augen ab. »Na gut, das muss auch mal gehen. Die Einbrecher sind über alle Berge, höhöhö, oder nicht? Meinetwegen. Pardiola hält die Stellung?«

»Pep ist da.«

»Dass Sie mir aber keinen anderen Job annehmen, Churner!« Falls es ein Witz von Drench sein sollte, kam er fußlahm daher. Dolf schüttelte nur stumm den Kopf.

»Nur weil ich weiß, dass Sie gerade etwas klamm sind, hö-höhö.« Drench riss sich rasch wieder zusammen. »Kann ich Sie irgendwo erreichen?«

»Sicher, ich hab das Diensthandy dabei.« Irgendetwas hinderte Dolf daran, Drench zu erklären, dass er ganz in der Nähe sein würde, nur eine Dreiviertelstunde mit dem Wagen oder Taxi entfernt. Auch dass sein Ausflug zu den Minen von *La Unión* eigentlich seinem Job in der Siedlung diente, dass er sich im Interesse der Eigentümer darüber kundig machen wollte, welche Chemikalien bei der Erzgewinnung und der anschließenden Verhüttung anfielen. Aber eine dunkle Ahnung, eine Art Instinkt, sagte Dolf, dass diese Informationen bei Drench nicht gut aufgehoben waren.

»Meinetwegen fahren Sie. Und schönes Wochenende. Wann soll es denn losgehen?«

Am frühen Donnerstagabend machte Dolf sich auf den Weg. Der Bus nach Cartagena brauchte kaum eine Dreiviertelstunde, die Lokalbahn nicht viel länger als zwanzig Minuten. Dolf erreichte *La Unión* noch vor Einbruch der Dunkelheit. Er stieß auf eine Stadt im Aufbruch.

32

Das *Festival del cante de las minas* fand jeden Sommer in der ersten Augustwoche statt. Jeder Flamenco-Liebhaber, jeder Gitarrenspieler, jeder Andalusier oder Gitano in Spanien wusste das. Dolf nicht.

Eine Woche lang boten zahllose Konzerte und der Wettbewerb für den Flamenco-Nachwuchs in den Kategorien Gitarre, Tanz, Gesang und Soloinstrumente Raum für nächtelange Musikerlebnisse mit euphorischen Zuschauern und ekstatischen *aficionados*. Der Preis für den besten Nachwuchsgitarristen war nach dem Ursprung der Flamenco-Begeisterung benannt: die *lámpara minera*, die Grubenlampe der Bergleute.

Ehemals, als der Bergbau noch funktionierte, war Musik für sie der traditionelle Zeitvertreib in den wenigen freien Stunden. Landlose und Verarmte, Tagelöhner und Hilfsarbeiter aus den Regionen von Almería und Jaen, Malaga und Grenada verdingten sich in den Minen und trugen ihr sauer verdientes Geld zwischen den Schichten und an ihren freien Tagen in die Caféhäuser, in denen die Musik ihrer Heimat gesungen und getanzt wurde. Die Minen von La Unión waren inzwischen längst geschlossen. Doch die Musik der Grubenarbeiter und das Flamenco-Festival hatten Bestand.

Als Dolf auf den schmalen Bahnsteig sprang, in einem Gleisabschnitt, der die Bezeichnung Bahnhof nicht verdiente, mit dem winzigen, schäbig verwaisten Gebäude des Bahnhofsvorstehers, kam er in eine Stadt, die sich auf das Festival vorbereitete. Der Halteplatz der Lokalbahn lag über dem Zentrum, wenige Schritte vom Marktplatz entfernt und in Sichtweite der geschwungenen Stahlträgerkonstruktion der Markthalle. Der Platz davor, die *Plaza Joaquín Costa*, hallte vom Geschepper der Stahlkonstruktionen und den Hammerschlägen wider, wo Zeltbudengestänge errichtet und Lattenhütten zusammengenagelt wurden. Dolf war nicht mitten in die Festivalwoche gestolpert, sondern in das Wochenende davor. Das war sein Glück. In der nachfolgenden Woche, wenn sich die Aktivitäten bis in die frühen Morgenstunden auf dem Platz vor der Markhalle, der *catedrál del cante flamenco*, konzentrierten, gab es daneben so gut wie kein öffentliches Leben. Vor allem gab es keine Minenführung, weil das weitläufige Gelände des Grubeneingangs als Parkplatz für die Festivalbesucher reserviert war.

Dann wäre auch in der kleinen Posada, wo Dolf sein Gepäck abstellte und ein Zimmerchen bezog, das so schmal war, dass er sich beim Umziehen die Ellbogen stieß, nichts mehr frei gewesen.

Der Eingang zum Minengelände lag über dem Haltepunkt der Züge, vom Stadtzentrum nur wenige Dutzend Meter den Hügel hinauf. Von oben schweifte Dolfs Blick über die schwefelbraune Mondlandschaft, die von der Ausbeutung der Bodenschätze seit römischer Zeit herrührte.

Zusammen mit Dolf war eine Gruppe unternehmungslustiger Frauen gekommen, wahrscheinlich eine Tanzgruppe oder ein Kochverein, und mehrere Familien interessierter Touristen mit Kindern. Die Minenführung wurde in Spanisch und Englisch gehalten. Die Führerin, eine patente junge Frau, schaltete problemlos zwischen beiden Sprachen hin und her. Sie stellte sich als Begonia vor, sie hatte ein abgeschlossenes Geologiestudium vorzuweisen und wusste alles über die Mine. Jedes Gebäude konnte sie in Funktion und Nutzen erklären, auch wann es gebaut, wann es ein anderes, älteres ersetzt hatte. Dolf war schwer beeindruckt.

Begonia gab einen raschen Überblick über das Verhüttungsverfahren, das sich in den zweitausend Jahren, in denen in der Gegend Bodenschätze abgebaut wurden, kaum verändert hatte. Schon immer war es um die Gewinnung von Erzen gegangen, hauptsächlich Zink, aber auch Blei und Silber, sogar Gold in kleinen Mengen in der Mine in *La Unión*, aber, so fragte Dolf nach, auch in den Minen von *Mazarrón*. Nach der thermischen Aufbereitung, *calcinación*, ging die Erzmasse in Steinmühlen, *polvorones*, wurde zu Staub zermahlen, der wiederum in riesigen flachen Wasch- und Setzbottichen in Flüssigkeit gelöst wurde, damit sich die schwereren Bestandteile, das Erz eben, absetzen und vom Gesteinsstaub trennen konnten. Das war, in Kurzfassung, der Vorgang, dessen einzelne Stationen die Minenführung umfassen würde.

Begonia lotste die Gruppe zur ersten Station. Der Riesenofen für die Kalzination des Aushubs war ein siloartiger Bau, dort wurde das Erz erhitzt, lernte Dolf.

Die zweite Station lag an der weitläufigen schwadenförmigen Abraumhalde *balsa de lodos*, wo seit fast fünfzig Jahren, seit die Mine im Jahr 1957geschlossen worden war, kein Blatt, kein Kraut, kein Grashalm wuchs. Vor ihnen erstreckte sich eine braune Fläche aus sterilem Gestein. Es war Schwemmschlamm aus den Sickerbecken, die bergauf nicht weit entfernt lagen, wie Begonia erklärte. Der Schlamm hatte sich in organisch aussehenden Wellen ergossen und war zu betonharten Schwaden getrocknet. Auf der porenlosen Oberfläche zeigte sich keine Vegetation. Selbstverständlich brannte im Sommer die gnadenlose Sonne auf die Schwaden, La Unión war einer der sonnenreichsten Orte an der Küste. Und es gab kein Wasser.

Den ersten Höhepunkt der Grubenführung stellte die Besichtigung der größten öffentlich zugänglichen Mine Europas dar. *Agrupa Vicenta* bot eine Abfolge von Gängen und Galerien, bis zu acht Metern hoch die mächtigsten, darunter sogar eine Art Lichtersaal, wo gerade für ein Konzert palettenweise Stühle vorgefahren und aufgestellt wurden. Und einen unterirdischen See, rot schimmernd wie wässriges Blut. Die Färbung kam vom Pyrit, das mit dem Gestein heraufbefördert worden war, wusste Begonia.

Ihr war inzwischen aufgefallen, dass Dolf sich vor allem für die Umweltschäden, für mögliche giftige Reststoffe und Überbleibsel des Minenbetriebs interessierte. Wohl um seine lästigen Fragen abzukürzen, bot sie Dolf an, ihm den Namen des Wissenschaftlers herauszusuchen, der gegen das Umweltdesaster im nahen Portmán gekämpft hatte und doch hilflos mit ansehen musste, wie das eintrat, was er jahrelang vorhergesagt hatte: Die geräumige Bucht, die seit der Römerzeit – *Portus magnus* bedeutete groß(artig)er Hafen –, genutzt worden war, wurde mit giftigem Abraum zugeschüttet und verlandete innerhalb einer Generation.

Dolf hatte mitbekommen, wie die Umweltorganisation Greenpeace in den achtziger Jahren in einer spektakulären Aktion die Schlämmrohre besetzt und auf die Giftbelastungen des Grubenabraums hingewiesen hatte. Begonia selbst war um die Zeit herum erst geboren worden. Sie kannte es nicht anders – das ehemalige Fischerdorf Portmán fristete mit einem Hafenkai, dessen Poller dreihundert Meter vom Meer entfernt lagen, ein freudloses Leben als Durchgangsstation für das nahe Cartagena oder den Golfclub von La Manga. Fischer gab es keine mehr. Am heutigen Ufer, einem schmutziggrauen Sandstrand, konnten sie nicht anlanden.

Eine weitere, kleinere Mine stand auf dem Programm der

Führung, dazu eine Pulverisierungsstation und zwei flache runde Waschbassins, wo das zermahlene Fördergut gelöst, geschlämmt und mittels Schwerkraft getrennt worden war.

»In welchem Lösungsmittel?«, wollte Dolf misstrauisch wissen.

Begonia sah ihn lange an, nickte nachdenklich und vielsagend. Sie machte es spannend. »Wasser. Reines Wasser.«

»Danke.« Er hatte eine Abfuhr kassiert, das war nicht zu übersehen. Dolf schlenderte hinter den anderen Teilnehmern her, deren Interesse für die Vorgänge bei der Metallgewinnung längst erlahmt war. Sie wollten nur noch hinaus aus dem staubigen, eintönigen Minengelände.

Die Führung ging zu Ende, die Besucher drückten Begonia ihre Trinkgelder in die Hand, verabschiedeten sich und zerstreuten sich rasch. Auch Dolf übergab Begonia einen Schein.

»Danke, ich muss los, ich bin für ein Konzert verabredet.« Erstaunt erkannte sie in ihrer Hand den Zwanziger, den Dolf ihr zugesteckt hatte. »Oh, sehr freundlich.« Sie strahlte ihn an. »Dabei hätte ich geschworen, Sie haben nicht gefunden, was Sie gesucht haben, *Señor*, sehe ich das richtig?«

»Sie haben mich durchschaut, *Señorita*, das muss ich zugeben.«

Sie seufzte. Sie hatte ein fürstliches Trinkgeld bekommen, irgendwie schien sie es sich verdienen zu wollen. »Wie kann ich Ihnen weiterhelfen?«

Dolf genoss ihre plötzlich erwachte Gesprächsbereitschaft. »Gibt es so etwas wie einen Verein der ehemaligen Minenarbeiter oder eine Gewerkschaft? Anders gefragt: Wo kann ich jemanden finden, der tatsächlich hier gearbeitet hat?« Seine Handbewegung umschrieb das gesamte Minengelände.

»Mineros leben nicht sehr lange. Üblicherweise bleiben sie

nicht gern in der Nähe ihrer ehemaligen Beschäftigung. Aber es gibt selbstverständlich das Gewerkschaftsbüro. Die älteste Angestellte ist Ende zwanzig.«

»Kennen Sie niemanden persönlich? Irgendeinen Kontakt, den Sie mir vermitteln könnten?«

Sie hatte einen Kontakt. Und sie gab ihn an Dolf weiter. An einer ihrer ersten Führungen durch die Mine hatte ein pensionierter Grubeningenieur teilgenommen. Er kannte die Mine in- und auswendig, er brauchte keine Führung, er brachte nur seine entfernte Verwandtschaft, Neffen und Nichten, vorbei. Aber er hatte Begonia, falls sie irgendwelche Auskünfte brauchte, seine Nummer hinterlassen.

Dass er den richtigen Mann gefunden hatte, hörte Dolf schon am Telefon heraus. Um zu beschreiben, was er sich von einer Unterhaltung versprach, erkundigte Dolf sich nach den technischen Details der Zinkgewinnung, angefangen mit der *calcinación*. Der Experte kam ihm mit *Abrauchen* und *Saigerung* und anderen Fachwörtern, die Dolf sich hastig notierte und später in der Fachbibliothek des Minenmuseums im ehemaligen *liceo de los obreros* nachschlagen würde.

Dolf warnte zwar, dass er außer ein paar Gläsern Wein oder Bier keine Entschädigung für die Zeit des Ingenieurs bieten könne. Aber der Mann schien Dolfs Interesse zu genießen, er war mehr als bereit und ließ Begonia grüßen. Sie verabredeten sich in einer Kneipe. Dolf würde an seiner senfgelben Jacke zu erkennen sein, an seinem Stiernacken und dem stoppeligen Haarkranz.

»Stellen Sie sich einfach an den Tresen. Ich finde Sie schon. Mit goldener Jacke oder ohne.« Der Mineningenieur war Dolf sympathisch, noch bevor sie sich kennengelernt hatten.

33

Zuerst befürchtete Dolf, er hätte sich in der Adresse getäuscht, in der Straße oder der Hausnummer, aber auf jeden Fall in der Kneipe. Denn dort fand ein ekstatisches Konzert statt. Der kleine Saal, ein schmaler Kneipenraum, barst vor Leuten. Sie standen an den wenigen winzigen Tischen, aber vor allem wiegten sie sich klatschend und johlend im Takt, mit aufgeheizten Mienen und aufmunternden Gesten. Die Flamenco-Kapelle hatte ihr Publikum fest im Griff.

Auf der Bühne, einer kaum erhöhten Plattform, agierten ein Gitarrist, ein Cajonspieler auf seiner nach vorn gekippten Kiste, zwei Sängerinnen, die zusätzlich schnalzten, klatschten und die Hände rieben. *Dar palma* hieß das auf Spanisch.

Zwischen ihnen wirbelte ein Tänzer herum. Es war ein androgyner Typ mit hautenger Lederhose und hochhackigen Stiefeln, in einem Rüschenhemd, das wie sein kinnlanges, feinlockiges Haar vor Schweiß troff. Bei jedem Zucken und Wirbeln, immer wenn er Arme, Schultern oder den Kopf herumwarf, sprühte eine Gischt aus winzigen Tröpfchen in die rauchgeschwängerte Luft der Kneipe und auf seine Mitspieler. Der Junge war phantastisch, fand Dolf, der sich wie gebannt mitten zwischen die begeisterten Zuhörer geschoben hatte. Jeder Zuruf, jedes Beifallsjauchzen, jeder Zwischenapplaus war hochverdient.

Für sein Publikum tanzte sich der junge Mann die Seele aus dem Leib. Er mochte kaum achtzehn sein oder Ende zwanzig, seine sehnige, durchtrainierte Gestalt wirkte alterslos jungenhaft, nur sein Gesicht, verzerrt in der Verzückung des Tanzes, gab preis, dass er viele verschiedene und nicht immer unbeschwerte Zeiten erlebt hatte.

Ab und an, wenn der Tänzer reglos auf der Stelle zu verharren schien, nur seine Absätze und Schuhspitzen den widerhallenden Bretterboden trommelnd bearbeiteten, warf der Junge starre, intensive Blicke ins Publikum. Auch in Dolfs Richtung, bildete der sich ein. Konnte der Tänzer ihn durch die blendenden Lichtkegel der niedrigen Bühne überhaupt sehen?

Um ihn herum gab es fast nur Paare, zurückhaltend wippende Männer mit leidenschaftlich die Hälse reckenden Frauen. Sie waren kundig, erfahren und wussten jeden Tanzschritt, jedes *Zapateado* zu würdigen und durch Zurufe zu rühmen. Dolf konnte kein junges Mädchen ausmachen, das dem Tänzer mit Blicken folgte, oder eine Gruppe oder Clique junger Frauen, die ihn anhimmelten oder anfeuerten.

Wem also galt der Tanz?

Als die Aufführung endete und die Kneipe sich nach langem enthusiastischen Beifall und Freudenrufen etwas leerte, weil jeder Luft schnappen, eine Kleinigkeit essen oder die Hände waschen musste, drückte Dolf sich zum Tresen vor und bestellte einen Wein.

Es war das, was am schnellsten zu bekommen war, was alle tranken. Vom Ingenieur gab es keine Spur. Für das nächste Glas, als die freundliche junge Frau hinter dem Tresen Dolf bereits wahrgenommen hatte, orderte er ein Bier. Noch einmal sah er sich um. Inzwischen ähnelte das Innenleben der Kneipe dem, was Dolf erwartet hatte: eine schlichte Trinkgelegenheit, wo man sich auch unterhalten konnte. Noch war der Ingenieur nicht aufgetaucht.

Dolf entdeckte den Mann wenig später. Jedenfalls fiel ihm ein Neuankömmling auf, der aussah, wie Dolf sich einen Ingenieur vorstellte: trotz des Alters noch drahtig, etwas gebeugt, scharfer Blick, weißer Kragen, schmaler Oberlippenbart und dunkle Bartschatten an den eingefallenen Wangen; sein Haar wirkte licht, sah aber nachtschwarz aus, vielleicht sogar gefärbt. Er hängte seine Jacke am Ausgang auf, nahm Dolf nur flüchtig in Augenschein und sah rasch weg. Mit einem Päckchen Zigaretten und einem Feuerzeug verschwand er nach draußen. Er würde wiederkommen. Dolf winkte sich ein neues Bier herbei.

»Hat es Ihnen gefallen, *Señor*?«

Dolf drehte sich herum. Der Junge, der ihn ansprach, war der Tänzer, jetzt mit streng nach hinten gegelten Haaren und einem frischen Hemd.

»Sehr. Sie machen das ganz phantastisch.«

»Danke, *Señor*. Vielen Dank. Sie wissen gar nicht, wie viel mir das bedeutet.« Der Junge schlug die Augen nieder, als hätte er Dolf gerade in ein großes Geheimnis eingeweiht.

Dolf warf einen Blick über seine Schulter. Viele Leute standen um ihn herum, der Ingenieur war noch nicht zurückgekommen, niemand achtete auf den Jungen oder ihn. Ein paar Meter weiter unterhielten sich die beiden Sängerinnen mit begeisterten Freunden. Auch sie waren in Zivil und wirkten sehr viel jünger und zerbrechlicher, als kurz zuvor auf der Bühne.

»Aber ich bin nicht wegen der Musik hier.«

»Ach.« Das klang ganz leicht enttäuscht. Sicher war der Junge hingebungsvolle Fans oder leidenschaftliche Verehrerinnen gewohnt.

Dolf bemühte sich um einen aufmunternden Ton. »Sie machen das schon lange, nicht?«

»Seit ich denken kann. Darf ich Sie auch was fragen?«

Sie standen in einer überfüllten Kneipe. Jeder durfte fragen, was er wollte. Dolf nickte achselzuckend.

»Sie tragen eine Prothese, *Señor*. Sie haben ein Bein verloren. Am Oberschenkel?«

Dolf sah den Jungen überrascht an. Seit er seine neue Prothese hatte, bemerkten nicht viele Leute, dass er ein künstliches Körperteil trug.

»Verstehen Sie mich nicht falsch, *Señor*: Ich mag das. Sehr.« Das letzte Wort kam fast gehaucht heraus. Der Junge legt Dolf tastend und vorsichtig eine Hand auf den Oberarm. »Sollen wir nicht irgendwohin gehen, wo wir ungestörter sprechen können?«

»Sie meinen nur wir beide?« Dolf brauchte ein paar Sekunden, bis er merkte, was das werden sollte. Stück für Stück fielen die Puzzleteile an ihren Platz: Er wurde gerade aufgegabelt. »Hören Sie, ich bewundere Sie und Ihre Kunst, aber nicht so wie Sie denken. Seien Sie mir nicht böse, ich …«

»Ich kann Ihnen Dinge zeigen, die Sie sich nicht vorzustellen wagen. Dinge, von denen Sie träumen werden.«

»Das … das glaube ich sehr gern. Aber danke. Danke nein. Darf ich Sie auf ein Glas einladen?«

»Überlegen Sie es sich dann noch?«

»Ich fürchte, nein.«

»Dann gehe ich lieber alleine.«

Hilfesuchend sah Dolf sich um und erkannte, dass der Ingenieur inzwischen seine Jacke geholt haben musste, jedenfalls hing sie nicht mehr am Haken. Dolf fürchtete, dass seine Verabredung geplatzt war. Er wandte sich hastig zum Gehen. »Tut mir leid.«

»Leben Sie wohl.« Der Junge klang enttäuscht, aber nicht wirklich traurig oder niedergeschlagen. Er küsste Dolf zum Abschied auf den Mund.

Dolf ließ es geschehen und sah ihm kopfschüttelnd hinterher.

Da wurde neben Dolf ein Barhocker herangerückt. Der Ingenieur setzte sich darauf. »Sie kennen meinen Sohn?«

»Keineswegs.«

»Er hat Sie geküsst!«

Jetzt begriff Dolf. »Ein Missverständnis. Bitte entschuldigen Sie. Ich hatte gehofft, ich könnte Sie auf ein Glas einladen.«

»Wie meinen Sohn.«

»Anders. Von Ihnen will ich etwas.«

Der Ingenieur stutzte. »Der Junge ist unglücklich. Verliebt sich immer in Männer, die sein Vater sein könnten.«

»Weil er seinen Vater gern hat, schätze ich.«

»Ha! Sie machen Witze.« Der Ingenieur warf eine Hand abschätzig in die Luft, als wollte er die Finger abschütteln.

»Gar nicht.«

»So hab ich das noch nie gesehen.« Der Ingenieur zog nachdenklich die Stirn in Falten. »Sie gefallen mir.«

»Das hat Ihr Sohn auch gesagt. Ich bin Adolfo Chirén.« Er reichte dem Mann die Hand.

»*Narciso Fecundo. Encantado.*«

»Danke, dass Sie gekommen sind.«

»Auch wenn ich Ihnen vielleicht nicht helfen kann?« Der pensionierte Grubeningenieur konnte nicht viel älter als Mitte fünfzig sein, seine Hände waren abgearbeitet, aber glatt, nicht verkrümmt oder faltig, sein Hals genausowenig. Nur die tief eingegrabenen Furchen um seine verkniffenen Mundwinkel wirkten ziemlich abweisend. War er etwa verstimmt?

»Hören Sie, das müssen Sie mir einfach glauben, Ihr Sohn ... das war nicht meine Absicht. Ich kam hier herein, ich sah ihn tanzen, dafür hab ich ihm ein Kompliment gemacht, ohne zu ahnen ... wir unterhielten uns, das war alles, ich schwör's.«

Hörte Dolf sich an wie ein beim Seitensprung ertappter Ehemann?

Aber Fecundo winkte ab. »Vielleicht bin ich Ihnen zu Dank verpflichtet.«

»Aber nein!«

»Weil das so ungefähr der einzige Grund sein könnte, mit Ihnen zu reden: Begonia kennt Sie überhaupt nicht! Üblicherweise wollen uns die Reporter einen Strick draus drehen, dass wir die Stadt aufgebaut und reich gemacht haben. Was werden Sie uns diesmal anhängen?«

Deshalb also war der Mann so ablehnend – er war es gewohnt, für die Umweltschäden der Mine verantwortlich gemacht zu werden.

»Es geht mir nicht um die Mine hier. Ich komme aus der Nähe von Mazarrón, aus Campo Cálido.«

»*La población de los ingleses.*« Fecundo nickte reserviert.

»Sie kennen die Minen dort?«

»Flüchtig. War nur ein-, zweimal dort. Ist Jahre her.«

»Ich interessiere mich für das übriggebliebene Geröll.«

»Den Abraum. Warum?«

»Könnte man den Schutt dazu nutzen, um damit, sagen wir, ein Trockental aufzuschütten?«

»Sollte man nicht machen.«

»Also verlässt kein Abraum das Minengelände?«

»Das kann man so nicht sagen. Wenn wir Platz brauchen, verfüllen wir auch außerhalb.«

»Könnte man das Material zu einem Hügel aufschütten?«

»Wieso nicht?«

»Und Häuser darauf errichten?«

»Nicht offiziell. Halden sind nicht als Bauland ausweisbar. Wenn so was aus den Unterlagen hervorgeht, gibt es keine Genehmigung.«

»Aber möglich wäre es?«

Der Ingenieur hob die eingefallenen Achseln. »Wenn man ein paar Fuhren Muttererde darüber verteilt, wächst wieder alles. Nur Gemüse darauf anbauen sollte man vielleicht nicht.«

Dolf interessierte sich brennend dafür, um welche Giftstoffe es sich handelte und welche Gefahr von ihnen ausging. Im Augenblick wirkte der Mann redewillig und auskunftsbereit, seit er eingesehen hatte, dass Dolfs Fragen sich nicht auf seine persönliche Verantwortung für die Giftbelastung bezogen.

Dolf kam auf die Flüssigkeit zu sprechen, in der das Erz vom Gesteinsstaub getrennt wurde.

»In reinem Wasser?« Das hatte Dolf bei der Minenführung aufgeschnappt.

Der Ingenieur nickte achselzuckend.

»Und hinterher?« Dolf blieb dran.

»Hinterher ist so ziemlich alles drin, was wir nicht wollen, vor allem Pyrit und Sulfate, Schwefelabkömmlinge, Siliziumkarbid, all so was.«

Dolf brauchte eine Reihe interessierter Fragen, ein wenig Geduld und aufmerksames Nachfassen, dann hatte er beisammen, was er über die chemischen und physikalischen Vorgänge bei der Erzgewinnung und ihre Auswirkungen auf die Umwelt wissen wollte: Bei der Gewinnung von Silber, wofür die Mine in Mazarrón bekannt war, wurde eine ganze Reihe hochgiftiger Stoffe freigesetzt, vor allem Quecksilberdampf und Bleioxid. Sie entwichen in die Umgebung oder blieben nach dem Ende der Verhüttung in den flüssigen oder festen Abraumresten zurück. Das war der Grund, warum ehemalige Minengelände auch Jahre nach der Schließung so gut wie vegetationsfrei blieben und keiner neuen Nutzung zugeführt werden konnten.

Narciso Fecundo ließ sich den Stolz auf seine Arbeit nicht zerreden. Aber er war auch nicht blind für die Folgen. Seit der

Schließung der Mine, als die Betreibergesellschaft sich auflöste und weiterzog, als sie Fecundo zurückließen, um die Firma abzuwickeln, war er zunehmend nachdenklich geworden. Er gehörte jetzt selbst zum alten Eisen, zum Abraum, den man am liebsten in der Obhut eines schlecht ausgestatteten Subunternehmens zurückließ, das die ausgebeutete Landschaft verwaltete und mit geringstmöglichem Aufwand wetterfest machte. Die Gelände zu entgiften, für andere Nutzung zu erschließen oder gar zu renaturieren kostete Unsummen; es war kein gutes Geschäft.

Dolf orderte frisches Bier. »Wenn ich also wissen will, ob ein bestimmter Hügel aus Abraum bestehen könnte? Wonach suche ich? Quecksilber und Bleioxid?«

»*Plomo y azogue.*« Fecundo nickte. Blei und Quecksilber brachten mehr Mineros unter die Erde als Minenunglücke und Arbeitsunfälle. Bleioxid war in der Lage, ungeschützte Arbeiter innerhalb kürzester Zeit zur Strecke zu bringen. Das Zeug ließ sich mit einem einfachen Test nachweisen, sogar in Knochen Verstorbener, selbst in deren Asche.

Fecundo nahm sein Glas mit vor die Tür, um zu rauchen. Dolf stützte den schwindligen Kopf auf die Hände. Er hatte eine Menge Hausaufgaben zu machen, entweder hier am Ort in der Bibliothek des Minenarbeitervereins oder zusammen mit Pep am Computer der Pförtnerloge. Ein Labor, das Proben analysieren würde, hatte Fecundo ihm ebenfalls genannt. Jeder Lehrstuhl für anorganische Chemie konnte das, hatte er versichert. Selbst seine Freundin Begonia, die Führerin der Grubentour, wenn sie während des Semesters an der Uni in Murcia Zugang zum Labor hatte.

Jetzt, da Dolf wusste, nach welchen Giften er suchen lassen musste, brauchte er bloß noch die Proben zu beschaffen.

34

Auf der Rückfahrt hatte Dolf genügend Zeit, seine Eindrücke zu ordnen und sich einen Plan zurechtzulegen. Am Busbahnhof neben der *éstacion del ferrocarril* in Cartagena nahm er den Überlandbus, inklusive Umsteigen in *Mazarrón pueblo*. Als er in das weite Tal hinter den Minen einbog, kam die Siedlung auf dem Hügel in Sicht. Die sanften Formen der Erhebung passten so gar nicht zu den steilen Geröllschüttungen einer Abraumhalde. Andererseits ragte der Hügel wie ein Fremdkörper aus der Senke. Im flachen Abendlicht warfen Häuser, Bäume und Laternenmasten scharfe Schlagschatten. Fast verspürte Dolf so etwas wie Heimatgefühle für diese Ansammlung von Menschen, für deren Sicherheit er verantwortlich war.

Pep saß auf seinem Posten in der Loge. »Lange nicht gesehen, Chef. Willkommen zurück.« Dabei war Dolf gerade mal drei Tage fortgewesen.

»¿*Todo bien*? Alles klar hier?«

»Sicher, Boss. Das Übliche, will ich mal sagen. Welche kommen, welche gehen. Alles unter Kontrolle.«

Tatsächlich waren welche gegangen. Das fand Dolf aber erst am nächsten Morgen heraus.

In der Doppelgarage am Portiersbungalow suchte er sich ein Rosenschäufelchen und ein verschließbares Gefäß, eine Art Marmeladenglas. Kurz nach zehn fuhr Dolf mit dem Streifenwagen bei den Callums vor. Die Straße um das Haus schien ihm stark verschmutzt, das hätte ihn misstrauisch machen sollen. Ebenso wie die abgesunkene Bordsteinkante an der Ecke des Grundstücks. Er klingelte erneut. Stu schien sein ausgeschlachtetes Motorboot weggeräumt zu haben. Im Vorgarten leuchtete eine frisch ausgebreitete Fläche Rollrasen, zusammen mit der unverzichtbaren Berieselungsanlage, die das Kraut brauchte, um anzuwachsen.

Niemand außer Norman Drench hatte richtigen Rasen in der Siedlung. Das immergrüne Rispenkraut, das im heißtrockenen Sommer mit nicht mehr als zwei Bewässerungsdurchgängen pro Tag überleben konnte, war grün und trimmfähig, etwa mit einem handelsüblichen Rasenmäher. Auf wenige Meter Entfernung konnte man es tatsächlich für Rasen halten. Armbreite Streifen davon bedeckten die plattgewalzte Fläche im Vorgarten, wo Stu Callums ausgeweidetes Boot und der aufgebockte Motor schon beinahe eingewachsen gewesen waren. Was war los mit dem Bastler? Hatte er gute Vorsätze gefasst? Auch die Garageneinfahrt sah wie frisch gefegt aus. Hatte dort nicht früher Baumaterial gelagert? Dolf begann an seiner Erinnerung zu zweifeln. Die Klingel trug kein Namensschild »*S&S*« mehr. Stand er etwa vor dem falschen Haus? Dolf trat ein paar Schritte zurück auf den blitzblank freigebrannten Pflasterweg des Zugangs. Er sah die Hauswand hinauf, erkannte die überbreiten Gauben und die Austritte, die Stu Callum angebracht hatte. Da war kein Zweifel möglich.

Dolf klingelte zum dritten Mal und spähte durch das Pressglas der Eingangstür, das sämtliche Konturen unscharf und verwischt wirken ließ. Drinnen regte sich nichts.

Achselzuckend ging er zurück zum Wagen und holte sich Schäufelchen und Deckelglas aus dem Kofferraum. Eine Bodenprobe aus dem Sandkasten konnte er auch ohne die Hilfe der Callums nehmen. Es war schließlich zu ihrem eigenen Besten. Dolf bog um die Hausecke, stutzte und verharrte wie vor einer massiven Wand.

Die Terrasse der Callums stand leer. Kein Grill war aufgebockt, keine Liegestühle aufgeschlagen. Es gab noch nicht einmal eine Terrasse.

Der halbe Hintergarten zeigte sich geglättet und mit Rollgras ausgelegt. Dort existierte kein Sandkasten mehr. Dolf fuhr sich mit der flachen Hand über Augen, Stirn und Kopf. Irgendjemand hatte den Garten der Callums umgestaltet und neu bezogen wie ein Bett.

Er sah sich die Einfahrt und den Zaun zur Straße genauer an. Der Maschendraht wirkte unverändert. Aber einer der Zaunpfähle trug einen frischen Farbkringel. Darunter sah der Stahl ganz so aus, als wäre er abgeflext und später neu verschweißt worden. Was war passiert? Jetzt ergab die Verschmutzung der Straße einen Sinn. Und die Absenkung der Bordsteinkante ebenfalls, sie rührte von schwerem Erdbewegungsgerät. Wer hatte den Boden austauschen lassen? Die Callums konnten sich Derartiges nicht leisten, hätte Dolf geschworen. Er würde den Siedlungsvorsitzenden fragen. Drench wusste sicher, wer die Erdarbeiten finanziert hatte.

Dolf parkte den Streifenwagen vor Normans Drenchs Haus. Auf sein Klingeln riss Drench die Tür sofort auf, fast als hätte er auf Dolf gewartet. »Warum haben Sie nicht angerufen? Seit wann sind Sie zurück?«

»Seit gestern Abend schon. Ich hab Pep Bescheid gesagt. Was ist mit dem Garten der Callums passiert?«

»Das haben Sie schon gesehen? Gut, gut. Kommen Sie.«

Er lud Dolf mit einer Handbewegung ins Haus. In Drenchs Salon standen zwei Korbsessel gegenüber dem falschen Kamin; nur die Anwesen auf der Meerseite hatten tatsächlich Schornsteine. Selten kam Dolf die Kombination Korbsessel und Kaminattrappe unpassender vor. Wenigstens trug der Siedlungsvorsitzende heute lange Hosen.

»Setzen Sie sich.« Drench ließ sich vorsichtig auf die Vorderkante seines Sessels nieder. »Die wollten schon immer zurück.«

Dolf sackte auf den Korbsessel gegenüber. Das Weidengeflecht knirschte vorwurfsvoll. »Die Callums sind weggezogen?«

Drench sah Dolf ungläubig an. »Das wussten Sie nicht?«

»Wo sind sie hin?«

»Zurück nach Suffolk. Esthers Mutter lebt dort, soweit ich weiß.«

»Davon hab ich die beiden niemals sprechen hören.«

»Ab und an klang es durch. Musste man auf die Nuancen hören, Sie wissen schon, Churner, zwischen den Zeilen.«

Die Ironie war unüberhörbar. Wollte der Siedlungsvorsitzende ihm weismachen, dass er die Briten niemals wirklich verstehen konnte? Drench strahlte ungewohntes Selbstbewusstsein aus, er wirkte wie ausgewechselt, dabei aber ganz und gar in seinem Element. Dolf wunderte sich und schluckte seinen Ärger hinunter. Entweder er hatte wirklich irgendwelche Andeutungen der Callums überhört, oder hier wurde gerade eine riesige Vertuschungsaktion durchgezogen. Jetzt war jedenfalls nicht die richtige Gelegenheit, um Drench auf seinen Verdacht anzusprechen. Dolf würde zuerst seine Fakten festklopfen, bevor er damit herausrückte, was er über die Belastung des Bodens befürchtete. Er musste Zeit gewinnen.

»Wer ist für die Auslagen aufgekommen? Wer hat den Umzug bezahlt?« Soweit Dolf wusste, konnten sich die Callums keine großen Sprünge leisten.

»Die paar Quadratmeter Rollrasen zu verlegen kostet nun

wirklich nicht die Welt. Und wenn Sie ein Haus verkaufen wollen, hübschen Sie es selbstverständlich auf.«

»Das Haus wird verkauft?«

»Es ist so gut wie weg.«

»Wer hat es übernommen?«

»Noch niemand; die Eigentümerversammlung hat ihr Vorkaufsrecht ausgeübt.«

»Aha.« Dolf hätte jede Menge Fragen gehabt über die überstürzte Abreise der Engländer mit ihrem kranken Kind, über die Zukunft des Hauses, über den anstehenden Verkauf, über Esthers Stelle im Supermarkt und Stuarts Motorboot. Vor allem hätte er Drench gerne über die Hintergründe ausgequetscht, die Dolf äußerst seltsam vorkamen. Aber zuerst wollte er seinem Verdacht nachgehen. Er suchte nach einem unauffälligen Abgang. »Wenn ich irgendwie behilflich sein kann?«

»Sobald mir etwas einfällt, Churner.«

»Jetzt wo das Haus leersteht, behalt ich es besser im Auge, was sagen Sie?«

»Nicht nötig, Churner, dazu besteht wirklich kein Anlass.«

Drench jedenfalls schien nicht darauf erpicht, dass Dolf sich am ehemaligen Haus der Callums herumtrieb.

Einen Drillbohrer gab es in jedem Baumarkt. Auch im großen Gartenmarkt unten an der Küstenstraße. Dolf brauchte ihn noch nicht einmal zu kaufen, er konnte ihn ausleihen. Üblicherweise grub man damit Löcher, etwa um Zaunpfähle im Boden zu verankern. Das Ding sah aus wie ein überdimensionaler Korkenzieher, mit einem unförmigen Hebel an der schwach und zerbrechlich aussehenden Spirale.

Dolf bohrte auf dem Grundstück der Callums an der Stelle, wo er den ehemaligen Sandkasten vermutete. Es war gegen halb zehn Uhr abends, am Anfang der Dämmerung. Den auffälligen Streifenwagen hatte Dolf in einer Querstraße geparkt. Aber er trat nicht verlegen auf oder heimlichtuerisch. Wer immer ihn bemerkte, sollte sehen können, dass er nichts zu verbergen hatte, dass er nur seiner Arbeit nachging.

Nach dem zweiten, mühsamen Entleeren des fetten braunen Erdreichs aus der Förderspirale hob der Bohrer wie von selbst einen sandigen Brei aus und häufte ihn um das Bohrloch wie einen Maulwurfshügel. Der Bohrer reichte nach Dolfs Schätzung vielleicht einen halben Meter tief. Der Sand sah genau aus wie im ehemaligen Sandkasten: beige-grau meliert und fein wie Vogelsand. Dolf brauchte ihn nur noch in sein Glas zu schaufeln und wegzupacken. Und den übrigen Aushub wieder einzufüllen und alles über dem Bohrloch glattzustreichen.

Das Glas verpackte er im Portiershäuschen unter Peps Augen in Bläschenfolie und schickte es per Post an das Labor am chemischen Institut der Universität in Murcia.

Zehn Tage und zwei Telefonate später, eins mit Begonia, eins mit Narciso Fecundo, hatte Dolf beisammen, was er brauchte. Der Sand aus dem Garten der Callums enthielt unter anderem Blei, Zink, Kadmiumoxid und Quecksilber in unterschiedlicher Konzentration. Der Bleioxidgehalt, mehr als zwei Milligramm pro Gramm, lag mehrfach über der zulässigen Höchstgrenze. Der Sand der Callums war gefährlicher Sondermüll. Wenige Mundvoll davon reichten bei einem Erwachsenen für eine tödliche akute Bleivergiftung, von einem Kind ganz zu schweigen. Eine schleichende Bleivergiftung brauchte nur ein paar Krümel, über den Sommer verteilt. Dolf war sich sicher, dass der kleine Calvin mehr als diese Menge aufgenommen hatte. Dass die körperlichen Beeinträchtigungen des Jungen darauf zurückzuführen waren, zumindest damit zu tun hatten. Und die toten Katzen erklärten sich für Dolf damit auch.

Er sah seine Befürchtungen bestätigt – und eine böse Wut stieg in ihm auf. Er brauchte einen langen Abend in der Fernfahrerbar an der Autobahnbaustelle, wo er den Streifenwagen stehen und sich von einer der Angestellten nach Hause mitnehmen lassen musste, weil er sich, um seine Nerven zu beruhigen und seine Stimmung in den Griff zu kriegen, zu viel Bier und Schnaps eingeflößt hatte. Am nächsten Tag war er bereit für sein Gespräch mit Drench.

35

»Lassen Sie uns eine Ausfahrt machen, Norman.«

»Weshalb? Wohin?« Drench wirkte aufgekratzt, nicht beunruhigt. Es war ein schwüler Vormittag, der zu einem heißen Nachmittag zu werden versprach. Drench hatte seine unvermeidlichen kurzen Hosen an, die Krampfadern an seinen Waden wirkten vorwitzig angeschwollen.

»Ich möchte Ihnen etwas zeigen. Ziemlich wichtig.«

»Jetzt machen Sie es aber spannend, Churner. Besser, das ist wirklich spektakulär, denn ich hab noch Verpflicht…«

»Kommen Sie schon, Drench. Ich bin nicht in der Laune für Ausflüchte.«

Der Siedlungsvorsitzende runzelte die Stirn, verdrehte die Augen, versuchte, einen empörten Gesichtsausdruck hinzubekommen, aber unter Dolfs unverhohlener Entschlossenheit klappte er zusammen.

Dolf chauffierte sie am unteren Ende aus der Siedlung heraus. Von der *Calle Quesada*, der schmalen Straße vor seinem Häuschen, bog er in das Gestrüpp der Brache ab, die als Hundeauslauf und Müllkippe diente. Auf der Schotterpiste schwankte und schaukelte der schwere Wagen. Sie überquerten rumpelnd das Trockental. Auf halbem Weg zum Kral der Afrikaner bog Dolf auf einen Feldweg ab, der seitlich aus dem Tal heraus und auf eine Anhöhe führte. Dort lag am höchsten Punkt ein Damm aufgeschüttet, der die grünbraune Wasserfläche des Trinkwasserspeichers der Siedlung einrahmte. Auf der planierten Fläche am Rand des Reservoirs wendete Dolf den Wagen und brachte ihn mit der Schnauze bergab zum Stehen.

»Da.« Dolf wies auf die Siedlung, deren Gebäude sich wie aufgereihte Perlen die Flanke der Anhöhe hinaufzogen.

»Was soll das? Für Spielchen habe ich keine Zeit, Churner.«

»Sehen Sie sich um. Sehen Sie einen anderen so regelmäßigen, linsenförmigen Hügel hier im Tal, wie den unter unserem Campo Cálido?«

»Hügel gibt es wie Sand am Meer.« Drench wies abschätzig auf die Grünanlagen des Countryclubs auf der anderen Talseite. Und auf die steileren Kegelhaufen am südlichen Ende des Tals, die zum Gebiet der Minen gehörten.

»Genau. Abraumhalden aus der Zeit der Silbergruben. Die Siedlung steht auf so einer.«

»Was wollen Sie damit sagen?«

Dolf wischte die Frage mit einer Armbewegung beiseite.

»Ich hab den Sand aus dem Brunnen der Callums untersuchen lassen. Der Boden ist verseucht mit Schwermetallen. Das Haus steht auf einer Gifthalde.«

»Sind Sie völlig verrückt geworden, Churner? Wissen Sie, was Sie damit behaupten? Das sind völlig haltlose Unterstellungen. Dummes Zeug!«

Dolf wartete in aller Ruhe ab, bis dem ehemaligen Postboten Ihrer Majestät die Puste ausging.

»Ich hab die Analysen, und ich bin mir ziemlich sicher, dass ich auf jedem einzelnen Grundstück ähnliche Proben ziehen kann. Was wir beide jetzt entscheiden müssen, Drench: Wann und mit wem ich darüber rede. Haben Sie das begriffen?«

»Sie sind ja wahnsinnig geworden!«

»Das versuche ich zu vermeiden. Mal sehen, ob es mir gelingt.«

Norman Drench riss seine Wagentür auf, sprang empört hinaus und fuchtelte mit den Armen. Bald beruhigte er sich genug, um sich in die herabgelassene Seitenscheibe der Beifahrertür zu lehnen. »Was wollen Sie von mir?«

»Ein paar Informationen. Setzen Sie sich wieder rein.«

»Ich kann Ihnen nicht helfen. Vergessen Sie das!« Dennoch ließ Drench sich auf den Beifahrersitz fallen und starrte geradeaus, nicht in Dolfs Richtung. Er presste die Lippen zusammen. Auf Dolf wirkte er wie ein trotziger kleiner Junge.

»Ich hab eigentlich nur nach zwei Schadstoffen suchen lassen, aber es gibt besorgniserregende Werte für Cadmium, Quecksilber und Zinksulfat, gesundheitsgefährdende Werte für Bleioxid …«

»Halten Sie den Mund, verdammt!« Der kleine Junge schrie sich den Frust aus der Seele und hielt sich die Ohren zu. »Sie haben ja keine Ahnung!«

Dabei hatte Dolf durchaus eine Vorstellung, was für Drench und die anderen Eigentümer auf dem Spiel stand. Wenn jemand dahinter kam, dass der Hügel aus giftigem Abraum bestand, war nicht nur das Haus des Postboten, sondern die gesamte Siedlung keinen Pfifferling mehr wert. Dolf wiegte nachsichtig den Kopf.

»Folgendes …« Und dann zählte Dolf an den Fingern auf, was er vom Siedlungsvorsitzenden erwartete. Er wollte Informationen darüber, wer den überstürzten Abgang der Callums finanziert hatte, wer die Erdarbeiten in Auftrag gegeben und welche Firma sie durchgeführt hatte, dazu die Namen und Funktionen sämtlicher Personen, mit denen Drench in diesem Zusammenhang gesprochen hatte, zusätzlich sämtliche Unterlagen über die Vorgänge.

Drench versteifte sich auf seinem Sitz. Er bat sich vierundzwanzig Stunden Bedenkzeit aus.

Die räumte Dolf ihm ein. Aber nach der Frist würde er zur Eigentümerversammlung gehen. Beziehungsweise den Eigentümern eine E-Mail schreiben. Beziehungsweise sie von Pep schreiben lassen. Doch das erwähnte Dolf nicht ausdrücklich.

36

Die Rückfahrt mit Norman Drench fühlte sich weniger triumphal an, als Dolf es sich ausgemalt hatte. Der Siedlungsvorsitzende gab sich zwar schweigsam und eingeschnappt, aber Dolf hatte nicht den Eindruck, ihn wirklich eingeschüchtert zu haben. Drench war noch lange nicht geknackt. Als er grußlos aus dem Wagen stieg und auf sein Haus zustürmte, ging Dolfs Piepser los.

Pep hatte ihn angefunkt. Das Display zeigte an, dass Dolf im Haus von AnnFrida Beringsen gebraucht wurde.

Geöffnet wurde ihm aber nicht von der zerstreuten alten Dame, sondern von einer jungen Frau mit blonden langen Haaren, die auf einer Kopfseite zu einem kunstvollen Zopf über Stirn und linkem Ohr geflochten waren. Der Rest der jungen Frau war dunkel, in schwarzes Tuch gekleidet, eine hochgeschlossene ärmellose Bluse, eine weite Stoffhose. Irgendwie sah sie offiziell aus, sie hätte gut die Assistentin des Filialleiters einer Bank sein können, fand Dolf.

Sie stellte sich als AnnFridas Nichte Greta vor. AnnFrida nickte dazu und grinste verschmitzt.

»Und Sie sind Dolf Tschirner, richtig?«

Auch dazu grinste AnnFrida.

»Sie haben sich Geld von meiner Tante geborgt?« Greta klang freundlich, aber unmissverständlich. Sie wusste, wovon sie sprach.

Zeit zum Nachdenken und Rekapitulieren. Dolf brummte

eine Erwiderung, die ihm Aufschub verschaffen sollte, er brachte ein gedehntes Räuspern zustande. Hatte er eine Chance, sich aus der Sache herauszuschwindeln? Er war sich sicher, dass AnnFrida den Verlust des Geldes nicht selbst bemerkt haben konnte, dazu war sie viel zu schusselig. Wahrscheinlich käme er damit durch, alles zu bestreiten.

Aber wenn nicht … Dolf seufzte. »Stimmt.«

»Wieviel?«

Konnte er bluffen, konnte er einen geringeren Betrag angeben? »Achtzehntausend.«

»Das entspricht den Angaben in meinen Unterlagen.«

Innerlich musste Dolf sich korrigieren: Die junge Frau konnte gut die Filialleiterin persönlich sein. Sie hatte sich selbst und die Situation im Griff. »Wann gedenken Sie das Geld zurückzugeben?«

»Das ist momentan etwas ungünstig. Ich bräuchte …« Dolf zögerte eine Antwort hinaus.

»Vierundzwanzig Stunden. Ab jetzt.« Sie schaute auf ihr Smartphone. »Also morgen Vormittag um elf Uhr achtunddreißig.«

Dolf versuchte unentschlossen, eine Fristverlängerung auszuhandeln. Dabei biss er auf Granit. Greta Sveg-Beringsen, so stand auf ihrer Karte, saß nicht nur im Vorstand der *Sveriges Riksbank*, sie war auch Partnerin in einer Kanzlei für Wirtschaftsrecht.

»Es ist nur die *zweit*größte Bank in Schweden,« tat sie mit falscher Bescheidenheit ab, »doch die Kanzlei ist eine der erfolgreichsten des Landes.« Dolf schluckte. Er hatte die blonde junge Frau wohl unterschätzt.

Außerdem hatte Greta sich zum Vormund ihrer Tante bestellen lassen. Die Bescheinigung darüber war noch keine drei Tage alt. Dolf drehte sie unschlüssig in den Händen.

»Sie brauchen wohl keine Kopie?« Greta hob unbeteiligt die Achseln und starrte Dolf kaltlächelnd nieder. »Dann sind wir uns ja einig.«

Dolf senkte den Blick. Im Nachhinein war er heilfroh, dass er so rasch die Waffen gestreckt und klein beigegeben hatte. Greta schien tatsächlich ein As in ihrem Job zu sein. Anscheinend auf eigene Faust und ohne ihr Team in diese »sozusagen privaten« Ermittlungen mit einzubeziehen, hatte sie in den achtundvierzig Stunden, die sie bisher in der Siedlung war, herausbekommen, wohin Dolf das Geld gebracht und wofür Santes es eingesetzt hatte. Greta nannte Dolf den Adressaten der Überweisung, den Betrag und das Datum. Und den Vermerk »Anzahlung OP September« im Verweisfeld.

»Dafür haben Sie aber keinen Beleg, oder?«

»Das wäre nach schwedischem Recht nicht ganz legal. Ich mache mich aber gerne kundig.« Sie war durch rein gar nichts aus der Ruhe zu bringen. Sie wirkte kühl, dabei freundlich und zielstrebig. Kein bisschen arrogant, nur enorm effektiv. Wahrscheinlich würde sie in wenigen Jahren die Kanzlei ihres Chefs übernehmen. Dolf jedenfalls traute ihr alles zu.

Er hatte dreiundzwanzig Stunden Zeit, das Geld irgendwie aufzutreiben. Und er hatte keine Ahnung, wie das gehen sollte.

37

Dolf war stinksauer, als er in sein Büro im Portiersbungalow kam und Pep durch Zuruf begrüßte. Pep schien vorne in der Panoramaloggia auf Posten zu sein. Er grüßte kurz angebunden zurück.

Dolf ließ sich in seinen Schreibtischstuhl fallen und riss die oberste Schublade auf. Er durchsuchte die Zettel, die dort ungeordnet herumflogen, er suchte nach einer Adresse, nach der Telefonnummer des Geldverleihers. Er fand sie nicht gleich.

»Hast du hier rumgewühlt, Pep? Ich finde hier gar nichts mehr, verdammt!« Das war zu seinem Helfer ins vordere Büro hinausgerufen. »Hast du die verdammten Adresszettel verschlampt?«

Pep grummelte nur eine Verneinung.

»Und könntest du deinen verdammten Hintern vielleicht hierher bewegen? Ich suche eine Adresse.«

Pep murmelte irgendwas, es klang wie »… haben da nur Proben hingeschickt, vielleicht gibt's noch mehr?«

Pep kam durch den Verbindungsbogen herbeigeschlurft. »Tut mir leid, Chef, die Adresse des Uni-Labors lag noch vorne bei mir am Tisch.« Er reichte Dolf zerknirscht den Zettel.

»Darum geht's nicht.« Dolf warf die Haftnotiz ungehalten in die offene Schreibtischschublade. Dann fiel ihm etwas ein. »Sorry, Pep, mein Fehler.« Er hatte die Adresse des Geldverleihers in der Brusttasche einer alten Uniformjacke, die über dem Schreibtischstuhl hing. »Sorry.«

»Schon gut.« Pep schlurfte wieder hinaus.

Dolf zog das Telefon zu sich heran und tippte die Nummer ein, die er vom Zettel ablas. Der Apparat nahm Anlauf, piepte seine Nummernfolge in den Äther, wartete auf Antwort. Es tutete besetzt. »Verdammt nochmal.« Dolf drückte den nervigen Wiederholungston weg.

Pep kam mit seinem Telefon herein, dem Hauptapparat. Die Sprechmuschel hielt er mit der Hand abgedeckt. »Die Baroness.«

»Ich bin nicht da.«

»Die hat Sie schon gehört, Chef.« Pep zog entschuldigend die Achseln hoch.

Dolf fluchte. Das hatte ihm gerade noch gefehlt. Er holte tief Luft, ließ sich von Pep mit einem Fingerzeig das Telefon geben und zauberte ein freundliches Lächeln aufs Gesicht. »Lynn? Was kann ich für Sie tun?«

»Pep hat für euch Bodenproben verschickt? An die Uni in Murcia?«

»Quatsch. Unsinn.«

»*You should know better than to bullshit me, Dolf.*« Mit Lynn war nicht zu spaßen, das musste Dolf einräumen.

»*I'd never try to, Lynn, and you know that.*«

»Ihr habt sie an die Geologie verschickt.«

»Ja.«

»Das hat nicht zufällig mit dem überhasteten Aufbruch der Engländer von der Landseite zu tun?«

»Keine Ahnung, wovon Sie reden, Lynn, ehrlich!«

Aber das war erstens nicht ehrlich und stimmte zweitens ganz und gar nicht – er hatte eine Ahnung, was Lynn Whelby witterte.

»Adolfo, langweilen Sie mich nicht. Ich hab keine Dreizehn-Millionen-Dollar-Scheidung durchgezogen, um mir hier mein Hab und Gut unter dem Hintern wegpfänden zu lassen.«

Das Telefonat zog sich in die Länge. Sie ließ ihn nicht mehr aus den Fängen, bis sie alles erfahren hatte, was sie wissen wollte. Bis er ihr verprochen hatte, ihr die Ergebnisse der Untersuchungen zukommen zu lassen. Er konnte noch so überzeugend beteuern, dass es kein akutes Problem gab, solange niemand auf dem Hügel grub oder Bauarbeiten erledigen ließ, dass im Augenblick keine Gesundheitsgefährdung bestand. Lynn war nicht mehr zu beschwichtigen. Sie würde dafür sorgen, dass ihr Eigentum seinen Wert behielt.

»*Nobody's gonna fuck with my dough.*«

Dolf wusste nicht, was Lynn anzuschieben in der Lage war, aber er fand es rasch heraus. Vier Tage später hatte er eine Einladung zu einer Anhörung. Der Umschlag kam von einer Anwaltskanzlei in London, mit Niederlassungen in Paris, Tokio, Frankfurt. Und Madrid.

Noch unangenehmer war Dolfs Anruf beim Geldverleiher. Der Mann war Profi, er ließ sich seine Genugtuung, dass Dolf jetzt doch mit ihm ins Geschäft kommen wollte, nicht anmerken, höchstens in kleinen giftigen Randbemerkungen. Auch die Konditionen hätten sich ein wenig verschlechtert, ließ der Salamander ungerührt wissen. In der Zwischenzeit hätten die Zinsen um ein Viertelprozent angezogen. Dolf sah keinen Spielraum für Verhandlungen. Er kündigte sich für den späten Nachmittag an.

Eine dünne Chance witterte er noch und schaute bei Greta Sveg-Beringsen vorbei. Sie hatte zu tun, sie wollte ihn nicht einmal in AnnFridas Haus lassen, sondern fertigte ihn auf der

Terrasse ab. Den Teil seines Vorhabens, wo er um Aufschub für die Rückzahlung bitten wollte, ließ Dolf sofort fallen. Er hätte gebettelt, dazu war er sich nicht zu schade. Aber Greta fiel ihm ins Wort. »Nein, nein, wir bleiben exakt bei unserer Vereinbarung. Eigentlich handelt es sich um ein Entgegenkommen unsererseits, um die Strafanzeige hinauszuzögern. Das ist in Ihrem ureigensten Interesse, Herr Tschirner.«

Dolf war geschlagen. Innerlich ballte er die Fäuste. Andererseits: Er hatte sich ganz alleine in dieses Schlamassel manövriert. Er konnte niemand anderem die Schuld geben. Schon gar nicht diesem schwedischen Rauschgoldengel mit einem Ego aus gehärtetem Taschenrechner-Displayglas. Er würde sich das Geld beim Halsabschneider in *Lo Campano* besorgen, irgendwie musste er mit der Rückzahlung hinkommen. Dolf schlug die rechte Faust in die linke hohle Hand.

Greta schaute interessiert auf.

»Was ich mich die ganze Zeit frage ...« Eins wurmte Dolf seit Stunden: Woher wusste die Nichte überhaupt vom Fehlen des Geldes, wo AnnFrida doch nicht einmal den Diebstahl der fünftausend Euro durch die Jugendlichen bewerkt hatte? »Das Geld der Kiddies hat sie nicht vermisst!«

»Wie kommen Sie darauf?« Greta zog verwundert die Brauen zusammen. Offensichtlich mache Dolf sich völlig falsche Vorstellungen über ihre Tante. Nur weil Tante Frida nicht sofort einen Riesenkrach geschlagen habe, heiße das nicht, dass sie nicht mitbekommen habe, wie und um welchen Betrag sie bestohlen worden sei. Sie habe sogar heimlich beobachtet, wie die Jugendlichen an ihre Kaminvase gingen. »Sie ist ein bisschen wunderlich, mag sein. Das ist ihr gutes Recht. Vielleicht hatte sie sogar Spaß am Nervenkitzel. Doch Tante Frida wusste zu jeder Zeit Bescheid. Sie ist jahrelang Buchhalterin unserer Nähmaschinenfabrik gewesen. Ihre Kasse hat immer gestimmt. Die kann Ihnen auf die Öre genau sagen, wo welche Summe hingeflossen ist und wo etwas fehlt. Haben Sie das nicht gewusst, Herr Tschirner?«

Hatte er nicht. Jetzt wusste er es. Das verbesserte seine Lage um keinen Deut.

38

Den Besuch beim Geldverleiher wollte Dolf so schnell wie möglich aus dem Gedächtnis streichen. Er hatte das Geld, das war das Wichtigste. Es bildete einen Packen in seiner Brusttasche, halb so dick wie ein Ziegelstein.

In der Seitenstraße vor Lagrados Block kam er an einem Haus mit einem weit offen stehenden Fenster im Erdgeschoss vorbei. Die wehenden Vorhänge mussten weithin zu sehen sein, selbst von einem vorbeifahrenden Wagen aus. Nicht gerade in der Fensteröffnung, aber nur ein Armlänge dahinter und deutlich sichtbar, stand eine füllige Frau in hautfarbenem BH und altmodischem Hüfthalter. Sie war nicht nackt, sie war nicht einmal wirklich attraktiv. Aber die Situation, wie sie sich ohne Scham in einer intimen Stellung präsentierte, wie beim Ankleiden vor einem imaginären Spiegel, war eindeutig. Einen derart altmodischen fleischfarbenen Hüfthalter hatte Dolf seit den sechziger Jahren nicht mehr gesehen.

Vom Kreisverkehr vor *Lo Campano*, wo das Taxi gewartet hatte, zum Busbahnhof in der Innenstadt dauerte es nur ein paar Minuten. Der nächste Bus fuhr erst eine halbe Stunde später, bis zum letzten Bus hatte Dolf noch fast vier Stunden Zeit. Er rief seine Schwiegertochter an.

Sie trafen sich in einer Bar in der Altstadt, am römischen Theater. Selbstverständlich ging es um das Geld. Selbstverständlich hatte Dolf keine Lust, Santes zu erklären, wo er es zuerst besorgt und wo er es jetzt her hatte. Er ärgerte sich über sich selbst. Es gab keinen Grund, diesen Ärger noch zu vervielfachen, indem er ihn auf mehrere Personen verteilte und Santes einweihte. Auch wenn ihm ihr Geplapper auf die Nerven ging.

»Vielleicht kann ich doch noch einen Kredit aufnehmen. Achttausend hab ich ja noch. Der Termin ist in zwei Wochen.«

Santes Operation war für Mitte September angesetzt. Dolf wusste es, Greta wusste es, weil es schließlich auf der Überweisung gestanden hatte, wahrscheinlich wusste es auch Ann-Frida und damit Lynn, die sich für derartig schmutzige Details brennend interessierte. Dolf seufzte geräuschvoll.

»Den halten die nur aufrecht, wenn ich das Geld über Bankbescheinigung vorweisen kann. Wenn ich das abhebe, canceln die, weißt du.«

Dolf beruhigte sie. »Keine Sorge.« Dass Santes die Operation so schnell wie möglich machen ließ, das war das Wichtigste.

»Also, wenn's irgendeine andere Möglichkeit gäbe, Dolfo? Ich weiß ja, dass du das Geld so schnell wie möglich zurückzahlen musst.«

Dolf schob die Erinnerung weg, wie ihm Lagrado bereitwillig die gebündelten Scheine hingeschoben und die Modalitäten eingeschärft hatte. In vierzehn Tagen würden die Rückzahlungen anfangen. Verzug war nicht vorgesehen. Der Gedanke daran machte Dolf rasend, ließ ihn knirschend die Backenzähne aufeinanderpressen und seine Augenbrauen zusammenfurchen.

»Was ist los? Was hast du?«

»Nichts. Magenschmerzen.«

»Tut mir leid.«

Wenigstens fing sie nicht damit an, dass das mit seinem vielen Trinken zusammenhängen könnte. Das hätte Dolf an diesem Abend nicht ertragen, ohne auszurasten. Er verabschiedete sich bald.

Als Dolf über den Kreisverkehr am Portiersbungalow vorbei in die Siedlung wankte, war Peps Platz am Fenster ohne Licht. Dolf war es gleichgültig. Er hatte lange, immer wieder und stets vergeblich über ein und dieselbe Sache gegrübelt, ohne auf eine Lösung zu kommen. Er fühlte sich zermürbt und ausgelaugt.

In zwei Wochen würde er die ersten Zwölfhundert abdrücken müssen. Dann wäre es Mitte des Monats und sein Gehalt komplett weg. Er hatte keine Ahnung, wovon er die restlichen zwei Wochen leben sollte. Gerne hätte er nebenher irgendwelche Häuser repariert oder Umbauten durchgeführt, er hatte sich bereits umgehört. Aber im Sommer, wenn jeder sein Anwesen nutzen, Gäste empfangen und Urlaub machen wollte, gab es keine Umbauten. Er hatte alle Hände voll zu tun mit Aufgaben und Erledigungen für die Eigentümer, mit kleinen Reparaturen, Auskünften und Besorgungen. Aber nichts, womit sich zusätzliches Geld verdienen ließ. Und selbstverständlich besaß er keine Wertsachen, die er verpfänden oder verkaufen konnte. Wer brauchte schon eine alte Werkbank, das zugehörige Werkzeug und ein paar Kisten abgetragener Klamotten?

Und dann fand er noch einen dicken Umschlag im Briefkasten, das schmale britische Format. Es schien die Woche der Post großer Anwaltskanzleien zu sein. Diese hatte Niederlassungen in London und Edinburgh, aber auch überall im Empire, in Mumbai, Delhi, Kapstadt, Perth und St. Vincent.

Das Briefpapier war bräunlich und im Kleinformat gefaltet. Dafür enthielt der Text große Worte. Dolf wurde, wenn er das Juristenenglisch richtig verstand, wegen Freiheitsberaubung angezeigt. Er hatte sieben Tage Zeit, sich dazu zu äußern. – Auch Judd Garrets hochgewachsener Kumpel und Einbruchskomplize hatte augenscheinlich Eltern mit Zugriff auf Anwälte mit gehobenen Stundensätzen.

Dolf schlief nicht gut in dieser Nacht. Am nächsten Tag hatte er eine Menge zu tun. Um kurz vor elf lieferte er Greta das Geld ihrer Tante ab und bekam auch eine Quittung dafür. Nachmittags war ein Nachbarschaftsstreit über Gartenabfälle und Poolnutzung zu schlichten, auch mit Pep stritt er sich über den Müll im Büro und in der Doppelgarage, obwohl er selbst wahrscheinlich am meisten zu dieser Unordnung beitrug.

Norman Drench hielt sich auffällig bedeckt. Üblicherweise hätte er mindestens einmal am Tag in der Portiersloge vorbeigeschaut, sich wichtig gemacht und sinnlose Anweisungen erteilt. Heute ließ er sich nicht blicken. Als Pep zur Spätschicht kam, entschuldigte sich Dolf und klärte ihren Streit. Er machte sich zu Fuß auf den Heimweg. Die frische Luft konnte ihm nur guttun. Es war kurz nach neun, die Dämmerung setzte ein, das Tal am Rand der Siedlung lag unter einer Glocke von Dunst oder Staub. Es sah friedlich aus.

Quer vor der Einfahrt zu Dolfs Häuschen stand eine silberne Limousine mit dunklen Scheiben, ein großer BMW. Als Dolf vorbeiging und in seine Einfahrt einbog, sprang die Fahrertür auf, und ein junger Mann im Anzug stieg aus. »*Señor* Tschirner?«

Er tat sich schwer mit dem Namen, aber lange nicht so schwer wie die Spanier üblicherweise. »Hätten Sie einen Augenblick? Wir würden Sie gerne sprechen.« Der Mann hatte einen slawischen Akzent, dabei klang sein Spanisch flüssig.

»Jetzt?«

Der junge Mann nickte und wies mit der Hand auf den Wagen. Erst da bemerkte Dolf durch die dunklen Scheiben, dass im Fond ein zweiter Mann saß. Die Seitenscheibe surrte herab. Der zweite Mann war älter, auch schwerer als der erste. »Fahren wir eine Runde?«

Dolf war kaum auf der Fahrerseite eingestiegen, als der Wagen losfuhr.

»Sie haben nach mir geforscht, Herr Schirner. Ich bin Salvador Xavierra. Ich habe diese Siedlung gebaut.« Die Handbewegung des gesetzten Herrn mit vertrauenerweckend graumelierten Schläfen umfasste die Anwesen ringsum, auf beiden Seiten der Straße, die der Wagen bergauf nahm. Oben bogen sie ab und verließen die Siedlung an Peps Pförtnerhäuschen vorbei. Pep grüßte den Fahrer des Wagens wie einen alten Bekannten. Dolf nahm es aus den Augenwinkeln wahr.

Vom großgewachsenen Herrn auf dem Nebensitz wurde Peps Gruß nicht erwidert. Xavierra wartete ab, bis sie auf die Landstraße eingebogen waren. Sein Fahrer hatte es nicht eilig, doch er trödelte auch nicht. Die Klimanlage verbreitete eine kühle, klamme Atmosphäre, die getönten Scheiben dimmten die kaum einsetzende Dämmerung zu tiefer Nacht.

Xavierra kam ohne Umstände zur Sache. Er nahm einen schmalen braunen Umschlag aus der Seitentür des Wagens, schob die Lasche auf und zog ein dickes Bündel Geldscheine heraus. »Zufällig weiß ich, dass Sie das hier im Augenblick gut gebrauchen könnten.« Seine matten, dunklen Augen fixierten Dolf unter gesenkten Lidern, eher neugierig als bedrohlich.

Dolf starrte auf das Geld. Es waren braune Fünfzig-Euro-Scheine, in zwei Päckchen gebündelt, jedes gut daumendick.

»Zwanzigtausend.«

Dolf nickte. Er hatte viele Fragen. Keine erschien ihm sinnvoll. Nicht die Frage danach, woher Xavierra wusste, dass diese Summe dringend benötigt wurde – die Höhe der Summe, die

Umstände, die Vorgeschichte. Nichts davon wollte Dolf aus Xavierras Mund hören. Er hatte das unbestimmte Gefühl, splitternackt in einer Bahnhofshalle voller dick eingemummter Reisender zu sitzen oder vor einem Röntgenbildschirm, während alle anderen Bleiwäsche trugen.

Dolf war sich fast sicher, dass er auf jede seiner Fragen eine Antwort bekäme, die ihn nicht ruhiger, sondern bestürzter werden ließe. Vor allem wollte er nicht wissen, was von ihm als Gegenleistung für das Geld erwartet würde.

»Was soll ich dafür tun?«

»Tun ist ein so großes Wort. Vielleicht bräuchten Sie nur etwas zu unterlassen.«

Dolf tat den Teufel nachzufragen. Entweder der Mann äußerte sich klarer oder eben nicht.

»Sie werden in wenigen Tagen eine Unterredung haben, von der einiges für mich abhängt. Ich möchte gerne, dass Sie wissen, dass das hier ...«, er wedelte mit dem Umschlag, aus dem die zwei Geldbündel herausragten, »... auf Sie wartet, wenn diese Unterredung wunschgemäß verläuft.«

Dolf hatte eine Menge abzuwägen. Wenn er sich auf Xavierras Angebot einließ, hätte der ihn auf unabsehbare Zeit in der Hand. Darauf wollte Dolf sich auf keinen Fall einlassen, jedenfalls wollte er sich nicht darauf festlegen. Dolf schüttelte den Kopf in Gedanken. »Das muss ich mir überlegen.«

Xavierra hob verwundert Achseln und Augenbrauen. Wahrscheinlich sollte das unbeteiligt wirken. Dolf fand es bedrohlich.

Am Horizont tauchte der Countryclub auf, der gegenüber der Siedlung lag. Der Wagen fuhr zügig darauf zu. Dolf hatte gar nicht mitbekommen, dass der Fahrer gewendet hatte. Sie waren bereits auf dem Rückweg. Schon zogen an der rechten Seite die Hecken und Abgrenzungen der billigen Siedlungshäuser vorbei. Der Wagen blinkte und verlangsamte. »Setzen wir Herrn Schirner am Kreisverkehr ab. – Einverstanden?«

Dolf nickte. Als der BMW eine dreiviertel Umdrehung durch den Kreisverkehr zurückgelegt hatte und zum Stehen kam, leuchtete in der Ferne der bunt erleuchtete Torbogen des Landclubs durch die Frontscheibe. Da hinüber zeigte Xavierras Finger wie zufällig, bevor er ihn an die Stirn hob und Dolf grüßend verabschiedete. Dolf nickte und stieg aus. Der hellbraune Umschlag mit dem Geld war nicht mehr zu sehen.

39

Countryclubs sind Oasen mit paradiesischen Grünanlagen, die von Scharen von Gärtnern und Handlangern unauffällig gepflegt und umsorgt werden. Sie sind nicht für die Öffentlichkeit bestimmt, sondern für eine handverlesene Schar von Mitgliedern und deren Freunde. *MCC*, der *Mazarrón Country Club*, bildete da keine Ausnahme. Nach drei Seiten bot er märchenhafte Ausblicke. Nach Nordosten ging der Blick auf die sanft gerundete Senke in Richtung Totana, deren unaufdringliche Schönheit nur von der Baustelle der Autobahn und ihrer ständig neu aufgewirbelten Staubwolke gestört wurde. Im Nordwesten ragten die Hügel des Küstengebirges auf, auf deren Hänge die Hauptallee der Clubanlage zustrebte. Nach Südwesten bot der märchenhafte Blick zur Küste die Bucht von Mazarrón, das man hinter seinen Erzbergen ebenso erahnen konnte wie die Sandskulpturen von Bolnuevo am Wasser und im Dunst die sandige Küste hinab bis zum *Cabo de Calnegre*. Nur nach Westen lag die Siedlung, aus der Dolf gekommen war. Er selbst mochte inzwischen den Anblick der geschwungenen schmalen Straßen und der einförmigen Ferienhäuser ganz gern, aber für die Mitglieder des Countryclubs musste der Ausblick eine Zumutung sein.

Der MCC lag abgeschieden, geradezu paradiesisch. Der Club erstreckte sich den Hang hinauf und das Tal entlang als grüngewordener Traum in einer Steppe aus braunem Geröll und Sand. An den Grenzen des Geländes endete das sorgfältig gepflegte Grün abrupt. Ohne künstliche Bewässerung war dem Boden keine Vegetation abzugewinnen.

In der Zufahrt, ein paar Dutzend Meter von der Landstraße entfernt, ragte inmitten eines fahnengeschmückten Kreisverkehrs ein Torbogen als symbolische Barriere auf. Das eigentliche Zentrum des Landclubs, die Festsäle und Veranstaltungshallen, lag mehrere hundert Meter hangaufwärts am Ende einer langen Allee mit Straßenlaternen in Form klassizistischer Gipsfiguren. Die umliegenden Bungalows und Villen mit ihren handgepflegten Zufahrten an beschaulichen Seitenstraßen wurden überragt von diesem zweigeschossigen Komplex. Das Hauptgebäude bot vor allem einen großen Parkplatz, aber auch mehrere Restaurants, Delikatessenläden, Umkleiden, Ruheräume, Caddie-Garagen.

Dolf kam zu Fuß. Er trug seinen besten Anzug aus den Tagen der Eisfabrik; der wäre ihm mehrere Nummern zu groß gewesen, hätte nicht ein griechischer Änderungsschneider ein paar unauffällige Abnäher eingepasst. An der Rezeption des Landclubs beschied ihn ein freundlicher junger Mann, dass seine Gesprächspartner im Obergeschoss warteten.

Im verglasten Foyer stieg Dolf die wuchtige Treppe hinauf und betrat den Gesellschaftssaal des Clubs im ersten Stock. Das Arrangement wirkte lächerlich und übertrieben: Ein hallengroßer Raum von sicher zweihundert Quadratmetern, mit Panoramafenstern in alle vier Himmelsrichtungen, gähnte völlig freigeräumt.

Im hinteren, entfernten Drittel des Festsaales standen drei Personen verloren um eine Tischgruppe, die wie für eine Gerichtsverhandlung arrangiert war: zwei wuchtige Tafeln für Gericht und Staatsanwalt, davor ein schmales Tischchen für den Zeugen. Die beiden Anwälte, ein Mann und eine Frau, beide nicht über vierzig, lungerten in dunklen Businessanzügen in der Nähe der Tischgruppe und unterhielten sich tuschelnd. Sie rechneten wahrscheinlich für jede angefangene Stunde einen Betrag ab, der Dolfs Tageslohn entsprach. Ihn würdigten sie keines Blickes.

Dolf war es recht. Er hatte die Schnauze voll von Großkotz-Anwälten, egal, ob sie die Interessen von Lynn, AnnFrida oder eines missratenen Halbwüchsigen vertraten. Kontakte mit drei verschiedenen internationalen Kanzleien innerhalb einer Woche waren für Dolf drei Kontakte zu viel.

Ein junger Assistent in einem viel zu schmal geschnittenen Anzug kam auf ihn zu. Selbst dieses Bürschchen von kaum zwanzig verdiente wahrscheinlich immer noch mehr als doppelt so viel wie Dolf. Er fing an, schlechte Laune auszubrüten wie einen Schnupfen. Von Lynn Whelby war keine Spur zu sehen. Würde sie später erscheinen?

»Sie müssen Mister Tschirner sein, nicht wahr?« Der Assistent begrüßte Dolf und wies ihn ein. Sein Platz würde am Tischchen sein, wo ein Mikrofon aufgebaut war. Sie warteten noch auf den Anwalt der Gegenseite, der musste aber jeden Augenblick kommen, dann würde es losgehen. Dolf konnte sich auf seinen Platz setzen oder stehen bleiben. Die nächste Sitzgelegenheit war fast zwanzig Meter entfernt. Auf halber Strecke gab es eine Anrichte mit Wasser und Säften, Keksen und Crackern.

»Soll ich Ihnen einen Kaffee holen?« Der Assistent bemühte sich sichtlich, gute Stimmung zu machen.

Dolf lehnte ab. Er setzte sich.

Anscheinend war an diesem Tag die obere Etage des Gesellschaftszentrums für die Öffentlichkeit gesperrt. Außer den drei Anwälten hielt sich niemand im Saal auf, nicht einmal die Kellner des Clubs. Es war elf Uhr vormittags, vor den Südfenstern stach die Sonne scharfe Lichtschwerter ins Parkett. Der Rest der Halle wartete in gedimmtes künstliches Licht getaucht, das die Landschaftspanoramen hinter den großen Fenstern in mildem Glanz erstrahlen ließ. Leider passte die Stimmung im Festsaal nicht zum Ausblick.

Noch bevor Dolf anfing, ungeduldig zu werden, kam ein untersetzter Mann in den Fünfzigern in verknittertem Anzug an. Die letzten Schritte zur Tischgruppe legte er im Laufschritt zurück, was wohl geschäftig oder um Pünktlichkeit bemüht aussehen sollte. Tatsächlich wirkte der Mann angespannt, wollte aber mit einer scherzhaften Bemerkung zugleich einen lässigen Eindruck machen. Nicht sehr überzeugend, fand Dolf. Der Anwalt der Gegenseite sah nicht aus wie ein ebenbürtiger Gegner für die Profis in Lynns Diensten, die sich nun überfreundlich zum Halbkreis öffneten, als bemerkten sie erst jetzt, dass Dolf gekommen war.

Handschläge wurden ausgetauscht. Der junge Assistent stellte die Beteiligten vor. Dolf konnte sich nicht alle Namen merken. Die Anwältin hieß Daphne. Alle Nachnamen klangen englisch oder schottisch, bis auf den Anwalt der Gegenseite, der kam aus Murcia.

Sie nahmen Platz. Der Anwalt, McFarleigh oder so ähnlich, dankte Dolf für sein Kommen und setzte zu einer inhaltlichen Klärung an. Er betonte, dass es sich hier um eine zivilrechtliche Anhörung handele, nicht um ein Gerichtsverfahren. Aber mit Zustimmung aller Beteiligten würden alle Einlassungen aufgezeichnet und zur Sicherheit auch stenographiert. Auch wenn das so erstellte Material zwar vor Gericht nicht verwendet werden könne, sei es doch möglicherweise nützlich, um ein späteres Verfahren vorzubereiten. McFarleigh sah reihum zu allen Beteiligten und nahm keinen Widerspruch wahr. Also startete der Assistent die Aufzeichnung und fing an, in ein Notepad zu tippen, das er vor sich liegen hatte.

»Wir befassen uns mit der Baugeschichte der Siedlung Campo Cálido. Sie, Herr Tschirner, haben aus eigener Initiative Informationen beschafft, die das Entstehen der Siedlung betreffen. Diese Informationen könnten die Wertentwicklung der Anliegen möglicherweise beeinflussen. Um uns diesen Sachverhalt von Ihnen erläutern zu lassen, sind wir heute hier. Soweit unstrittig?«

»*Si.*« Dolf nickte. Der Gegenanwalt neigte nur sacht die Stirn.

»Würden Sie uns Ihre Tätigkeit in der Siedlung schildern und was Sie bewogen hat, sich die in Frage stehenden Informationen zu beschaffen?«

»Sicher.« Das war schnell geschehen. Dass es als Sicherheitsbeauftragter auch zu Dolfs Aufgaben gehörte, die Ursache für das Tiersterben in der Siedlung zu ermitteln, stellte für ihn eine Selbstverständlichkeit dar. Als der Gegenanwalt nachhakte, wurde Dolf bockig. »Warum fragen Sie das nicht Drench persönlich?«

Der Gegenanwalt horchte auf, zog fragend die Brauen in Falten.

»Norman Drench ist der Vorsitzende der Eigentümerversammlung und in dieser Funktion der direkte Vorgesetzte von Señor Tschirner.« McFarleigh klang gelassen.

»Leider steht Herr Drench nicht zur Verfügung. Hier bitte.« Die Anwältin sprach seit der Begrüßung zum ersten Mal. Sie reichte dem Assistenten einen Briefbogen. Der legte ihn dem Gegenanwalt vor, zog eine Kopie darunter hervor und überreichte auch diese. Dolf erhaschte nur einen kurzen Blick auf das Schreiben. Aber er meinte, den goldenen Briefkopf mit dem Wappen der Bourbonen und das königliche Siegel zu erkennen.

Was hatte das zu bedeuten? Wie konnte Drench auf Protektion durch allerhöchste Stellen hoffen? Dolf wunderte sich.

»Hätten Sie für mich auch eine Kopie, *Señora*...?« Dolf hatte den Namen der Anwältin nicht parat.

»Cullen-Priestley. Hier bitte.« Sie steckte dem Assistenten ihre Karte zu, der sie an Dolf weiterreichte. Nur die Visitenkarte, keine Kopie. Dolf sah fragend zur Anwältin hinüber. Sie hob nur entschuldigend die Achseln und lächelte seine Frage kopfschüttelnd weg. Er würde keine Kopie bekommen.

Der Gegenanwalt hatte das Schreiben inzwischen überflogen, neigte beeindruckt die Stirn, nahm die Kopie zu seinen Unterlagen und reichte das farbige Original zurück. Er ließ McFarleigh nicht aus den Augen. Dolf folgte seinem Blick. Der britische Anwalt drehte wie in Gedanken an seinem Siegelring. Er trug ihn am Zeigefinger. Der Ring kam Dolf bekannt vor. Besaß nicht Norman Drench einen ganz ähnlichen Ring mit Zirkel und Winkel, dem Zeichen der Steinmetze, und dem Symbol des strahlenden Himmelsauges über einer steingefügten Pyramide?

Jedenfalls würde der Siedlungsvorsitzende hier nicht auftreten. Von der Seite konnte Dolf keine Unterstützung erwarten.

40

Der Gegenanwalt fragte nach den Einzelheiten der Analyse, wie verlässlich die Werte seien. Dolf gab unbeteiligt Auskunft. Jeder konnte Messungen vornehmen, so viel er wollte. Für ihn stand fest, dass die Siedlung auf einer Halde aus belastetem Minenabraum errichtet war, der vielleicht sogar aus dem vorletzten Jahrhundert stammte. Das nachzuweisen oder zu widerlegen war nicht seine Aufgabe. Wie er denn auf seine Erkenntnisse gekommen sei, wollte die Anwältin erläutert haben. Dolfs Recherche in La Unión war rasch erzählt. Der Name des Mineningenieurs fiel und wurde von drei Stiften und einem Notepad notiert.

»Narciso Fecundo Jugante war jahrelang Mineningenieur in *Agrupa Vicenta*, richtig?«

»Das ist eine Mine weniger als zwanzig Kilometer von hier«, betonte McFarleigh für das Protokoll ins Mikrofon und zum Assistenten.

»Haben Sie mit Señor Fecundo über die hiesigen Gegebenheiten, über die Hinterlassenschaft der Mine in Mazarrón und Umgebung gesprochen?«

»Das habe ich.«

»Kennt Fecundo die Gegend aus eigener Anschauung?«

»Ja.«

»Wie verlässlich?«

»Das kann ich nicht sagen. Er scheint ein oder zwei Mal hier gewesen zu sein, als die Mine noch in Betrieb war.«

»Kennt Fecundo die Siedlung Campo Cálido?«

»Ich meine, ja.«

»Haben Sie ihn nicht danach gefragt?«

»Selbstverständlich. Aber ich hatte nicht den Eindruck, dass er dic Siedlung schon einmal betreten hatte.«

»Gab er bereitwillig Auskunft?«

»Nun ja, erst musste ich ihm ein wenig zureden, das ist wohl üblich. Die Techniker sind vorsichtig, mit wem sie ihre Informationen teilen. Gerade in *La Unión* gab es da schlechte Erfahrungen.«

»Hatten Sie den Eindruck, dass Fecundo jemals zuvor nach diesem Thema gefragt wurde?«

»Einspruch, Suggestivfrage. Sie legen Herrn Tchi ..., dem Befragten die Antwort in den Mund.«

Auch ohne die Intervention des Gegenanwalts hätte Dolf bemerkt, dass sie sich dem Kern der Veranstaltung näherten. Die zeitliche Abfolge war entscheidend. Zu welchem Zeitpunkt musste den Gründern der Siedlung klar sein, dass sie auf einer Abraumhalde bauten?

»Wissen Sie, ob er mit der Errichtung der Ansiedlung oder irgendwelchen Untersuchungen befasst war?«

»Davon weiß ich nichts.«

Wenn Dolf angab, dass Fecundo gefragt worden war, dass er Kontakt mit einem Interessenten gehabt hatte, wenn Cullen-Priestley und McFarleigh belegen konnten, dass dieser Interessent Xavierra gewesen war, dann hatte Lynn gewonnen.

»Warum fragen Sie ihn nicht selbst?«

»Das ist im Augenblick nicht möglich. Er beruft sich auf Betriebsgeheimnisse und Verfahrensrecht, was wir zunächst gerichtlich anfechten müssen. Das kann dauern, zumal Fecundo kompetent vertreten wird.« McFarleigh nickte dem Gegenanwalt eisig lächelnd zu. Der neigte nur leicht den Kopf und grinste mit dünnem Lächeln zurück. »Diese Zeit wollen wir uns jedoch nicht nehmen.«

»Deswegen sind Ihre Angaben so wertvoll für uns, Herr Tschirner.« Die Anwältin erklärte es ihm freundlich und betont langsam, wie einem Dreijährigen, als ob ihm die Zusammenhänge nicht selbst längst klargeworden wären. Es gehe darum, wann dem Errichter der Siedlung, »nennen wir ihn *Señor Equis*«, klar geworden sein musste, dass der Boden unter den Gebäuden verseucht war. Wenn dieser Zeitpunkt vor dem Datum auf Lynn Whelbys Kaufvertrag liege, dann handele es sich um Betrug. Dann werde der Verkauf rückabgewickelt und Schadenersatz fällig.

Dann wäre Xavierra pleite – spätestens wenn die anderen Hausbesitzer nachzogen, ergänzte Dolf für sich.

Im gegenwärtigen Rechtszustand forderten die beiden Anwälte vom Verkäufer »X.« bloß den Kaufpreis plus Wertsteigerung für Lynn Whelbys Anwesen zurück. Sie hatten ihm eine Frist gesetzt, sich dazu zu äußern. Die lief sechs Tage später ab. Cullen-Priestley war mit ihren Erläuterungen fertig und sah Dolf erwartungsvoll an.

Er dachte nach. Es wäre kinderleicht zu verschweigen, was er von Fecundo gehört hatte: dass der Mineningenieur und seine Kollegen schon öfter, auch schon viele Jahre zuvor, auf die Halde unter der Siedlung angesprochen worden waren und darauf hingewiesen hatten, dass sie sich nicht als Bauland eigne. Ob dieses Interesse aus Xavierras Umgebung oder von seiten der Eigentümergemeinschaft gekommen war, war Dolf nicht klar.

Andererseits: Wenn die Anwälte den Mineningenieur in absehbarer Zeit dazu brachten, seinerseits auszusagen, und der angab, Dolf diesen Hinweis gegeben zu haben, wäre Dolf selbst in Schwierigkeiten. Es war eine Wahl zwischen zwei Übeln.

Dolf konnte sich mit Lynn anlegen, von der er wusste, dass sie mit harten Bandagen kämpfte. Oder mit Xavierra, von dem er das ebenso vermutete. Nur gewinnen konnte Dolf nicht.

»Die Frage ist folgende: Wann konnte *Señor Equis* wissen, dass mit den Grundstücken etwas nicht stimmte?«

Dolf zuckte die Achseln. »Das kann ich beim besten Willen nicht sagen.«

»Wie erklären Sie sich die Klauseln in den Verträgen, die jegliche Grabungsarbeiten verbieten?«

»Drench behauptet, das habe mit der Einheitlichkeit der Siedlung zu tun.« Dolf konnte es sich nicht verkneifen, hämisch darauf zu verweisen, dass Drench ihnen dazu bestimmt fundiertere Angaben liefern könnte, »aber den halten Sie hier ja absichtlich raus«.

»Seit wann wissen Sie selbst denn Bescheid?«

Dolf hatte es vierzehn Tage zuvor erfahren. Über diesen Punkt brauchte er keine unpräzisen Angaben zu machen.

Cullen-Priestley und ihr Kollege sahen sich an. Eine kleine Pause trat ein.

»Keine weiteren Fragen. Und bei Ihnen?«

Dolf schüttelte energisch den Kopf. Auch der Gegenanwalt verneinte.

»Nur eins noch.« Cullen-Priestley knöpfte ihre Kostümjacke zu und sah Dolf eindringlich an. »Wenn uns zur Kenntnis kommen sollte, dass Sie in letzter Zeit mit dem Errichter der Siedlung Kontakt hatten oder gar eine Geschäftsbeziehung, werden wir Sie vor einem Gericht unter Eid aussagen lassen. Dann würden unwahre oder auch nur unvollständige Angaben strafbar. Sie wissen, was ich damit sagen will?«

»Ich hab so eine Ahnung, ja.« Dolf erwiderte Cullen-Priestleys Blick, so standfest er konnte.

Die Anwältin lächelte dünn. Sie und ihr Partner sahen sich

an, nickten sich kaum merklich zu. Der Assistent wischte auf seinem Tablet herum. Die Show neigte sich dem Ende zu.

»Dann danken wir Ihnen bis hierher, Señor Tschirner. Gibt es irgendwelche Spesen, die Sie bei meinem Mitarbeiter einreichen möchten?«

Sie waren scharf, sie kämpften mit allen Mitteln, mit angedeuteten Drohungen und Einschüchterungen, aber auch mit freundlichen Worten und Verbindlichkeiten. Sie waren mit allen Wassern gewaschen. Das hätte Dolf sich denken können. Wenn Lynn Whelby die Anwälte eines der tausend reichsten US-Amerikaners auf ihrer Seite hatte, dann würde sie nichts anbrennen lassen. Walter Z. Tucker III sah nicht tatenlos zu, wie seine mühsam beschwichtigte Exfrau um ihre sauer erstrittene Abfindung gebracht wurde. Er würde ihr helfen, sich ihr Geld zurückzuholen, koste es, was es wolle.

Cullen-Priestley und ihr Team würden keinen Stein auf dem anderen lassen, um Lynns Interessen zu wahren und nachzuweisen, dass sie betrogen worden war.

Doch das war nicht Dolfs Problem. Er grübelte viel mehr darüber nach, wie die Baroness wohl reagieren würde, wenn sie erfuhr, dass Dolf zwar mit ihren Anwälten kooperiert, aber ihre Sache nicht wirklich vorangebracht hatte.

41

Lynn reagierte zuckersüß. »Sie wissen gar nicht, wie dankbar ich Ihnen bin, Dolf, dass Sie mich auf den instabilen Untergrund der Siedlung hingewiesen haben. Sehr verpflichtet.« Wenn sie noch zutraulicher würde, müsste Dolf eine Rechnung ausfertigen. Sein Tarif für eine Nacht lag inzwischen bei zwei Tausendern. Er hätte das Geld sehr gut gebrauchen können. Aber das war es nicht, wonach der Baroness der Sinn stand.

»Ich gebe doch dieses Herbstfest in zwei Wochen, Sie wissen schon.«

Als ob er jetzt keine anderen Sorgen hätte! Dolf rief sich die Umstände widerwillig in Erinnerung. Ein paar Jahre zuvor war er dafür angeheuert worden, die Schäden in Lynns Garten auszumerzen, die nach einem solchen Fest zurückgeblieben waren: Narben in der Grünfläche, umgedrückte Bougainvillea-Büsche, Unterwäsche und Champagnerflaschen im Überlauf des Pools. Er hatte eine ungefähre Vorstellung davon, was auf ihn zukam.

»Ich hab mir dieses Spielzeug in den Kopf gesetzt.« Sie zeigte ihm einen Prospekt, ein hochglänzendes Faltblatt. Es sah ganz aus wie ein Teil der Bedienungsanleitung für eine Eismaschine, die auf Knopfdruck Eiswürfel und jede Form von gestoßenem Eis auswarf. Die Maschine funkelte vor Edelstahl und graumattiertem Aluminium, ein Einbaugerät von der Größe eines kleinen Kühlschranks, auch wenn das Bedienfeld nicht größer war als bei einer Espressomaschine. »Würden Sie mir die installieren, Dolf?«

Lynn hatte ihm einen Drink in die Faust gedrückt und ihn tief in ihrer Sofalandschaft plaziert. Er wand sich, kam nicht gleich hoch. Schielte in Richtung Kücheninsel. »Wo steht sie?«

»Müsste ich erst noch bestellen. Ist doch kein Problem, oder?«

Der Hersteller saß in den USA. Die Party war in zwei Wochen, in elf Tagen, um genau zu sein. Per Express war es machbar, wenn alles klappte.

»Sie schaffen das schon, Dolf. Ich vertraue Ihnen.«

Sie nahm ihm sein fast leeres Glas aus der Hand. Die Unterredung war beendet. Lynns Zutraulichkeit erlosch rückstandsfrei, sobald sie bekommen hatte, was sie wollte: Dolfs Zusage, die Eismaschine fristgerecht einzubauen.

Eine Woche lang wartete Dolf jeden Tag auf das Paket. Jeden Morgen, so gegen elf, kam der Paketdienst. Pep war instruiert. Inzwischen war es Samstag geworden, in neun Stunden würde die Party losgehen. Dolf stand in der Portiersloge hinter der Panoramascheibe, um den Paketboten abzupassen. Noch war es theoretisch zu schaffen.

Doch es gab kein Paket. Dolf lotste den Fahrer in die Einfahrt zur Doppelgarage und stellte ihn zur Rede. Der Mann wusste von nichts. »Vielleicht bei der Konkurrenz?«

Ab und zu kam ein kleinerer, teurerer Versender in die Siedlung.

»Der war schon da. Der hatte auch nichts.«

»Tja, dann.« Der Paketbote konnte nicht weiterhelfen. Er hatte seine Unterlagen konsultiert, in der Zentrale angerufen, jeder Irrtum war ausgeschlossen. Es gab kein Paket für Lynn Whelby.

Unschlüssig sah Dolf dem Mann hinterher, der sich in seine Fahrerkabine schwang und daran ging, seine übrigen Pakete in der Siedlung zuzustellen. Dolf würde der Baroness kleinlaut eingestehen müssen, dass er seine Zusage nicht halten konnte. Es würde keinen Eiswürfelbereiter geben. Sie musste wie in den Vorjahren die handelsüblichen tiefgefrorenen Eisfertigbeutel kommen lassen. Es stellte nicht wirklich ein Problem dar. Aber Dolf wusste sehr genau, wie Lynns Laune ausfiel, wenn ihr ein Wunsch abgeschlagen wurde.

Als am Wochenanfang die Bilder des Hurrikans im Golf von Mexico über die Bildschirme gelaufen waren, Nachrichten von flüchtenden Menschen, überfluteten Straßen und geplünderten Häusern, da hatte Dolf vorsichtig nachgefragt, ob die Baroness überlege, ihr Herbstfest abzusagen. Immerhin würden einige ihrer Gäste aus den USA anreisen.

»Niemals!« Dolf zog den Kopf ein. Lynn Whelbys Ton ließ keinerlei Zweifel an ihrer Entschlossenheit. Sie würde für die Opfer von *Katrina* eine Spendensammlung organisieren, auch selbst einen Batzen dazugeben, das war das höchste der Gefühle. – Ihr Fest absagen? Alleine die Idee verdarb ihr die Laune.

Dolf wusste, an wem sie diese Laune auslassen würde, selbst wenn er dafür nichts konnte. Und dann klingelte auch noch das Telefon.

Er stürmte genervt in die Loge, Pep ging ihm aus dem Weg. Auch der wusste, wann man einer Laune besser auswich …

»Ja?« Dolf brummte kurz angebunden.

Rose Tucker war dran, quietschvergnügt wie immer. Sie hatte ein riesiges schweres Paket ausgeliefert bekommen, schon zwei Tage zuvor – es war irrtümlich an sie zugestellt worden.

»Soll ich es vorbeibringen?« Es war ersichtlich eine rhetorische Frage. Wenn es tatsächlich die Eismaschine war, wog sie fast zwanzig Kilo. Rose Tucker, so kräftig sie auch war, würde sie nicht in ihren Kleinwagen wuchten können.

»Nein, ich komme und hole es.« Dolf war zu aufgebracht, um sich zu bedanken. Das würde er gleich gutmachen und sich auf ein Schwätzchen mit Rose einlassen müssen. Obwohl ihm allmählich die Zeit davonlief. Er hetzte los.

TEIL III

VIERUNDZWANZIG
STUNDEN
SPÄTER …

42

Am Nachmittag des Sonntags, als Roses Leiche gefunden wurde, brütete Dolf an seinem Schreibtisch im Portiersbungalow. Pep saß um die Ecke hinter der Panoramascheibe auf seinem Posten und gab Kommentare zu den Fahrzeugen ab, die aus der Siedlung hinausfuhren. Gerade rollte auch das zweite Fahrzeug der Kriminaltechniker davon. Von jetzt an würde alle sechs Stunden ein Streifenwagen der Polizei zum Wachtwechsel durchkommen, wusste Pep, bis alle Untersuchungen abgeschlossen wären. Dolf hatte keine Ahnung, was die Polizisten noch zu finden hofften. Soweit er die Untersuchungen verfolgt hatte, war alles abfotografiert, untersucht und mitgenommen worden, was auch nur im Entferntesten interessant schien.

Aber Dolf war kein Polizist. Er hatte keine Kenntnis, wie eine Tatortaufnahme vor sich ging, welche Abfolgen dabei berücksichtigt werden mussten. Inspektorin Correira kam ihm kompetent und zielstrebig vor. Früher oder später würde sie auf ihn zukommen, das war sicher. Alles andere blieb unklar.

Nur zwei Dinge wusste er mit absoluter Gewissheit: dass Rose erschlagen worden war. Und dass er selbst sie als einer der Letzten lebend gesehen hatte. Dazwischen klaffte eine Lücke in seiner Erinnerung, eigentlich von halb eins bis zum nächsten Morgen. Wie ein blinder Fleck, der auswich und zerfloss, je näher Dolf sich damit befasste. Es war wie in einem Alptraum.

Auf seine Erinnerung konnte er sich nicht verlassen, also

versuchte er, so viel wie möglich aus den bekannten Tatsachen zu rekonstruieren.

Er war – bis auf den Kummerbund – vollständig angezogen aufgewacht. Wie und wann er nach Hause gefunden hatte, blieb schleierhaft. Er fand kein Gedächtnisbild davon, wie er Roses Haus verlassen, wie er in sein Häuschen am Siedlungsrand gefunden und sich nur halb ausgezogen aufs Bett geworfen hatte.

Von Pep konnte er keine hilfreichen Erkenntnisse über die Nacht erwarten. Seinen Helfer hatte Dolf praktisch als Erstes ausgehorcht. Pep hatte bis zur Morgendämmerung auf seinem Posten ausgeharrt, durch die offenen Fenster auch einen Teil des Festes mitbekommen, aber außer dem Feuerwerk und der Abfahrt der Gäste nichts Außergewöhnliches bemerkt. Er hatte gesehen, wie sein Chef kurz vor drei Uhr morgens nach Hause schlich.

Was Pep aus den Bemerkungen, Fragen und Andeutungen der ermittelnden Beamten über die Tat und deren Ablauf geschlossen hatte, deckte sich mit dem, was Dolf inzwischen wusste: Rose Tucker war erwürgt und mit einer Nippesfigur erschlagen worden, sie hatte schwerste Kopf- und Nackenwunden davongetragen und musste gegen zwei Uhr morgens ihren Verletzungen erlegen sein.

Dolf kannte das Tatwerkzeug vom Sehen, es war eine bronzene oder messingfarbene Nachbildung der Victoria, des goldenen Engels, der vor dem Buckingham Palace über der ausladenden Brunnenanlage stand. Die Figur samt Sockel war etwa armlang, sie sah oberflächlich vergoldet aus. Wahrscheinlich wog sie schwer, Dolf konnte sich nicht erinnern, den Goldengel jemals in der Hand gehabt zu haben, aber er wusste genau, wo Rose ihn aufbewahrte: auf einem Sideboard neben dem Großbildschirm in ihrem Schlafzimmer.

Am frühen Sonntagnachmittag hatte er in der Gruppe der vor dem Haus rauchenden Streifenpolizisten aufgeschnappt, dass die Victoriafigur auf Fingerabdrücke und DNS-Spuren untersucht werden würde. Dolf hatte keine Vorstellung, was das bedeutete oder was er tun sollte. War es sinnvoll, wenn er von sich aus zur Polizei ging und angab, dass er Rose in der Nacht besucht hatte? Wenn er sicher wüsste, in welchem Zustand er sie zurückgelassen und wo er sich bis zum nächsten Morgen aufgehalten hatte, könnte er einen klaren Gedanken fassen. Aber so schwankte er zwischen konfusen Plänen und abstrusen Ängsten hin und her. Sollte er abhauen? Das käme einem Schuldeingeständnis gleich. Alle übrigen Optionen – ob er sich stellte, ob er sich als Zeuge anbot, ob er abwartete, wann sie auf ihn zukommen würden – glichen sich bis auf Nuancen. Er würde ausharren und die Dinge auf sich zukommen lassen.

Dass zugleich am Ende der Woche die zweite Rate seines Kredits fällig wurde und Dolf keine Ahnung hatte, wo er das Geld auftreiben sollte, machte seine Situation kein Stück einfacher.

Montag. Eine halbe Hundertschaft *Guardia civil* rückte in vier Mannschaftsbussen an und ging unter dem Kommando eines Tatortspezialisten daran, Roses Garten und die Umgebung noch einmal gründlich abzusuchen. Dolf bemerkte, dass eine Einheit sich besonders lange an einem Grundstück an der Zufahrtsstraße zu schaffen machte.

Später befragten zwei Kriminalpolizisten in Zivil Pep und ihn im Portiersbungalow. Drench begleitete die Beamten und machte ein großes Fass auf, wie rückhaltlos die Verwaltung der Siedlung mit den Behörden zusammenarbeite. Als ob Dolf und Pep das nicht ohnehin taten. Die Beamten verlangten Auskünfte über die Bewohner der Siedlung – wer von den Besitzern oder ihren Gästen war zur Tatzeit anwesend, welche Besucher waren vermerkt oder angekündigt worden, welche Beobachtungen gab es? Lynns Gästeliste hatten die Polizisten bereits abgearbeitet und glichen sie mit Peps Erinnerungen ab. Trotz allem waren sie von einer lückenlosen Aufstellung möglicher Gäste und Anwesender in der Siedlung weit entfernt. Allein die Anzahl der Hausbesitzer, ihrer Familien und Freunde bildete eine Gruppe von über dreihundert Personen. Nicht wenige davon waren am fraglichen Samstag erst angereist oder am Freitagabend möglicherweise schon abgereist. Aufzeichnungen darüber gab es in der Pförtnerloge, doch sie wurden nicht minutengenau geführt. Selbst für Peps berühmt phänomenales Gedächtnis wirkte das Chaos unübersichtlich.

Als Dolf sich am Abend die Füße vertrat, kam er auf dem Weg zu Roses Haus an dem Stück Hecke vorbei, das er ein paar Tage zuvor aufgerichtet hatte. Die eingedrückte Stelle schien gut anzuwachsen, jedenfalls sprossten frische Blüten aus den abgeknickten Zweigen. Dolf hatte noch immer keine Ahnung, welches Tier die Kuhle eingedrückt haben konnte. Es musste ein riesiger Hund gewesen sein, ein junger Esel oder eine Ziege. Wildschweine gab es, soweit er wusste, in der Gegend nicht.

Dienstag. Dolf war gerade damit beschäftigt, den Staubbeutel aus Lynn Whelbys Hoover aufzutrennen, um ihn vorsichtig durchzusieben, als erneut ein großes Polizeiaufgebot anrückte. Für den Polizeifotografen sperrten sie nicht nur das Gelände um Roses Haus und die Nachbargrundstücke, sondern auch die Straße davor. Weil alle Straßen in Schleifen von Einbahnstrecken um den Hügel herumführten, bedeutete die Sperrung fast einen Kilometer Umweg. Die Anwohner beschwerten sich bei Dolf. Danach wurden sie von zwei Polizisten nach Beobachtungen befragt und beschwerten sich nicht mehr. Erst am Abend kam Dolf dazu, den Staubsaugerinhalt zu durchsuchen. Die winzige Schraube fand er nicht. Er würde sie beim Hersteller nachbestellen müssen. Lynn war nicht amüsiert.

Mittwoch. Am Nachmittag bahnte sich ein riesiger Flutlichtwagen den Weg zu Roses Haus. Für eine Art Rekonstruktion wurde umfangreiche Beleuchtung aufgebaut. Gegen Mitternacht erreichte die Aktion ihren Höhepunkt. Unter den Zeugen, die angekarrt und befragt wurden, sah Dolf auch Trido, den Limousinentüröffner – und den Zeugen, der Roses Beine am Sonntagmorgen durch die Fensterscheibe der Terrassenverglasung entdeckt und die Polizei informiert hatte. Lynn Whelby, Ghaansha, Dolf und Pep wurden als Zeugen befragt, weil an einem Strauch am entfernten Ende von Roses Grundstück ein langes blondiertes Haar gefunden worden war. Ganz in der Nähe hatte sich in der Nacht ein betrunkener Mann erleichtert. Aus der Analyse der Harnreste konnten sie seinen Blutalkoholgehalt angeben – und sogar, dass der Typ regelmäßig Koks konsumierte. Lynn machte keinerlei Angaben, Pep machte alle möglichen Angaben, wusste aber nichts. Ghaansha hatte nichts gesehen, weil er sich um Musik kümmern musste. Dolf konnte sich beim besten Willen nicht erinnern, welcher von Lynns männlichen Gästen wohl eine blonde Perücke getragen haben mochte.

Donnerstag. Inspektorin Correira rückte persönlich an. Auch sie wollte mit Dolf und Pep zusammen die Liste der möglichen Unbeteiligten auf dem Gelände eingrenzen. Damit kamen sie nicht weit. Correira begleitete Dolf zu Lynn und verlangte, dass sie die Liste ihrer Gäste mit privaten Telefonnummern vervollständigte.

Die Baroness explodierte und lieferte die Mutter aller Szenen ab. Lynn Whelby sollte die geheimen Handynummern ihrer Gäste öffentlich machen? »Das wird nicht passieren. Punkt.«

Ein paar Minuten später rief einer ihrer Anwälte an und bat Correira zu sprechen. Sie handelten einen Kompromiss aus. Lynn würde die Geheimnummern ihrer Gäste herausgeben, dafür sagte Correira zu, denen keine Nachfragen zu stellen, bis sie eindeutige Hinweise hatte. Bis dahin würde die Inspektorin auf Dolfs Gedächtnis und seine Kenntnis der Gäste vertrauen.

Freitag. Am Vormittag brachte Dolf seine Rate von zwölfhundert Euro, die er sich privat bei Drench, ein paar Engländern und sogar Pep zusammengeliehen hatte, beim Geldverleiher vorbei. Das war auch der Tag, an dem einer von Correiras Helfern mit einem richterlichen Beschluss erschien, um sich die Datenträger aus der Videoüberwachung des Eingangs und der Hauptzufahrtsstraße *Avenida A* mitzunehmen. Dolf wusste noch nicht einmal mit Gewissheit, ob die Kameras funktionierten. Die technische Seite der Siedlungssicherheit war Peps Domäne.

Samstag. Nachmittags kam Correiras Assistent mit Ausdrucken eines hochvergrößerten TV-Standbildes vorbei. Gegen halb elf hatte ein Mann in hellem Mantel und roten Stöckelschuhen die Straße überquert und war von der Kamera eingefangen worden. Es konnte gut der Pinkler aus Roses Garten sein, fanden die Beamten. Dolf sollte den Mann identifizieren. Das konnte er nicht. Lynn weigerte sich standhaft, den Ausdruck auch nur anzusehen.

Sonntag. Correiras Leute rückten mit einem Kühlfahrzeug an. Sie begannen, DNS-Proben sämtlicher männlicher Angestellter und Siedlungsbewohner zu nehmen, so behaupteten sie es zumindest Dolf gegenüber. »Reine Routine!« Insgeheim vermutete Dolf, dass es vor allem um seine Probe ging. Aber was konnte er tun oder sagen?

Nachprüfen konnte Dolf es nicht, doch er bekam mit, dass auch von Drench und Ghaansha und sogar von einem der jungen Typen, die auf Lynns Party getanzt hatten und später in den Pool gesprungen waren, Tupfer mit Abstrichen der Mundschleimhaut genommen wurden. Und von der dunklen der beiden Traumfrauen am Pool. Lynn hatte schließlich den Pinkler aus Roses Garten identifiziert, es war der Jüngere der beiden Transvestiten-Traumfrauen; er hatte nicht nur ein stilles Plätzchen gesucht, um seine Blase zu entleeren, sondern sich auch eine Spritze gesetzt; das wollte er vor seinem schwatzhaften Partner geheimhalten.

Montag, eine Woche nach Beginn der Ermittlungen. Santes wollte nach London aufbrechen. Dolf rief Correira an. »Spricht etwas dagegen, dass ich meine Schwiegertochter zu einer Operation ins Ausland begleite?«

»Das wäre im Moment nicht besonders günstig, Señor Teskirner. Sie verstehen?«

Er verstand genug, um sich Sorgen zu machen. Also fuhr er Santes bloß zum Flughafen, mit seinem auffälligen Streifenwagen, den er rechtmäßigerweise auf öffentlichen Straßen gar nicht benutzen durfte. Aber zum Flughafen nach San Javier waren es nur knapp vierzig Kilometer, das meiste davon Autobahn. Und es gab sonst nicht viel in diesen Tagen, was Dolf für seine Schwiegertochter tun konnte.

Dienstag. Am Vormittag nahm Dolf mindestens fünfmal den Telefonhörer in die Hand, um Inspektorin Correira anzurufen. Und legte ihn fünfmal wieder zurück auf die Gabel.

Mittwoch. Um die Mittagszeit wurde die Polizeibewachung vor Roses Haus abgezogen. Anscheinend hatte die Inspektorin alle nötigen Beweise beisammen.

Freitag. Am Morgen, als Dolf gerade den Dodge aufschloss, kam mitten vor seiner Einfahrt ein nicht gekennzeichneter

Polizeiwagen zum Stehen. Dolf wollte los, um Santes vom Flughafen abzuholen, sie hatten telefoniert, alles war gut verlaufen. Santes hatte ihren alten Busen wieder; sie durfte fliegen, sie musste nur die ersten paar Tage etwas vorsichtig sein und die nächsten Wochen einen speziellen Stütz-BH tragen.

Correiras Assistent hatte andere Pläne für Dolf. »Herr Tschirner, wir müssen Sie mitnehmen.«

»Klären Sie mich nicht über meine Rechte auf?«

»Sie schauen zu viele Krimis. Wir nehmen Sie zur Vernehmung mit. Sollten Sie beschuldigt werden, geben wir Ihnen Gelegenheit, einen Anwalt anzurufen. Dann und erst dann, werden Sie auch über Ihre Rechte belehrt. Einverstanden?«

Was sollte er sagen? »Kann ich noch rasch telefonieren?«

»Sicher. Dann packen Sie eine kleine Tasche. Sie brauchen keinen Mantel. Aber eine Zahnbürste.«

43

Sie brachten Dolf ins Polizeirevier nach Cartagena. Der Bau an der *Plaza de España*, am Übergang zu den rechtwinkligen Schachbrettstraßen der Neustadt, war erst wenige Monate zuvor eröffnet worden. Der Umzug der Polizei CNP aus den alten Militärbaracken des *Arsenal* sollte, so stand zumindest in den vielen Zeitungsartikeln zu lesen, eine neue Ära der Modernität, der Transparenz und der Reform der Polizeibehörden zu einem Dienstleister am spanischen Volk symbolisieren. Tatsächlich leuchtete der Neubau kühl und modern und in einem auffälligen Gelbgrün, das Dolf an frisch erbrochenen Rahmspinat erinnerte. So jedenfalls fühlte er sich. Tatsächlich glänzten die Flure und Böden und rochen nach Bohnerwachs und Farbe.

Correiras Büro lag im dritten Stock. Das Fenster wies auf ein düsteres Mehrfamilienhaus gegenüber, die Scheiben wurden, wohl wegen des unablässigen Verkehrs auf der Straße, geschlossen gehalten. Zwei Schreibtische standen sich gegenüber, Correiras war sicher der linke, der mit den Zimmerpflanzen darauf und den Familienfotos. Der rechte Schreibtisch wirkte wie ein Männerschreibtisch, unaufgeräumt, zugestellt mit Kaffeetassen, Kassenzetteln, Notizen und Krimskrams.

Dolf hatte Zeit, sich alles in Ruhe anzusehen. Der Bereitschaftspolizist in Uniform, der ihn unten am Tresen der Wache in Empfang genommen und in dieses Büro gebracht hatte, wies ihm den Kleiderhaken hinter der Tür, wo er seine Jacke aufhängen und seine kleine Tasche abstellen konnte. Dann setzte er ihn an einen kleinen Ablagetisch mit zwei Stühlen, der quer vor den beiden Schreibtischen stand. Dolf hatte den linken Stuhl zugewiesen bekommen, den an Correiras Seite. Der Beamte nahm nicht neben ihm Platz, sondern stöpselte ein Mikrofon in ein Aufzeichnungsgerät auf dem Männerschreibtisch.

Gleich würden Inspektor Correira und ihr Partner Guzmán kommen. Dolf sollte einfach warten.

»*Buenos días, señores.*« Correira kam hereingeweht mit einem Hauch süßlichen Parfüms, begrüßte Dolf mit Handschlag, stellte ihre Handtasche auf den Männerschreibtisch und hängte ihr Mäntelchen an den Haken. Guzmán, ihr junger Assistent, hielt einen Pappbecher in der Hand und stellte ihn zwischen die Pflanzen auf dem zweiten Schreibtisch.

»Kommen Sie hierher, bitte.« Correira rückte Dolf einen Stuhl an einem Besprechungstisch seitlich an der Tür zurecht. Sie saßen sich auf Armlänge gegenüber, Dolf mit dem Rücken zur Tür. Guzmán legte eine Art Diktiergerät zwischen sie. Dann nahm er vor seinem Kaffee Platz, hinter Correiras Rücken.

Als Erstes stellte die Inspektorin klar, dass es um eine Befragung ging, nicht um eine Vernehmung – Dolf wurde nicht als Beschuldigter angesehen, sondern als Zeuge. Hatte er das verstanden? Dolf nickte verwirrt, er hatte keine Ahnung, was für einen Unterschied das machen sollte. Er war abgeholt und ins Polizeirevier gebracht worden, er konnte sich nicht daran erinnern, dass er gefragt worden wäre, ob ihm das passte oder recht war, jetzt saß er hier und fühlte sich verdammt wie ein Tatverdächtiger.

Correira setzte das Diktiergerät in Gang, sprach das Datum hinein, die Uhrzeit, Zeugeneinvernahme, ließ sich Dolfs Pass reichen und las seine Personalien vor. Dann gab sie ihm das Dokument zurück.

»Señor Teskirner wird befragt in der Tötungssache zum Nachteil von Rosalie Madeleine Tucker, geborene Causeville, geboren am 7. 02. 1953 in Cardiff, Wales, gestorben am 10. bzw. 11. September 2005 in Campo Cálido, Provinz Murcia. Soweit alles klar?«

Dolf nickte.

»Bitte sprechen Sie ins Gerät.«

»Ja.«

»Señor Teskirner, meine Kollegen haben Spuren, die mit Ihrer DNS übereinstimmen, an verschiedenen Stellen an und in der Umgebung des Leichnams gefunden, der Bericht der Kriminaltechnik und über die Leichenöffnung liegt vor. Achtung: Bitte hier die Aktenzeichen einfügen, Ende. Das heißt für uns: Sie waren in den letzten Stunden vor Exitus mit der Geschädigten befasst.«

»Ja.«

»Wie?«

»Ja, ich verstehe.«

»Gut. Dann erzählen Sie doch mal!«

»Aber was bedeutet das denn?«

»Wir haben Ihre DNS am Leichnam gefunden. Wir wissen, dass Sie dort waren, am Abend oder in der Nacht. Wie kam es dazu? Erzählen Sie.« Sie klang freundlich, aufmerksam, nicht bedrängend. Wie eine achtsame Zuhörerin, die sich ernsthaft interessiert.

»Wo genau haben Sie denn diese Spuren gefunden?«

»Das möchten wir im Augenblick nicht konkretisieren. Diese Informationen könnten später wichtig werden, als mögliches Täterwissen.«

»Also bin ich doch als Täter in Verdacht?«

»Wie bereits gesagt, Herr Teskirner: Zunächst sind Sie als Zeuge hier. Wir sind dabei, die letzten Stunden der Getöteten zu rekonstruieren. Dabei haben Sie eine Rolle gespielt. Deshalb bitten wir Sie um Ihre Hilfe.«

»Um Ihre Angaben.« Der Assistent Guzmán saß unbeteiligt vor seinem Rechner. Tippte ab und zu etwas ein. Tat ganz so, als suche er irgendwelche Informationen. Dabei hätte Dolf geschworen, dass ihm kein Wort entging.

»Wie ist der Abend verlaufen?«

Dolf berichtete von der Party bei Lynn Whelby, die er halboffiziell besucht hatte, in erster Linie als Gast, aber informell auch zuständig für die Sicherheit der Gäste.

»Wir haben die beiden Sicherheitsleute gesprochen.« Guzmán entging kein Wort.

Dolf schluckte. Die beiden schwarzgekleideten Bodybuilder hatte er komplett vergessen oder verdrängt. Aber es stimmte: Sie waren die ganze Nacht auf Posten gewesen. Sie mussten alles beobachtet haben, was um das Anwesen der Baroness herum gelaufen war. Sie mussten auch ihn gesehen haben, wie er aus der Tür getorkelt kam und sich kaum auf den Beinen halten konnte. Dolf überlegte fieberhaft.

Correira ließ ihn nicht aus den Augen. »Vielleicht mögen Sie uns zunächst Ihre Arbeit in der Siedlung schildern, bevor wir auf den fraglichen Abend zu sprechen kommen?«

Wollte sie ihm etwa in seiner Verwirrung helfen? War das als eine Art Aufschub gedacht? Dolf war fast dankbar für die Frage der Inspektorin. Seine Rolle als Wachmann, als »*servicio de vigilancia*« – er selbst setzte den Begriff in Anführungszeichen, die er mit vier Fingern in die Luft schrieb –, war rasch erzählt. Wie er immer wieder für kleinere Reparaturen und Jobs angeheuert worden war und dann später die Aufgabe als »*head of security*« angetragen bekommen hatte. Die bestand jedoch hauptsächlich darin, sich um die Wehwehchen der Bewohner zu kümmern. Wirkliche Sicherheitsprobleme gab es nicht.

»Vor etwa sechs Monaten soll es eine Serie von Diebstählen gegeben haben.« Konnte der Assistent das aus seinem Computer ersehen?

»Das hat sich geklärt, ohne Rechtsfolgen, wie Sie sicher bereits wissen.« Bis auf die Anzeige der britischen Staranwälte gegen ihn, ergänzte Dolf in Gedanken.

»Bitte fahren Sie fort. Schildern Sie Ihre Aufgaben.«

»Das waren eher Serviceleistungen. Verschiedenster Art.« Über seine speziellen Dienstbarkeiten für Lynn wollte Dolf nicht sprechen. Er konnte das wissende Schmunzeln der Inspektorin nicht einschätzen. Wieviel Ahnung hatte sie? Mit wem hatte sie in den vergangenen Tagen geredet? Lynn war es ohne weiteres zuzutrauen, dass sie sich mit ihrem Verhältnis brüstete. »Sie haben Lynn Whelby gesprochen?«

»Selbstverständlich.« Correiras Miene blieb unbeteiligt. Undurchsichtig.

Dolf suchte nach einer harmlosen Erklärung. »Sie kennen das sicher: Es gibt Gerüchte, den Flurfunk, wahrscheinlich sogar hier im Revier?«

»In jeder Behörde. Überall, wo Menschen auf engstem Raum zusammenarbeiten.« Die Inspektorin nickte, sie hob verständnisvoll die Achseln. »Aber es ist unser Job, Gerüchte und Tatsachen auseinanderzuhalten. Versuchen Sie's erst mal nur mit den Fakten. Ich frag dann schon nach.«

Dolf hatte das Gefühl, dass sie ihn durchschaute, dass sie in ihm las wie in einem aufgeschlagenen Buch. Es war kein angenehmes Gefühl. »Von wann ab?«

»Alles, was Sie für wichtig halten.« Sie schien alle Zeit der Welt zu haben. Dolf schluckte und setzte neu an. Er beschrieb seine Ankunft auf Lynns Party …

»Um welche Uhrzeit ungefähr?«

»So etwa halb neun, schätze ich.«

Er rief sich seinen Rundgang vor Augen, innen und auf der Terrasse. Mit wem er geredet habe, wollte die Inspektorin wissen, und Dolf berichtete so genau wie möglich. Norman Drench fiel ihm ein, AnnFrida, Ghaansha selbstverständlich und die beiden Transvestiten am Pool.

Correira machte sich Notizen in eine Kladde, ihr Assistent schien Stichworte in den Computer einzugeben, jedenfalls tippte er eifrig auf seiner Tastatur herum.

»Mit der Gastgeberin haben Sie nicht gesprochen?«

»Doch, sicher.« Dolf hatte es nicht vergessen; es schien ihm nur so selbstverständlich, dass er es zu erwähnen versäumt hatte. Seine ernüchternde Unterhaltung mit Zuela unterschlug er dagegen mehr oder minder bewusst.

»Gut. Weiter.«

Gegen elf, erklärte Dolf, also gegen dreiundzwanzig Uhr, sei er hinausgegangen, um sich die Füße zu vertreten.

Correira wunderte sich. War das Fest nicht amüsant? Nach allem, was sie gehört und gesehen hatte, sah es so aus, als hätte es die Gastgeberin an nichts fehlen lassen. Wieso wollte Dolf schon so früh weggehen?

Dolf wand sich. Er tat sich schwer, seine gemischten Gefühle in jenem Moment nachvollziehbar zu beschreiben. Er hatte Lynns Party ja nicht wirklich verlassen wollen, sie hatte ihm klar zu verstehen gegeben, dass er möglicherweise später noch gebraucht würde. Das konnte oder wollte er der Inspektorin nicht erklären. Andererseits hatte er zu dem Zeitpunkt schon einiges getrunken. Das beschrieb er. »Ich wollte mir einfach die Füße vertreten. Versuchen, einen klaren Kopf zu bekommen.«

»Welchen Weg haben Sie genommen?«

»Einfach vor mich hin. Ich hab nicht so genau darauf geachtet.«

»Weiter.«

Und dann beschrieb Dolf seine Erinnerung. Wie er Rose auf ihrer Terrasse sitzend angetroffen hatte. Wie er mit ihr noch mehr getrunken hatte. Wie er sie ins Bett gebracht hatte. »Muss so um zwölf herum gewesen sein.«

Correira nickte. Aus ihre Miene ließ sich nichts ablesen, kein Zweifel, keine Kritik, keine Spur einer Regung. Nur ungeteilte Aufmerksamkeit. »Um Mitternacht.«

Dolf nickte entschieden, schob ein deutliches »Ja« für das Aufnahmegerät hinterher. Er erinnerte sich genau an das Licht des Feuerwerks. Er hatte nicht auf die Uhr gesehen, aber er war fest überzeugt, dass Lynn ihr Feuerwerk keine Minute vor zwölf hatte zünden lassen. Und wahrscheinlich auch nicht lange danach. »Als das Feuerwerk losging, war ich noch dort.«

Correira notierte, ebenso der Assistent. »Und dann?«

»Bin ich gegangen.«

»Zurück auf die Party?«

»Nein, nach Hause.«

»Obwohl Sie das anders zugesagt hatten.«

»Ich war ziemlich betrunken.«

»Wieviel Uhr?«

»Halb eins vielleicht. Vielleicht eins.«

Correira und ihr Assistent notierten nichts.

»Ehrlich gesagt, erinnere ich mich nicht mehr genau.«

Correira seufzte. »Tja, manchmal ist es schwierig. Ich selbst trinke auch gern ein Glas, fast an jedem dienstfreien Wochenende, könnte man sagen. Da fällt es nicht immer leicht, den Zeitpunkt zum Aufhören zu erwischen, nicht wahr? Wie betrunken waren Sie, was denken Sie? Konnten Sie noch klar sehen?«

»Schon.«

»Geradeaus gehen? Auf einer Linie?«

»Eher nicht.«

»Wie sind Sie nach Hause gekommen?«

Dolf zögerte. Er wusste es einfach nicht. »Keine Ahnung.«

»Wie haben Sie sich ausgezogen?«

»Ich war nicht ausgezogen.«

Correira nickte. »Die Uhrzeit, wann Sie in Ihr Haus gekommen sind, mochte das auch später gewesen sein, so gegen drei Uhr?«

»Möglich.«

»Können Sie darüber genauere Angaben machen?«

Dolf war sich absolut bewusst, dass dies der kritische Punkt der Befragung war. Von seiner Antwort auf diese Frage hing alles Weitere ab. Es ging darum, wo er sich zur Tatzeit aufgehalten hatte. Aber er konnte sich beim besten Willen nicht erinnern. Und er hatte das deutliche Gefühl, dass ihn jede Zweideutigkeit, jede Unschärfe an diesem Punkt verdächtiger machen musste. »Nein. Tut mir leid.«

Correira nickte leise, überflog ihre Notizen.

»Gibt es sonst etwas, was Sie ergänzen möchten?« Der Assistent fragte von seinem Computer herüber.

»Keine Ahnung. Weiß ich gerade nicht.«

»Gut.« Inspektorin Correira fasste für das Aufzeichnungsgerät zusammen, was sie bis hierhin besprochen hatten. Dass der Zeuge Dolf Teskirner ab cirka zwanzig Uhr dreißig auf der Party von Lynn Whelby im Haus B zwölf gewesen und diese gegen dreiundzwanzig Uhr verlassen habe, dass er die Geschädigte unmittelbar darauf auf ihrem Grundstück angetroffen und sich mit ihr zusammen dort aufgehalten habe; dass er um Mitternacht im Schlafzimmer der Geschädigten gewesen sei und sich danach auf den Heimweg gemacht habe; für Letzteres könne er keine genaue Uhrzeit angeben, aber auch nicht ausschließen, dass es gegen drei Uhr am Morgen gewesen sein könnte. Sie machte eine Pause. »Einwände, Kommentare, Ergänzungen?«

»Nein.«

Sie sprach Datum und Uhrzeit auf das Band und schaltete das Gerät danach aus.

Correira stand auf, ging zu ihrem Schreibtisch und schien etwas in ihren Unterlagen zu suchen.

Dolf sah von ihr zu Guzmán hinüber.

»Was passiert jetzt? Ich kann noch nicht gehen, oder?«

»Nein.« Der Assistent neigte freundlich den Kopf. »Wir möchten Sie bitten, uns für achtundvierzig Stunden zur Verfügung zu stehen.«

»Also bin ich verhaftet?«

»Keineswegs. Sie sind zur Befragung festgenommen. Juristisch ist das ein bedeutsamer Unterschied.«

»Und was geschieht jetzt?«

»Wir lassen Sie in eine Zelle bringen, wo Sie sich ausruhen und etwas essen können. Möglicherweise würden wir Sie heute Nachmittag noch einmal befragen wollen. Wenn Sie einverstanden sind.«

»Und wenn nicht?«

»Dann trotzdem.« Inspektorin Correira konnte auch ungeduldig werden. »Lass uns Mittag machen, Rafa. Ich bin dran, ich lade dich ein.« Zu ihrem Kollegen war sie die Freundlichkeit in Person.

44

Dolfs Mittagessen bestand aus einem Tapasteller, den sein Bewacher aus einer der Bars der Umgebung hatten kommen lassen, dazu Wasser und inzwischen kalten Kaffee.

Seine Zelle lag im Keller des Gebäudes, Dolf hatte nicht mitgezählt, wie viele Stockwerke unter der Erde. Er war dem unfreundlichen Beamten, der ihn vor Correiras Dienstzimmer erwartet und hier heruntergebracht hatte, einen langen Flur entlang gefolgt. Plötzlich bogen sie ab, traten durch eine Stahltür und standen in der Zelle, wo ein freundlicher junger Wärter sie bereits erwartete.

Die Zelle wirkte schmal und hoch, sie hatte kein Fenster. Eine Pritsche, ein Tisch und Stuhl an der Wand bildeten die Einrichtung, eine Toilette mit Waschbecken konnte man mit einem Duschvorhang abteilen. In der Stahltür des Zugangs war ein Spion eingelassen und eine Essensklappe, die aber nicht benutzt wurde. Als Dolf sein Essen bekam, brachte der Wärter es ihm herein, stellte es auf den Tisch und ging dann wieder.

Es war sehr still. Bis auf die Stimmen der Wärter, wenn sie vor seiner Zelle vorübergingen, selten genug und unregelmäßig, war nichts zu hören. Entweder die übrigen Zellen waren unbesetzt oder sehr gut schallgedämmt. Dolf hatte keinen Hunger, zwang sich dennoch, die kalten Kroketten und die geräucherten Filetscheiben zu essen. Er hatte keine Idee, wie lange er hier bleiben würde, und stellte sich auf alle Möglichkeiten ein. Nach dem Essen räumte Dolf den leeren Teller in die

Klappe an der Tür. Von draußen zog der Geruch von Schuhcreme und Rasierwasser herein.

Die Luft in der Zelle roch abgestanden, ganz sachte nach Kloake und altem Schweiß, obwohl dicht unter der Decke ein Lüftungsgitter verriet, dass der Raum klimatisiert war.

Dolf fühlte sich plötzlich sehr müde, geradezu erschöpft, aber auf der schmalen, harten Pritsche konnte er nicht gut liegen, von schlafen ganz zu schweigen. Dafür hetzten ihm zu viele Gedanken durch den Kopf. Er setzte sich wieder auf.

Dann wurde er wieder abgeholt und in Correiras Dienstzimmer gebracht. Er hatte keine Vorstellung, wieviel Zeit seit der letzten Befragung vergangen war.

Inspektorin Correira sprach die Protokolldaten ins Aufnahmegerät: »Zweite Einvernahme um siebzehn Uhr. Zeuge Dolf Teskirner, Angaben wie oben, heute Vormittag, elf bis dreizehndreißig.«

Dolf erschrak. Er hätte nicht zu sagen gewusst, ob sie am selben oder am folgenden Tag sprachen. Aber nach dem, was er eben gehört hatte, war es noch immer Freitagnachmittag.

Diesmal hatte ihn die Inspektorin an den schmalen Quertisch am Kopfende der beiden Schreibtische platziert, Correira und ihr Kollege saßen Dolf seitlich gegenüber, jeder mit seinem Computermonitor vor sich, den sie ohne Schwierigkeiten im Auge behielten. Das Aufzeichnungsgerät lag vor Dolf auf dem Tisch. Correira wies darauf. »Also: Erzählen Sie.«

»Nochmal?«

»Wenn es Ihnen nichts ausmacht.«

»Ab wann?«

»Von Anfang an?« Auch Kollege Guzmán konnte stinkfreundlich sein. Dolf war fast schon dankbar dafür. Er fühlte sich ausgelaugt und müde.

»Am Samstag, dem zehnten September diesen Jahres habe ich die Feier bei Lynn Whelby, *doce, Avenida B*, besucht. Es war eine große Veranstaltung mit sicherlich achtzig bis hundert Gästen …«

»Hundertvierzig laut Gästeliste.« Guzmán hatte seine Zahlen im Blick.

»… mit hundertvierzig Gästen. Gesprochen habe ich mit Norman Drench, AnnFrida Beringsen, Ghaansha, der Gastgeberin und ihrer Freundin Careena.«

»Nachname?« Correira und ihr Assistent schrieben mit.

»Keine Ahnung. Eine Amerikanerin, glaube ich.«

»Weiter.«

»Gegen dreiundzwanzig Uhr habe ich die Veranstaltung verlassen, um mir die Füße zu vertreten.«

»Woher wissen Sie die Uhrzeit?«

»Aber das haben Sie mir doch gesagt!«

»Es geht um Ihre Angaben, Señor Tschirner. Beschränken Sie sich nach Möglichkeit auf Tatsachen, die Ihnen selbst noch im Gedächtnis sind.« Der Assistent antwortete an Correiras Stelle.

»Soweit ich weiß, konnten Sie bei Ihrer Einvernahme heute Vormittag die Uhrzeit nicht exakt angeben, richtig?« Correira fragte, ihr Kollege sah auf seinem Monitor nach und nickte.

Dolf beschrieb den Rest der Nacht, ohne exakte Uhrzeiten zu nennen. Er sei Rose auf der Terrasse begegnet, habe sie dann ins Bett gebracht und danach das Haus verlassen.

»In welchem Zustand befand sich die Geschädigte da?«

»Wie? Was meinen Sie?«

»Haben Sie sich verabschiedet? Sind Sie zur Tür begleitet worden?«

»Nein.« Dolf zögerte. »Ich denke nicht.«

»Wo befand sich Frau Tucker?«

»Im Bett?« Dolf hatte keine Ahnung. Wahrscheinlich war ihm das anzuhören. Er musste verwirrt klingen. Oder schuldbewusst. Er riss sich zusammen.

»Hat sie geschlafen?« Der Kollege fing sich einen bösen Blick von Correira ein.

Dolf dachte lange nach. »Geschlafen, sicher.«

»War sie angezogen?« Correira klang ein wenig kurz angebunden.

»Nur den Bademantel, sie war wohl schon zuvor im Bett gewesen. Bevor ich aufgetaucht bin, meine ich.«

»Und Sie? Waren Sie angezogen?«

Dolf suchte Correiras Blick. War das eine Fangfrage? Wenn ja, dann ließ sich das aus ihrer Miene nicht ableiten. Auch ihr Mitarbeiter verharrte, als ob er auf seinen Kaffee am Automaten wartete – das dauerte, so lange es eben dauerte. Vielleicht war er auch eingeschnappt.

»Angezogen.«

»Sie wissen, dass wir eins Ihrer Kleidungsstücke im Wohnzimmer der Geschädigten aufgefunden haben?«

Guzmán reichte Dolf den rotseidenen Kummerbund herüber. Das weiche Stoffstück steckte in einer Klarsichtfolie. »Das gehört zu Ihrem Smoking. Wir haben die Rechnung eingesehen.«

Das hätte sich Dolf auch denken können, dass Lynn vorbehaltlos mit den Behörden zusammenarbeitete, wenn ihre persönlichen Interessen nicht betroffen waren.

»Das stimmt.«

»Dann wiederhole ich nochmals meine Frage: Sie sagten, die Geschädigte war bis auf ihren Bademantel unbekleidet, sie selbst jedoch völlig angezogen, ist das richtig?«

Dolf sah verunsichert von einem Schreibtisch zum nächsten. Sie starrten unbeteiligt in ihre Monitore. Er fand keinen

Ausweg, keine Linie. Würden sie ihm nachweisen können, dass er nackt gewesen war? Wo verdammt hatten sie seine DNS gefunden? An Roses Körper? Rückte er nicht besser gleich mit der Wahrheit heraus?

»Ich war nackt. Es ist mir nicht angenehm, darüber zu sprechen.«

Correira nickte einfühlsam. »Verstehe. Aber keine Sorge. Wir sind hier einiges gewöhnt.«

Der Assistent zog seufzend die Achseln hoch.

Die Befragung dauerte bis nach Mitternacht. Am Ende hatte Dolf alles eingestanden, was zwischen Rose und ihm in der Nacht zum Sonntag vorgefallen war. Correira fasste es für die Aufzeichnung in geschäftsmäßigem Ton zusammen. Nicht einmal der Assistent, der nicht viel älter als dreißig sein konnte, verzog eine Miene, als Correira von *Koitus a tergo* sprach, von *Impotentia coeundi* und von Oralverkehr.

Dolf hörte mit gesenktem Blick zu. Er hatte keine Ahnung, ob sich seine Aussagen mit den Erkenntnissen der Inspektorin deckten. Ob seine Schilderungen sie erst auf diese Abläufe hingewiesen oder sie das alles schon vorher aus den Spuren hergeleitet hatte. Er fühlte sich wund und aufgerieben, erschöpft und hypernervös zugleich. Weil ihm am meisten Sorgen bereitete, dass er nicht wusste, wie es weitergegangen war, ganz gleich, wie er sein Hirn zermarterte. Er erinnerte sich an Roses Schmatzen, an ihr enttäuschtes Gesicht, an die abfällig herabgezogenen Mundwinkel, als sie ihn beschimpft und gehänselt hatte. Sogar, dass er sie um den Hals gepackt und gewürgt hatte, wusste er.

Bloß was danach geschah, geschehen sein musste, versank im Nebel. Zugleich war Dolf sich schmerzlich bewusst, dass ihn diese freundliche, verständnisvolle und zugleich strenge

Inspektorin früher oder später dazu bringen würde, ihr auch noch den Rest seiner Erinnerung zu beichten. Wenn er sie erst gefunden hatte.

Am Ende der nächsten Befragung am Samstagvormittag brachten Correira und ihr Mitarbeiter Dolf so weit, dass er zugab, Rose gewürgt zu haben. Gegen vierzehn Uhr wurde er durchsucht, wurden ihm Gürtel, Hosenträger und Schnürsenkel abgenommen. Er bekam seine Rechte vorgelesen und die Nummer eines Pflichtverteidigers. Sie ließen ihn telefonieren, er war verhaftet. Der Verteidiger kam aus Málaga. Er würde sich bis Montag in die Unterlagen einarbeiten. Vorher sollte Dolf keine weiteren Aussagen machen.

Correira war es recht. Es war Zeit fürs Wochenende. Dolf verbrachte es in seiner Zelle im Keller. Von jetzt an bekam er Kantinenessen; er hatte nicht genug Kleingeld dabei, um sich etwas aus der Bar kommen zu lassen. Und er fand niemanden, der ihm etwas vorgestreckt hätte.

45

Am Sonntag schloss der mürrische ältliche Wärter Dolfs Zelle auf, legte ihm einen Gurt um und kettete seine rechte Hand daran. »Gespräch für Sie.«

Dolf wurde zu einem Wandtelefon geführt, das am Ende des Flurs in einer Nische angebracht war.

Der Wärter wies auf den Hörer, der auf einer Art Regalbrett lag, und zog sich ein paar Schritte zurück. Wahrscheinlich nicht außer Hörweite.

»Hallo?«

»Dolfo?«

»Santes! *¡Hola, guapa!* Wie gut, deine Stimme zu hören!«

»*¿Hombre, qué pasa?* Was machst du denn für Sachen?«

»Keine Ahnung. Ganz blöd gelaufen.« Dolf fiel ins Deutsche. Santes beherrschte die Sprache gut genug, um folgen zu können. »Weißt du, ich …«

»*¡Perdone!*« Eine weibliche Stimme ging dazwischen. Es musste irgendeine Telefonistin sein. Wenn sie nochmal eine andere Sprache als Spanisch sprachen, würde die Verbindung getrennt, kündigte sie an.

Santes erklärte, wahrscheinlich würde das Gespräch auch aufgezeichnet. Sie hatte die Genehmigung zu diesem Telefonat ohnehin nur bekommen, weil sie mit einem der Kommissare im Revier bekannt war.

Dolf brummte seine Zustimmung und sein Einverständnis zur Aufzeichnung.

»Kannst du denn sprechen? Oder musst du warten, was dein Anwalt sagt?«

Dolf hatte keine Lust, ihr zu sagen, dass er seinen Anwalt noch gar nicht gesprochen hatte. »Nein, nein, ich kann sprechen.«

»Also sag schon: Was ist passiert?«

»Also, eine der Eigentümerinnen in der Siedlung ist zu Tode gekommen. Ich war ... eigentlich kann ich doch nicht darüber sprechen. Ich weiß nicht genau, was passiert ist. Sie ist jedenfalls tot.«

»Mhm?« Das Fragezeichen war deutlich durch die Leitung zu hören. Eine betretene Pause trat ein. Dolf wusste nicht, was er sagen konnte. »Und deine OP? Bist du zufrieden?«

»Kann ich hier nicht drüber sprechen.«

»Mhm.«

Eine weitere Pause.

»Santes, hör mal: Ich freu mich unbändig, dass du angerufen hast.«

»Sobald die mich lassen, komm ich dich besuchen, Dolfo.«

»Schön. Am Montag kommt der Anwalt. Dann klärt sich alles, da ich bin sicher.«

Damit machte er vor allem sich selber Mut.

Denn am Montag wurde zunächst einmal gar nichts besser. Der Anwalt erschien auch nicht am Montag, sondern erst am Dienstag. Er sah jung aus, schlaksig und linkisch, dabei wirkte er nicht besonders groß. Nur sein Anzug saß zu knapp. Der Junioranwalt sah aus, als ob er direkt von der Uni kam, als ob er gerade seine Examen in diesem Kommunionsanzug absolviert hatte, als ob Dolf sein erster Klient und dies sein erster Fall war. Juniors Händedruck allerdings war kräftig. Ein gutes Zeichen.

»Ich hab alles gelesen. Erst mal keine Fragen. Womit fangen wir an?«

»Ich hatte gehofft, dass Sie das wissen.«

»Irgendwas, was Sie mir unter vier Augen sagen wollen?«

Dolf brauchte nichts zu verbergen. Dass er sich nicht daran erinnerte, was am Ende des Abends in Roses Schlafzimmer passiert war, stand in den Unterlagen. Es entsprach der Wahrheit. Mehr hatte Dolf dazu nicht zu sagen.

Dann könnten sie auch direkt mit der Inspektorin sprechen. Junior kündigte an, dass er nicht bei jeder Einvernahme anwesend sein musste, er würde die Protokolle zugeschickt bekommen und genau prüfen. Beim ersten Termin wäre er allerdings gern dabei. Jetzt gleich, wenn Dolf einverstanden war.

Sie betraten ein Besprechungszimmer des Polizeireviers mit einem Konferenztisch für sechs oder acht Leute. Die Fenster gingen nach hinten hinaus, über den Parkplatz und auf ein ausgetrocknetes Flusstal, das in der frühen Sonne Dunst ausschwitzte. Der Raum war in verschiedenen Gelb-, Beige- und Brauntönen gestrichen. Correira und ihr Assistent kamen herein, begrüßten den Anwalt und Dolf. Der Assistent arrangierte seinen Laptop und das Aufzeichnungsgerät auf der Tischplatte, Correira zog die Jalousien vor dem Fenster zu. Sie sprach die einleitenden Worte auf Band – Datum, Uhrzeit, Anwesende.

Dann wandte sie sich an Dolf. »Bitte schildern Sie, was vorgefallen ist.«

Dolf sah verwirrt auf. »Noch einmal?«

»Für Ihren Anwalt. Er hat es noch nie gehört«, half der Assistent aus.

Der Junioranwalt nickte achselzuckend. Also erzählte Dolf ein weiteres Mal, dass er gegen halb neun auf das Gartenfest von Lynn gegangen war, zählte auf, wen er getroffen hatte, und erklärte, dass er die Veranstaltung gegen dreiundzwanzig Uhr verlassen habe.

»Zeugen?« Der Anwalt blickte kurz auf.

Der Assistent las von seinem Monitor ab. »Zwei Wachleute, außerdem Mrs Conzuela Tucker-Velazquez.«

Sie hatten Zuela befragt? Dolf war davon ausgegangen, dass Lynn ihren Exmann und dessen neueste Frau aus den Untersuchungen heraushielt. Merkwürdig.

»In welcher Stimmung waren Sie?« Correira klang, als wollte sie Dolf auf die Sprünge helfen, in seiner Schilderung fortzufahren.

»Einspruch! Mangelnde Relevanz.« Der Junioranwalt posaunte es heraus wie in einer amerikanischen Gerichtsserie.

»Wir rekonstruieren den Ablauf eines Gewaltverbrechens. Da wird die Gemütsverfassung des Verdächtigen doch wohl relevant sein.« Correira hörte sich an wie eine Lehrerin, die einen vorlauten Schuljungen zurechtweist.

»Dafür haben Sie doch sicher ausreichend Hinweise oder Zeugenaussagen?« Der Junganwalt hatte einen Punkt verloren, gab aber noch nicht auf.

Correiras Assistent zählte fast schon gelangweilt auf. Sie konnten belegen, dass Dolf ziemlich betrunken war, sie hatten die Aussage des Barmanns, Juan Almírez. Dass Dolf nach der Aussage der Gastgeberin recht bedrückt und unkonzentriert war. *Frustriert* kam auch in der Aussage von Zuela Tucker vor, die hatten sie telefonisch befragt. Zuela hatte Dolfs Zustand als *frustbetrunken* beschrieben. »Aufgebracht und außer sich« lautete die Formulierung von Xavier Gutiérrez. Das war der blonde Teil des Transvestitenpärchens, dessen dunkler Teil sich gerade davongemacht hatte, um sich eine Spritze zu setzen – kein Wunder, dass der Typ sauer war, fand Dolf. Er hatte den Faden verloren.

Der Assistent las aus den Unterlagen vor. »Hat die Geschädigte auf ihrer Terrasse angetroffen, weiter konsumiert, es kam zu einvernehmlichem GV, daraufhin …«

»Das können wir abkürzen, ich hab die Protokolle gelesen.« Der Anwalt winkte ab. War das Jüngelchen etwa prüde? Hier ging es um Dolfs Kopf. Es war wichtig, dass wenigstens sein Anwalt die Übersicht behielt!

»Wann und in welchem Zustand haben Sie die Geschädigte verlassen?« Correira war bei der entscheidenden Frage angekommen, die Dolf sich selbst unablässig stellte und auf die er keine Antwort hatte. »Keine Ahnung. Rose hat wohl geschlafen, und ich bin direkt nach Hause.«

»Zeugen?« Der Junganwalt klang nicht hoffnungsvoll. Wahrscheinlich kannte er die Anwort schon aus den Unterlagen.

»Nur Entgegenstehende. Der Beschuldigte ist nicht vor zwei Uhr dreißig auf dem Heimweg gesehen worden. Für die vermutliche Tatzeit hat er keine Erinnerung.«

»Dann ist das der Grund, warum mein Antrag auf Haftverschonung abgewiesen wurde. Ich verstehe.« Der Anwalt notierte sich irgendetwas.

»Und was heißt das jetzt?« Dolf hatte den Eindruck, dass gerade etwas Wichtiges entschieden wurde, er wusste bloß nicht, worum es ging.

»Jetzt sind wir auf dem Laufenden. Jetzt haben wir alle den gleichen Wissensstand. Passen die Spuren zu dieser Darstellung?« Das war vom Anwalt an die Ermittler gefragt.

»Im Großen und Ganzen, ja.«

»Ungeklärter Verbleib über fast drei Stunden und eine Erinnerungslücke, das ist alles, was Sie haben?«

Correira nickte.

»Das wird nicht reichen.«

»Wir stehen ja auch ganz am Anfang.«

»Wann wollen Sie weitermachen?«

»Heute Nachmittag.«

»Das kann ich einrichten.«

Dolf wurde gar nicht erst gefragt.

»Also: Erzählen Sie – was ist passiert?«

Es war wie in einem billigen Zeitraffer-Film. Sie saßen zu viert im selben Besprechungsraum, drei Stunden später. Vor Dolf stand das Aufzeichnungsgerät, vor dem Assistenten leuchtete matt der Laptopmonitor. Nur die Sitzordnung hatte sich verändert, Dolf saß mit dem Rücken zur beige-gelben Wand. Vor dem Fenster glühte die Nachmittagssonne.

»Aber das hab ich doch schon tausendmal.«

»Noch einmal. So lange wir zuhören, können Sie erzählen.«

Wieder fing Dolf bei der Party an. Wie geladen er war, als er wegging. Wie er auf Roses Avancen einging, auch aus Frust. Wie er noch frustrierter wurde, als es nicht klappte.

»Weil Sie keine Erektion hatten?«

»Einspruch: Suggestivfrage.«

»Ich war sauer, das stimmt. Aber nicht, weil ich keinen hochgekriegt habe, das war … nicht mein Problem. Rose ist ungeduldig geworden, … böse, ausfällig …«

Der Assistent war zu schnell. »Und da …«

Der Anwalt hob nur einen Finger.

»Ich hab sie gepackt und gewürgt. Sie hat gekeucht, geröchelt.«

Es gab eine lange Pause.

»Aber sie war nicht tot.«

»Sind Sie sicher?«

Schweigen.

»Können Sie mit Sicherheit angeben, dass Rose Tucker noch gelebt hat, nachdem sie von Ihnen gewürgt worden ist?«

Er konnte nicht sicher sein. Er hatte keine Erinnerung daran, wie Rose danach aussah, wo sie zusammengebrochen war oder gelegen hatte. Er konnte sich den Kopf zermartern, wie er wollte.

»Sollen wir eine Pause machen?« Correira half ihm aus der Patsche.

»Sehr gern.«

»Okay.« Correira sprach die Uhrzeit auf das Band und stellte die Aufzeichnung ab. Sie und ihr Assistent standen auf. »Kaffee?« Die beiden gingen hinaus.

Eine Sekretärin brachte auch Dolf und seinem Anwalt zwei Becher. Dolf griff begierig danach, der Anwalt trank nicht, sondern drehte nur den Pappbecher in den Händen.

»Was kann ich sagen?«

»Was Sie wissen. Oder was Sie die Polizei glauben machen wollen.«

»Glauben *Sie* mir denn, dass ich es nicht weiß?«

Der Anwalt sah Dolf lange an. Dann zuckte er die Achseln, neigte den Kopf. »Ja.« Seine Mimik hätte eher zu »Nein« gepasst.

»Kann das hier eine Falle sein? Zeichnen die heimlich auf?«

»Nein. So etwas dürften die vor Gericht gar nicht verwenden. Sprechen Sie oder schweigen Sie, das liegt ganz bei Ihnen.«

»Ich weiß es doch verdammt nochmal selber nicht!«

»Es gibt eine kleine Chance. Wenn Correira eindeutige Indizien hätte, wäre Sie Ihnen längst damit gekommen. Bisher können die Ihnen nur GV mit dem Opfer nachweisen und dass Sie keine Erklärung für die Zeit von Mitternacht bis halb drei Uhr früh haben. Das reicht für eine Verurteilung keinesfalls aus. Das weiß die Correira auch.«

»Was wird also passieren?«

»Die werden Sie weiter verhören.«

»Auch wenn ich keine Erinnerung habe?«

»Eine Tötung ist ein schweres Trauma, das erklärt Ihnen jeder Psychologe. Dass der menschliche Geist dabei und danach verdrängt, verschiebt und löscht, ist völlig normal.«

»Also soll ich besser schweigen?«

»Solange Sie bei der Wahrheit bleiben, kann Ihnen nur passieren, dass herauskommt, was tatsächlich geschehen ist.«

Dolf nickte in dunklen Gedanken.

»Wenn ich vermuten müsste: Sie haben das nicht getan, Tschirner. Sie glauben das doch selbst nicht. Also bleiben Sie kooperativ, beantworten Sie alle Fragen nach bestem Wissen. Sobald Correira an den Punkt kommt, dass sie Sie festnageln kann, wird sie mich anrufen.«

»Sie bleiben nicht hier?«

»Bis dahin halt ich mich raus – außer Sie bestehen auf meiner Anwesenheit. Okay?«

»Also lassen Sie mich alleine?« Gerade hatte Dolf angefangen, die Gegenwart des Junioranwaltes hilfreich zu finden.

»Noch ist nichts passiert. Noch kann man Ihnen nichts nachweisen, Tschirner. Die Untersuchung ist lange nicht abgeschlossen.«

Der Anwalt brach auf. Den Polizisten vor der Tür bat er, hereinzukommen und auf Dolf aufzupassen.

Abends fingen Correira und der Assistent wieder an.

»Also: Wie war das nochmal? Was ist passiert, nachdem Sie von Mrs Whelbys Party weggegangen sind?«

Am Mittwochvormittag glaubte Dolf, sich daran zu erinnern, dass die Victoria-Statue neben dem Fernseher gestanden hatte.

»Wie sah sie aus?«

»Golden, ein Engel mit ausgebreiteten Flügeln.«

Der Assistent machte sich Notizen. »Schwer?«

»Sehr schwer, wie eine Bowlingkugel.« Der Assistent legte seinen Stift weg, Correira seufzte unwillig.

Am Mittwochnachmittag sah Dolf zum ersten Mal die Statuette in seiner Hand.

»In der rechten Hand?«

»Sicher, ich bin Rechtshänder.«

Am Donnerstag wurde er nicht zum Verhör geholt. Er hoffte, dass es Donnerstag war, er konnte es nur vermuten. Dolf brachte die Tage durcheinander. Und er vertraute nicht allem, was die Wärter ihm sagten. Es gab nur einen Wärter, dem er glaubte, dem sympathischen jungen Mann. Aber der andere, ein alter mürrischer, war ein fieser Typ, immer hatte er eine Beleidigung auf den Lippen. Dolf glaubte, dass er an seinem Essen herumfummelte, es sah aus, als ob jemand darin herumgestochert hätte. Wahrscheinlich bildete Dolf sich das alles nur ein. Es gab auch eine Wärterin. Kuhäugig und lahm, immer mit angeekelt verzogenen Mundwinkeln und ohne ein Wort zuviel, zumal kein freundliches Wort.

Am Freitag sah er die Statue blutig in seiner Hand, sie hatte einen abgeknicken Flügel.

»Welcher, der rechte?«

Dolf schloss die Augen und versuchte, sich die Blechfigur in Erinnerung zu rufen. In seiner Vorstellung drehte er sie in seiner Hand. Aber zugleich war die Stautette in Zellophan verpackt wie ein billiger Blumenstrauß.

»Der linke.«

Der Assistent notierte. »Den Engel haben Sie in der Hand?«

»Er ist blutig, blutverschmiert.«

»Wo kommt das Blut her?«

»Aus Roses Mund. Denke ich zumindest.«

»Wollen wir eine Pause machen?« Correira nickte unzufrieden. Dolf hatte wieder einmal eine falsche Antwort gegeben.

Am Freitag um die Mittagszeit sah er Roses blutverschmierte Haare vor sich. Schweinchenrosa Tropfen glitzerten auf winzigen lilagrauen Locken; die Farben erinnerte Dolf an Zuckerguss auf einem Törtchen oder an eine Tüte Bonbons. Dolf war abgelenkt durch das Süßzeug und die künstlichen Farben. »Am Scheitel.« Doch die Angabe ging anscheinend daneben. Und sein zuckriges Lächeln passte sicher auch nicht.

Am Freitagnachmittag tauchte der Anwalt wieder auf. War etwas passiert? Dolf legte jedenfalls ein umfassendes Geständnis ab. Er hatte Rose gewürgt, sie hatte ihn beschimpft und gehänselt, sie hörte nicht damit auf, ließ sich nicht zum Schweigen bringen. Inzwischen zog er sich bereits an, aber selbst dabei beschimpfte sie ihn, weil er mit seiner Prothese nicht gleich in die Smokinghose kam, wie ungeschickt er sich anstelle, schließlich griff er nach dem Erstbesten, was er finden konnte, packte die Victoria vom Schrank beim Fernseher und zog sie Rose über den Schädel, von hinten, auf den Hinterkopf. Sie brach zusammen, blieb leblos liegen. Er kleidete sich vollständig an und verließ das Haus, so rasch er konnte. Sie lag mit den Füßen halb im Wohnzimmer, erinnerte sich Dolf.

Mehr wusste er nicht zu sagen. Schweigen trat ein. Nur das rote Lämpchen am Aufnahmegerät blinkte lautlos.

Der Anwalt räusperte sich. »Passt das zu Ihren Erkenntnissen?«

Correira hob die Achseln. »Genau genug. Nicht exakt. Wir werden sehen.«

»Haben Sie die Kleidung meines Klienten untersucht?«

»Bereits Anfang der Woche.«

»Und? Ich finde hier keinerlei Hinweise in meinen Unterlagen.«

»Eben.« Wieder ein Achselzucken der Inspektorin.

»Andere Spuren? Fingerabdrücke?«

Die Inspektorin schwieg und legte den Kopf schief.

»Also haben Sie nichts.« Der Anwalt sah aus, als wäre er gerade dabei, seinen ersten Fall zu gewinnen. Oder er übte für den Honigkuchenpferd-Wettbewerb. Sein Grinsen war jedenfalls Weltklasse. Dolf wusste es nicht zu schätzen. Er war einfach nur müde.

»Wir haben jede Menge.« So leicht gab der Assistent nicht auf.

»Noch nicht genug.« Correira fasste ihren Kollegen am Arm, hielt ihn vom Weitersprechen ab und packte ihre Unterlagen zusammen. Dolf wurde abgeholt und in seine Zelle gebracht.

Am nächsten Morgen gab es statt Frühstück Besuch. Der freundliche junge Wärter drehte rasselnd den Schlüssel im Schloss, stemmte die Stahltür auf und kam herein. »Kommen Sie! Packen Sie Ihre Sachen!«

Dolf stutzte. Wurde er verlegt?

»Sie sind entlassen.«

Wieder einmal hatte er einen Anruf frei. Dolf wählte Santes' Nummer.

»Kannst du mich abholen?«

»Selbstverständlich.«

Sie gaben ihm seine Sachen zurück – Brieftasche, Gürtel, Hosenträger, Kleingeld, er musste nachzählen und quittieren; sie schärften ihm ein, dass er die Provinz bis auf Weiteres nicht verlassen durfte und dass er sich darauf einstellen müsste, jederzeit wieder zu einem Verhör abgeholt zu werden. Aber schließlich hatte er seinen Gürtel eingefädelt, sein Päckchen gewickelt und unter dem Arm. Er war bereit. Gerade als er sich vom Tresen der Verwahrstelle abwandte, kamen zwei Polizisten herein. Sie führten einen schmalen dunkelhäutigen Jungen zwischen sich, den sie stützen mussten. Der junge Mann sah schwer angeschlagen aus, sein Nacken glänzte blutig oder verschorft. Dolf meinte das T-Shirt zu erkennen. Doch Shirts mit Marleys orangegrünem Scherenschnitt gab es sicher unzählige. Er verscheuchte den Gedanken und ließ sich durch Doppeltüren und Tore aus Drahtverhau führen.

Draußen blendete ihn die Sonne. Es war später Vormittag. Dolf stand auf dem Parkplatz hinter dem Polizeirevier. Santes kam mit offenen Armen auf ihn zugelaufen. »Dolfo, meine Güte!«

Er presste sie an sich wie ein Ertrinkender einen Rettungsring packt.

»Vorsicht, nicht so fest.«

»Oh, verzeih.« Er hatte ihre OP vergessen. Hielt sie auf Armlänge.

Sie sah phantastisch aus, zerzaust, besorgt und herrlich lebendig. »Du siehst schrecklich aus.«

»So fühle ich mich auch. Bringst du mich hier weg?«

»Nichts lieber als das.«

Santes fuhr. Unter ihrem rechten Ohr klebte ein längliches Pflaster. »Haben die am Gesicht auch was gemacht? Oder ist dem Chirurg das Skalpell ausgerutscht?«

Santes war nicht zum Lachen zumute. »Das war ein Jugendlicher, nicht viel älter als fünfzehn, der für Vicente Lagrado arbeitet, sagt er.«

Dolf begriff nicht. »Für wen?« Er lachte hell auf.

»Für *el Lagarto*. Der Junge sagt, du schuldest seinem Boss achtzehntausendzweihundertfünfzig.«

Dolfs munteres Lachen blieb ihm im Hals stecken. »Was ist passiert?«

»Er hat mich vor der Wohnung abgefangen. Er wusste genau, wie alles zusammenhängt. Und er hat zwölfhundertfünfzig verlangt. Auf der Stelle.«

»Verdammt.«

»Den Kratzer hat er mir nur verpasst, um klarzumachen, dass er es ernst meint.«

Dolf nickte und schluckte.

»Ich hab sie vom Konto abgehoben. Ging gerade so.«

Dolf starrt sie grübelnd an. Seine Geldschwierigkeiten hatte er während der letzten vierzehn Tage komplett verdrängt.

»Tut mir leid. Es war nicht geplant, dich da mit hineinzuziehen.«

»Jetzt bin ich jedenfalls drin. Aber die nächsten zehn Tage hast du erst mal Ruhe.«

46

Dolf wunderte sich, als sie in den Kreisverkehr an der Landstraße einbogen und auf die Siedlung zufuhren. Peps Platz im Portiersbungalow war nicht besetzt.

Santes setzte Dolf vor seinem Häuschen ab und verabschiedete sich rasch. Ewig konnte sie ihre Mittagspause nicht ausdehnen.

Nach einer ausgiebigen Dusche und nachdem er die Post, die er in seinem Haus und auf seinem Schreibtisch gefunden hatte, aussortiert und bis auf einzelne Rechnungen weggeworfen hatte, führte Dolfs erster Gang zu Lynns Villa.

Auf sein Klingeln öffnete ihm eine Reinemachefrau. Sie wirkte geschäftig, hatte es jedoch nicht eilig. Das Haus war leergeräumt. Staubige Areale zeigten an, wo Möbel gestanden, helle Flächen auf dem Parkett, wo Teppiche gelegen hatten. War Lynn ausgezogen? Die Putzkraft sah mitteleuropäisch aus, doch sie sprach nur wenige Brocken Spanisch. Dolf vermutete, dass sie aus Rumänien kam, aber er war sich nicht sicher. Jedenfalls konnte er aus der flachsblonden wortkargen Frau nicht herausbekommen, wohin die Baroness verschwunden war. Sollte er Drench anrufen? Oder gleich bei ihm vorbeifahren? Der Siedlungsvorsitzende würde es auf jeden Fall wissen. Dolf stand noch unschlüssig herum, als er durch die offenstehende Terrassentür einen dumpfen Bassbeat zu hören meinte.

Tatsächlich: Am unteren Ende des Anwesens stand, hinter Bougainvilleen verborgen, ein schmaler, geduckter Geräteschuppen. Dort packte Ghaansha seine Siebensachen zusammen. Gerade war er dabei, seine australische Schafschere einzufetten und in einen Lappen zu wickeln. Sehr sorgfältig und sehr gründlich. Der Sound dazu kam aus einem Lautsprecher, der mit dem Handy des Jamaikaners verbunden war.

»Dolf, Bro, altes Haus!« Der Reggaemann begrüßte Dolf wie einen Ureinwohner der Karibik-Insel, mit Daumen-Faust-Abklatschen und einem angedeuteten Schulterklopfen. Ghaansha schien in Redelaune zu sein, er nestelte eine selbstgedrehte Kippe hinter dem Ohrbügel seiner papiernen Sonnenfinsternisbrille hervor und steckte sie an.

Auf Dolfs sämtliche Fragen hatte Ghaansha eine ausführliche Antwort.

Lynn hatte ihr Haus tatsächlich Hals über Kopf verkauft, aber anscheinend einen ordentlichen Preis erzielt. Zu den Gründen für ihren hastigen Aufbruch konnte oder wollte Ghaansha nichts sagen. Von der Belastung des Bodens in der Siedlung wusste er jedenfalls nichts, wie Dolf rasch herausfand.

»Die Stimmung war irgendwie ungemütlich geworden. Lynn hat sich nie besonders wohl gefühlt in der Siedlung, aber das weißt du selbst am besten!«

Das war Dolf neu. Nach seiner Beobachtung aalte sich Lynn Whelby in ihren Sommern in der Siedlung so putzmunter und pudelwohl wie eine Prinzessin. Wie die Baroness in ihrem Chateau.

»Haben die sich gestritten, Lynn und der Boss?«

»Das auch. Er hat ihr sogar gedroht.«

Dolf musste schmunzeln. Drench sollte der Baroness gedroht haben? Das konnte er sich beim besten Willen nicht vorstellen.

Doch Ghaansha sprach nicht vom Siedlungsvorsitzenden. Er raunte etwas von einem Oberboss. Nach der Beschreibung,

»ein Schrank von einem Kerl, dünne weiße Haare, fieser Ton am Leib …«, erkannte Dolf Xavierra, obwohl Ghaansha dessen Namen nicht wusste. Demnach waren Lynn Whelby und Xavierra in einen lautstarken Streit geraten, Lynn hatte gedroht, dass sie entweder ihr Geld zurückbekomme oder ihn auffliegen lasse. Einige Tage nach ihrer Party musste sie klein beigeben. »Wobei sie das nie so sagen würde, du kennst sie ja.«

»Also war der Streit vor ihrem Fest?«

»Ja, sicher.«

»Und nachgegeben hat sie erst hinterher?«

»Mhm.«

»Erst nach der Sache mit Rose Tucker.«

Der Jamaikaner nickte. Obwohl er zwischen den beiden Ereignissen keinen Zusammenhang sah. Dolf schon. Langsam beschlich ihn der Verdacht, dass der Mord an seiner rundlichen Freundin viel weniger zufällig und unglücklich gewesen sein konnte, als er bisher geglaubt hatte.

»Ganz blöde Sache. Die haben jetzt Trido verhaftet. Hast du schon gehört?« Ghaansha blies grübelnd Rauch aus.

Trido war der junge Guineer aus dem Kral auf der anderen Seite des Tals. Dass der schmale junge Mann nichts mit dem Tod von Rose Tucker zu tun hatte, dafür legte Dolf seine Hand ins Feuer. Andererseits konnte ihn die Polizei nicht allein deshalb festnehmen, weil er die Tote gefunden hatte.

»Was haben sie gegen Trido in der Hand?«

Ghaansha grinste breit. »Ging nicht um die Hand. Trido hat seinen Abdruck in der Toten hinterlassen.«

Dolf hatte keine Ahnung, was der Jamaikaner damit meinte.

»DNS. Trido war am Abrollen in der Nacht.«

»Das kann nicht sein. Ich hab ihn abends noch gesehen. Er stand hier vor dem Haus.«

»Da war er noch da. Oder schon zurück. Trido macht nicht lange rum.« Ghaansha zog genüsslich an seinem Joint.

Dolf konnte und wollte das nicht glauben. Aber es war möglich. Und es erklärte, warum Dolf selbst den Eindruck gehabt hatte, Rose sei schon im Bett gewesen, nackt und verschwitzt, wie sie dort auf der Terrasse gesessen hatte. Dolf schob den Gedanken weg, vielleicht verzog er sogar angewidert das Gesicht.

»Komm schon, Alter, tu nicht so, als ob du über so was erhaben wärst! Meinst du, ich weiß nicht, mit wem du alles zugange warst?« Ghaansha schnippte seinen Stummel weg. »Und er als Poolboy kann einen kleinen Nebenverdienst noch viel besser gebrauchen!«

Das war es also, was Correira und ihre Leute dem Guineer vorwarfen. Er musste in der Nacht von Roses Tod mit ihr zusammen gewesen sein. Kurz bevor Dolf auf der Bildfläche erschien…

47

Pep war jetzt auf seinem Posten. Dolfs Abwesenheit schien ihm gutgetan zu haben, er wirkte in seinem Element, er trat auf wie der Chef. Dolf war es recht. Bis er nicht völlig entlastet war, hatte er andere Sorgen, als einen übermotivierten Aufpasser zu bremsen. Die Siedlung konnte jede Menge Schutz vertragen.

»Drench bittet dich, bei ihm vorbeizuschauen, bevor er weg ist.«

»Wollte ich sowieso. War gerade auf dem Weg.« Dolf hörte nur mit halbem Ohr hin. Er hatte ein Anliegen an Pep. Er wollte, dass Pep die Nummern der Autos durchging, die am Abend von Lynns Fest in die Siedlung eingefahren waren. Er wusste, dass die Polizei mit Peps Hilfe eine Liste der Nummern angefertigt hatte. Hatte Pep zufällig eine Kopie davon gemacht?

»Brauch ich nicht. Alles hier drin.« Pep stieß sich den Zeigefinger so heftig gegen die Stirn, dass sein Nagel eine sichelförmige Druckstelle hinterließ.

»Gut. Sind irgendwelche Nummern dabei, die nicht von hier sind, nicht aus der Provinz?« Dolf wusste, dass die meisten von Lynns Gästen mit Flugzeug, Schiff oder Helikopter angereist waren.

»Da gab es sieben; zweimal Portugal, einmal Frankreich. zweimal Málaga, Valencia, Madrid. Haben die Bullen überprüft. Gäste der Baroness. Die Namen hab ich hier irgendwo aufgeschrieben. Die waren angemeldet.«

Sonst gab es keine Kennzeichen von außerhalb der Provinz.

»Mietwagen?«

»Sicher eine ganze Masse. Aber wie wollen wir die feststellen?«

Da hatte Dolfs altkluger Mitarbeiter ausnahmsweise einmal recht: Mietwagen hatten in Spanien keine besonderen Kennzeichen.

Dolf parkte vor dem Haus des Siedlungsvorsitzenden und stieg aus. Der Vorgarten wirkte seltsam aufgeräumt, irgendetwas war nicht am Platz. Dolf klingelte. Die Rasenfläche, kurzgeschoren und saftgrün, gähnte leer – die kleine Parkbank fehlte, genau wie der grimmige Gartenzwerg, der üblicherweise Drenchs wie mit der Schnur gezogene Rasenkante zum Nachbargrundstück überwachte. Drench selbst öffnete die Tür in einem gepäckpapierbraunen Arbeitskittel, der ihm nur bis zu den nackten Knien ging. Er hatte ein dick eingestaubtes Buch in der Hand und pustete es in seinen Vorgarten sauber. »Was sich in dieser Hitze alles ansammelt!«

Dolf machte die Begrüßung so knapp wie möglich und kam auf sein Anliegen zu sprechen. Hatte Drench irgendwelche Aufzeichnungen über die Besucher in der Nacht von Lynn Whelbys Fest? Drench verneinte unwillig. Er hatte keine Zeit für so was, er musste packen.

Dolf horchte auf. Hatte Drench sein Haus etwa verkauft, wie die Baroness?

»*No way!*« Drench starrte ihn entgeistert an. Wer sprach von verkaufen? War Dolf verrückt geworden? Niemals würde der Vorsitzende dieses Fleckchen Erde verlassen.

»Aber Sie packen oder etwa nicht?«

»Ach das!« Drench brachte ein tonloses Auflachen zustande. »Das ist nur für ein paar Tage.« Drench musste für eine oder zwei Wochen nach England zurück, eine Familiensache, und machte »nur für alle Fälle« sein Haus heute schon winterfest.

Dolf glaubte ihm kein Wort.

Drench war so ziemlich der einzige Engländer, zusammen mit den Callums, der ununterbrochen fast das gesamte Jahr über in der Siedlung lebte. Die meisten gingen im Winter, um Weihnachten und Neujahr herum, für ein paar Wochen zurück auf die Insel. Drench nicht.

»Wäre wahrscheinlich auch schwierig, im Augenblick zu verkaufen«, vermutete Dolf listig. Wie viel hatte Drench wohl von der Bodenbelastung des Untergrunds weitergegeben?

»*Easy as pie.*« Drench tat völlig unbeschwert. »Es gibt jede Menge Leute, die nur darauf warten, dass ein Haus frei wird.« Der Eigentümerverein führe eine Liste von Interessenten. Ein Anwesen zu verkaufen sei nie ein Problem. Gerade Drenchs Landsleute interessierten sich brennend für CaCá. »In der Theorie, selbstverständlich, schließlich gibt's ja kein Angebot, nicht wahr?« Drench hatte sich in Begeisterung geredet, bemerkte es und schien sich bremsen zu wollen. Das Haus der Callums zum Beispiel sei so gut wie verkauft. Und sobald die Behörden das Tucker-Haus freigäben, ginge das sicher auch rasend schnell weg. Die Einwilligung der Erbengemeinschaft von Rose Tucker hatten sie bereits. Dolf schluckte. Drench war wirklich zielstrebig bei der Sache.

»Was sagen die anderen Eigentümer? Sind die alarmiert?«

»Alarmiert? Worüber denn?« Drench fixierte Dolf intensiv. »Gibt es irgendetwas, was ich als Vorsitzender der Eigentümerversammlung *offiziell* zur Kenntnis nehmen müsste?«

»Unsere Unterhaltung am Wasserspeicher zum Beispiel. Ich hab Ihnen angekündigt, dass ich mich an die Eigentümer wende.«

»Wenn Sie das machen, Churner, verklagt Sie die Baroness von hier bis Jerusalem. Und wenn nicht Lynn, dann meine Logenbrüder. Diese Unterhaltung hat *niemals* stattgefunden, Churner.« Drench war weitaus skrupelloser, als Dolf ihn eingeschätzt hatte.

Dolf ruderte zurück. Mit offenen Drohungen kam er hier nicht weiter. »AnnFrida Beringsen macht sich Sorgen. Sie behauptet sogar, Sie, Norman, hätten bereits unter der Hand verkauft. Was sagen Sie der?« Es war ein billiger Bluff.

Drench fiel nicht darauf herein. »Die tüttelige Alte hat irgendwas in den falschen Hals gekriegt.«

Dolf sah das skeptischer. Nach seinen letzten Erfahrungen wusste er, dass AnnFrida nicht so leicht zu übertölpeln war. Dennoch war es mit Händen zu greifen: Drench wollte sein Haus ohne Aufsehen heimlich verscheuern und die anderen Siedlungsbewohner über die Verseuchung des Untergrundes im Dunkeln lassen.

»Was sagen Sie zu Lynns Abgang?« Wie würde Drench den hastigen Aufbruch der Baroness erklären?

Drench hielt sich bedeckt. Den Verkauf ihres Anwesens hatte Lynn ihren Anwälten überlassen. Nach allem, was Drench wusste – oder zu wissen vorgab –, war ihre Villa von einer Immobilienfirma übernommen worden, um sie zu vermarkten. Sobald die neuen Eigentümer auftauchten, würde Drench sie freundlich begrüßen. Er schien auf jede Frage eine Antwort zu haben.

Drench und die Baroness konnten gut miteinander, diesen Eindruck hatte Dolf stets gehabt. Sie handelten die Geschicke der Siedlung mehr oder weniger unter vier Augen aus. Steckten die beiden etwa unter einer Decke? Wollten sie sich heimlich davonmachen?

Drench komplimentierte Dolf hinaus. Die Fassade des Siedlungsvorsitzenden war nicht zu knacken. Dolf brauchte jetzt dringend einen Plan.

Im Briefkasten seines Siedlungshäuschens fand er einen zerdrückten Umschlag, handschriftlich an ihn addressiert, aber ohne Marke. Jemand hatte ihn bei ihm eingeworfen. Im Umschlag steckte eine Papierserviette, wie aus einem der Spender, die auf jedem Tresen herumstanden. Und eine Locke dunkelbraunes Haar. Es sah dunkler aus, als Dolf Santes' Haare in Erinnerung hatte, und sie hatte auch nichts davon erzählt, dass der Junge ihr beim Überfall eine Locke abgeschnitten hatte. Aber dennoch hätte Dolf geschworen, dass die Haare vom Kopf seiner Schwiegertochter stammten. Auf der Serviette stand nur ein Datum, drei Tage später. Dann würden wieder zwölfhundert Euro fällig sein. Das war Dolf schmerzlich bewusst; zugleich hatte er keine Ahnung, woher er das Geld nehmen sollte. Er warf den Umschlag und die Serviette in den Müll.

48

Später am Vormittag lenkte Dolf seinen auffälligen Wagen nach Cartagena und auf der anderen Seite wieder aus der Stadt hinaus. Er parkte ihn am Rand von *Lo Campano*, vom Kreisverkehr aus gut sichtbar. Die letzten Meter ging er zu Fuß. Dabei streifte er seine Jacke von der Schulter. Der leichte dunkle Blouson musste einst zu einer Wachmann-Uniform gehört haben. Jedenfalls hatte Dolf ihn am Garderobenhaken im Portiersbungalow abgegriffen.

Dolf schob den Ärmel über sein linkes Handgelenk, zog die Faust aber nicht heraus, sondern wickelte sich den dünnen Stoff um seine Handfläche und den linken Unterarm; der Blouson mit seinem Kunstseidefutter ergab einen weichen Wickel. Dolf walkte ihn mit den Fingern. Hauptsache, er konnte durch die Stoffschichten hindurch gut greifen. Die Hand mit dem Wickel hielt er wie in die Hüfte gestützt hinter seinem Rücken verborgen.

Wie erwartet kam der junge Helfer des Geldverleihers an die Tür. Er schien nicht überrascht zu sein. Wahrscheinlich gab es nicht viel, was den Jungen erstaunte.

Dolf rückte dem Kerl ohne Vorwarnung auf die Pelle, baute sich dicht vor ihm auf und bedrohte ihn mit ausgestrecktem Zeigefinger. Die Vorderkante des Fingernagels, wenige Millimeter vor der Pupille, drückte beinahe ins Auge. »Hör mir genau zu, *chico*!«

Der Junge zuckte nicht zurück, bewegte sich kaum, sondern griff schlangengleich mit einem Arm hinter sich und zog sein Messer aus dem Hosenbund. Dolf war vorbereitet, packte mit der blousongeschützten linken Hand die Klinge und wand sie dem Jungen aus der Faust. »Damit sollst du keine Haare schneiden, kapiert?«

Der Junge machte große Augen. Als ob er keine Ahnung hätte, worum es Dolf ging. Im nächsten Augenblick ließ er sich zu Boden fallen, um sich wegzuducken und durch die Tür zu entwischen. Aber Dolf hatte ihn schon am Kragen, presste den schmalen Burschen mit dem Gesicht zur Mauer und drehte ihm die Handgelenke auf den Rücken. Der Junge war so dünn, dass Dolf beide Handgelenke mit einer Faust packen konnte – und sie hoch über den Kopf des Kerls nach oben riss. In dieser Haltung, Dolf mit den weit über die Schultern verkrampften Händen des gebückten Jungen in der einen, das Messer in der blousonumwickelten Faust in der anderen Hand, stolperten sie die Treppe hinab in den ehemaligen Waschkeller. Das Licht war düster und diffus wie beim ersten Mal. Dolf kniff die Augen zusammen und verharrte einen Augenblick am Eingang. Den Kredithai an seinem Schreibtisch am anderen Ende des Raumes konnte er kaum erkennen, nicht einmal den Tisch. Dafür spürte er einen heftigen Druck wie von einem körperwarmen Eisenstab an seiner linken Schläfe.

Die Stimme dazu kam heiser und energisch aus einem Mund direkt neben Dolfs Ohr. »Lass den Kleinen los.«

»Hatte ich ohnehin vor.« Dolf schubste den Jungen weg, der zu Boden taumelte, aber sofort wieder auf die Beine kam und Dolf böse anstierte. Dolf warf ihm sein Messer hin. Der Junge hob es auf und stürmte damit bedrohlich auf Dolf zu, baute sich vor ihm auf, wartete ab.

Dolf hatte wenige Optionen. Er war viel zu wütend, um auf den Jungen oder die Waffe an seiner Schläfe zu achten. Er war geladen bis unter die Schädeldecke. »Und jetzt? Stichst du mich ab, oder was?«

Der Junge suchte den Blick des Typen neben Dolfs Ohr. Fand keine Antwort.

»Dann gibt es aber gar kein Geld, richtig?«

Der Junge überlegte.

»Richtig.« Das war die Stimme des Geldverleihers. Sie klang gelangweilt. Dolf konnte nicht sehen, wo er war. Dann erkannte er, dass Lagrado inzwischen an seinem gewohnten Platz am Schreibtisch lehnte. »Haben wir hier irgendein Problem?«

Dolf verstand das als Gesprächsangebot, drehte sein Gesicht weg vom Pistolenlauf an seiner Schläfe und trat einen Schritt in den Raum hinein. Der Junge glitt beiseite.

»Ich mag es nicht, wie ihr Geschäfte macht. Wann ich bei euch Schulden habe, dann treibt ihr die bei *mir* ein. Aber meine Leute lasst ihr aus dem Spiel. Sonst werde ich böse.«

»Warum knallen wir dich nicht einfach ab?« Der Typ an der Tür mit der Waffe konnte anscheinend auch lauter sprechen.

Dolf dreht sich zu ihm herum. »Ihr wollt was von mir, nicht umgekehrt. Vergiss das nicht.« Er wandte sich wieder an den Geldverleiher oder besser an den halbdunklen Raum im Allgemeinen. »Wenn ihr irgendjemand außer mir angeht, bin ich raus.«

»So läuft das nicht.«

»Das werden wir sehen.« Dolf hatte nicht vor, seine Empörung zu zügeln oder zu verbergen.

»Ihr wart nicht greifbar. Das müsst Ihr verstehen.« Ließ sich *el Lagarto* etwa auf Verhandlungen ein? Er klang kompromissbereit.

»Ich muss hier gar nichts. Ich hab bekommen, was ich gewollt hab. Jetzt braucht ihr was von mir. Schlitzt mir den Arm auf, knallt mich ab, macht mit mir, was ihr wollt – die Einzigen, denen ihr damit schadet, seid ihr selbst.«

Dolf hatte bei der Insolvenz seiner Eisfabrik mit mehreren Banken über Millionenschulden gefeilscht. Er würde sich von einem windigen Krokodilimitator nicht den Schneid abkaufen lassen. Er hatte eine Stinkwut. »Sonst noch irgendwas, was wir hier besprechen müssten?«

Der Geldverleiher winkte ab. »Sorgt einfach dafür, dass ich pünktlich mein Geld zurückkriege. Dann ist alles gut.«

Das verstand Dolf als Angebot für einen um Längen besseren Abgang als befürchtet. Rasch drehte er sich um und beeilte sich, aus dem Kellerloch herauszukommen.

Später am Abend, nachdem er in einer Flasche Weißwein Rat gesucht und Trost gefunden hatte, schrieb Dolf einen Brief in seinem besten Englisch. Er adressierte ihn an *Conzuela Tucker-Velazquez, Ph. D. – persönlich.* Er erinnerte sie an die angenehme Unterhaltung, die sie auf Lynns Gartenfest geführt hatten, schilderte seine Geldschwierigkeiten, betonte dabei, dass es sich um einen einmaligen Engpass handele, und bat sie herzlich um ein Darlehen, gerne auch langfristig, in Höhe von achtzehntausend Euro, zwanzigtausend US-Dollar. Dolf unterschrieb, faltete den Bogen hastig zusammen, schob ihn in einen Umschlag und klebte die Lasche zu, bevor er es sich anders überlegte.

Am Morgen würde er an Peps Computer die Adresse von Zuelas Galerie in Manhattan heraussuchen lassen.

49

Für sein Treffen mit dem Schichtführer der Wachleute war Dolf viel zu früh dran. Also ließ er sich Zeit damit, in den schmalen Gassen der Altstadt einen legalen Parkplatz zu suchen, fand sogar einen kostenfreien und betrat dennoch mehr als eine Stunde vor der Zeit die *Bar Nicolás* direkt am Eingang der Fußgängerzone. Der Gastraum bestand aus einem unregelmäßig geformten, zwei Etagen hohen schmalen Flur. An den Wänden lagerten Weinflaschen, bis unter die Decke gestapelt. Deren Etiketten verschwammen unleserlich vom Staub der Jahre. Die Bar brüstete sich, die älteste der Stadt zu sein. Ihre Weinbestände waren es mit Sicherheit. Vorne am Eingang von der *Calle del Carmen* verengte sich die Bar, dort drängelten sich lärmend Leute aller Schichten in Gruppen und Cliquen herum, Müllfahrer in grellorangenen Arbeitsoveralls verschnauften genauso wie höhere Töchter und deren Mütter in eleganten Blusen und Kostümen samt Trophäen – bündelweise Einkaufstüten.

Nach hinten gab es einen Durchgang zu einem geräumigen Hinterhof, wo unter einem Laubendach mehrere Tische mit weißen *manteles* eingedeckt waren. Dort würden später die Angestellten der Banken und Modegeschäfte speisen. Noch war es zu früh für die Mittagspause. Dolf suchte sich einen stillen Platz am Rand, als er bemerkte, dass auch Obesta schon da war. Wachleute schienen es im Blut zu haben, so frühzeitig zu einem Treffen zu kommen, dass sie die Umgebung überprüfen konnten, bevor die Veranstaltung losging.

Die Vorreden erledigten sich rasch. Dolf bestellte die Getränke, es war seine Verabredung. Er hatte die beiden zusätzlichen Wachleute für Lynn Whelbys Fest angeheuert. Obesta war deren Teamleiter und der Zeuge, der Dolf auf dem Rückweg von Roses Haus gesehen hatte. Deswegen wollte Dolf ihn sprechen.

»Die Straße den Hügel hinauf habt ihr gut im Blick gehabt, was?«

»*Roger.*« Das hieß so etwa *richtig* – nur auf Amerikanisch.

»Auch Trido gesehen?«

»Nein. Der ist wahrscheinlich hinten raus, durch die Gärten.«

»Und mich.«

»*Roger.*« In den TV-Krimis gaben sie das am Funk immer zur Bestätigung durch. Es nervte.

»Sonst niemand.«

»Nach dir kam keiner mehr.«

»Das ist ja das Blöde. Habt ihr der Correira auch gesagt.«

»*Roger.*«

»Hättet ihr es denn mitgekriegt, wenn sonst jemand im Verlauf der Nacht zu Rose Tuckers Haus geschlichen wäre?«

»Wir hatten nur Mrs Whelbys Villa im Blick zu halten. Der Rest der Siedlung war nicht unser Job.«

»Aber mich habt ihr bemerkt?«

»Warst nicht zu übersehen, *hombre*. Du hast die volle Straßenbreite gebraucht.« Obesta wackelte bedenklich mit dem Kopf und zog zur Verdeutlichung wilde Schlangenlinien mit der Handkante.

So genau wollte Dolf es gar nicht wissen. Ihm war klar, wie betrunken er gewesen war. »War ich der Einzige, der euch aufgefallen ist?«

»Du und der hochbeinige Kerl mit den Titten und der

Löwenmähne, ihr wart die auffälligsten. Aber keiner kam später als du.«

»Und vor mir?«

»Niemand. Zwei Musiker, die sich verfahren hatten.«

»In der Nacht?«

»Ostblock. Saxophon, Posaune, irgendsowas. Große schwarze Kästen. Kurvten da rum und suchten die Adresse.«

»Die habt ihr zu Lynn Whelbys Haus dirigiert?« Dabei wusste Dolf selbst am besten, dass es auf Lynns Fest zu keiner Zeit am Abend Live-Musik gegeben hatte.

»*Roger.*« Obesta hatte sich das Kennzeichen notiert. Er las es aus einem dieser schwarzledernen Notizblöcke ab, die man nach oben aufschlug, wie es die Polizisten in den amerikanischen Krimis taten. »MU« für Murcia. Der Rest war unleserlich. Dolf fluchte. Obesta schob es auf die Dunkelheit und dass es spät gewesen sei in jener Nacht.

»Zwei junge Typen, dunkle Anzüge, Ostblockmusiker. In einem Wagen aus Murcia.« Mit der Beschreibung fischte Pep in wenigen Sekunden das vollständige Kennzeichen aus seinem Gedächtnis. Er wusste sogar, dass die beiden Musiker wie andere Gäste von Lynns Fest die Siedlung lange nach Mitternacht, etwa gegen zwei Uhr, verlassen hatten.

Doch Pep konnte noch mehr. Mit Hilfe von Modellfotos identifizierte er das Fahrzeug, das er gesehen hatte, als Ford Mondeo Kombi. In der Provinzhauptstadt gab es nicht viele Autovermietungen, die dieses Modell anboten; aber sie alle hatten Fotos ihrer Fahrzeuge im Internet stehen, oft mit leserlichen Kennzeichen. Der Wagen war auf der Angebotsseite einer großen Autovermietung in Murcia gelistet.

50

In die Provinzhauptstadt konnte Dolf schlecht mit dem nicht zugelassenen Streifenwagen fahren. Es war eine Strecke von fast einer Stunde, das meiste davon auf einer kurvigen Autobahn durch die Berge hinter der Küste. Von dem Geld für den Sprit, den der bullige Dodge auf dieser Route verbrennen würde, konnte Dolf ein Taxi bezahlen. Doch er nahm den Bus.

Die Autovermietung lag direkt hinter dem Busbahnhof. Das Kennzeichen, das Fahrzeugmodell und das Datum des Mietvertrages hatte Dolf dabei.

Das Mädchen am Schalter druckste herum. Sie holte ihre ebenso verstockte Kollegin dazu. Von da an sah Dolf zwei wippende Pferdeschwänze, zwei bedauernd geneigte Köpfe und vier groß aufgerissene Augen. Es war ein Bild wie aus einem Kinderbuch – *Lele und Lola im Autoverleih*. Sie konnten ihm nicht helfen.

Dolf sagte ihnen auf den Kopf zu, dass der Wagen an zwei miese Typen vermietet worden war, die wahrscheinlich nicht mit ihren richtigen Papieren gebucht hatten. »Folgendes sind die Alternativen: Entweder ihr zwei Hübschen macht mir, außer der Reihe sozusagen, eine Kopie des Mietvertrages und des Buchungsablaufs, inklusive der Pässe und Führerscheine, oder ich melde das heute noch der Polizei.«

Sie rollten große Augen, wippten bestürzt ihre Pferdeschwänze und pressten entrüstet die Lippen schmal. »Das können wir echt nicht machen.«

Dolf drehte eine Stufe herunter. »Hört mal, wenn ich den Mietvertrag einsehen kann, dann knöpf ich mir die beiden Typen vor, die an dem Abend meine Enkelin blöd angemacht haben, rede mit denen über Paulitas Situation, und wir klären das.«

Lele und Lola dachten gemeinsam angestrengt nach.

»Paulita ist die Tochter meiner Tochter«, legte Dolf vorsichtshalber nach. »Einundzwanzigeinhalb.«

Lola und Lele nickten eifrig. Das hatten sie schon verstanden.

»Wenn ich hiermit zur Polizei gehe«, Dolf wedelte mit seinen Notizen, »dann habt ihr eine amtliche Untersuchung am Hals. Und weil ich ziemlich sicher bin, dass die Pässe der beiden Typen nachgebessert sind, kann das einigermaßen unangenehm für euch werden.«

»Also, wir können das eigentlich nicht alleine entscheiden.« Bedenklich legten sich zwei Köpfe schief.

Dolf verlor die Geduld. »Folgendes: Wenn ihr Püppchen jetzt erst nachfragen müsst oder es sonst eine Verzögerung gibt, bin ich weg. Ihr habt die Wahl: eine flinke Kopie der Unterlagen, eine mindestens siebzigprozentige Chance, dass die Sache im Sand verläuft und ihr mich nie wieder seht. Oder die absolut sichere Durchleuchtung eures Ladens durch Inspektorin Correira von der CNP in Cartagena.«

Sie dachten fieberhaft nach, eifriges Wimpernklimpern inklusive. »Einen Moment bitte.«

Lele ging nach hinten. Wenn ihn nicht alles täuschte, hatte Dolf gewonnen.

Auf den Kopien waren ein italienischer Pass und Führerschein zu sehen. Umberto Divalli und Enzo Caprese waren beide Ende zwanzig, beide stammten aus einer Kleinstadt in der Nähe von

Genua. Nach den Fotos konnten sie leicht als Italiener durchgehen. Wahrscheinlich waren die Papiere gefälscht, aber das konnte Dolf nicht herausfinden. Selbst wenn die Namen nicht stimmten, hatte er die Passbilder.

Aus dem Mietvertrag über den Ford las Dolf eine spanische Handynummer ab. Die mussten die beiden als Kontaktmöglichkeit angeben. Es war eine Nummer, die Dolf bekannt vorkam.

In krakeliger Handschrift stand sie auch auf einem Zettel, der Dolf sieben Wochen zuvor bei einer Ausfahrt mit Blick auf den Country Club zugesteckt worden war. Es war die Handynummer des Fahrers eines gewissen Salvador Xavierra.

51

Auf dem Weg in die Siedlung sah Dolf, dass der Platz hinter der Panoramascheibe leer war. Niemand konnte erwarten, dass Pep Stunde um Stunde auf seinem Posten verharrte. Es war später Nachmittag, der Staub des Tages und der Autobahnbaustelle am Horizont legte sich in goldenen Schleiern über das Tal. Dolf war müde und abgeschlagen. Seine Tasche mit den Unterlagen würde er auf seinem Schreibtisch deponieren, bevor er sich auf den Weg nach Hause machte, eine weitere Viertelstunde Fußweg über den Hügel und an das andere Ende der Siedlung. Vielleicht nahm er auch den Streifenwagen.

Doch sein Schlüssel passte nicht mehr ins Schloss des Portiersbungalows. Zuerst verfluchte Dolf seine Unachtsamkeit, ging den Bund durch, sicher hatte er den falschen Schlüssel gegriffen. Hatte er aber nicht. Anscheinend war das Schloss ausgetauscht worden.

Dolf schob das Garagentor auf. Der Streifenwagen stand an seinem Platz. Doch kein Schlüssel steckte im Zündschloss. Ungewöhnlich. Ebenso wie die Tatsache, dass die innere Verbindungstür zum Flur verriegelt war. Dolf deponierte seine Tasche in einem Regal in der Garage, zog das austarierte Doppeltor mühelos herab und machte sich auf den Heimweg.

Pep kam ihm entgegen. Er hatte Umzugskartons auf dem Rücksitz seines Golfkarts gestapelt. »Gut, dass du da bist, Boss. Drench will dich sprechen.«

»Hat das nicht Zeit bis morgen? Ich bin müde.«

»Nein. Ich soll ihm Bescheid geben, ich soll ihn sofort anrufen.« Peps entschiedener Ton hätte Dolf misstrauisch machen müssen. Doch dazu war er zu erschöpft. Er ging die paar Schritte zurück zum Portiersbungalow. Als Pep die Garage aufschob und den Golfcart hineinfuhr, nahm Dolf auch seine Tasche wieder an sich. Inzwischen war er auf der Hut, irgendwas lief hier schief.

»Ihr habt die Schlösser ausgetauscht?«

»Sorry, Anweisung von Drench. Die Schlüssel für den Dodge sollst du auch abgeben.«

»Hab ich unten im Haus.«

»Ah ja.«

»Sagst du mir, was das zu bedeuten hat?«

»Frag besser Norman.« Pep sah Dolf so neutral und unbeteiligt ins Gesicht wie unter den Umständen möglich. »Tut mir leid, will ich mal sagen.«

Pep zögerte und trat näher. »Aber hör mal, Chef, falls du für irgendwas einen Zeugen brauchst: Zähl auf mich. Wenn du verstehst, was ich meine.«

»Okay …?« Dolf begriff nicht, worauf sein Helfer hinauswollte. Aber das Angebot klang ehrlich und rührte Dolf. »Dank dir.«

Pep nickte; dann versteinerte seine Miene wieder.

Der Siedlungsvorsitzende traf wenige Minuten später ein. Sie gingen in sein Büro, neben dem Besprechungsraum für die Eigentümerversammlungen. Dolf hatte das unbestimmte Gefühl, dass sie ihn an seinem Schreibtisch vorbeilotsen wollten. Hatten sie den etwa ausgeräumt?

Sie wollten ihn loswerden. Norman Drench konnte so viele gewundene Sätze darum binden, wie er wollte, die Fakten lagen klar. Sie würden Dolf den Rest des Monats bezahlen, und dann war er raus.

»Mit welcher Begründung?«

»Hören Sie, Churner, mit ist die Sache wirklich unangenehm. Deswegen wäre ich Ihnen dankbar, wenn Sie es mir nicht schwerer machen, als es unbedingt sein muss. Wir könnten einfach sagen: in gegenseitigem Einvernehmen.«

»Begründung?« Langsam verlor Dolf die Geduld.

Drench holte kaum Luft, als er seine Antwort herunterrasselte. »Sie haben sich heute zum dritten Mal unentschuldigt von ihrem Arbeitsplatz entfernt, dazu ohne Bescheid zu geben.«

»Ich gehe Hinweisen nach, die auch die Sicherheit der Siedlung und die Gesundheit ihrer Bewohner betreffen. Dagegen haben weder Sie noch sonst irgendwer jemals etwas gehabt.«

»Jetzt schon.«

Formal hatte der Siedlungsvorsitzende sicher recht. Er klang, als hätte er sich kundig gemacht, wahrscheinlich sogar einen Anwalt zu Rate gezogen. »Also?«

»Ich spreche Ihnen ein Hausverbot für die Siedlung aus.«

Dolf traute seinen Ohren nicht. »Ab wann?«

»Ab sofort.«

Dolf suchte Peps Blick. Der hob nur sachte die Schultern. Der Junge schien eingeweiht gewesen zu sein, er hatte das alles gewusst und kommen sehen. Wenn es ihm leid tat, zeigte er es nicht. Seine Miene war noch immer so starr und unbeteiligt wie zu Beginn der Unterredung. Jetzt reichte er Dolf ein Stück Papier.

Es sah nicht aus wie eine schriftliche Kündigung. Es sah aus wie der Ausdruck einer E-Mail. »*From the desk of Zuela Velazquez-Tucker.*«

»*Dear Sir or Madam …*« Es war ein Formbrief, es war eine Absage. Sie stammte von Zuelas Assistentin. Die Mail bezog sich noch nicht einmal auf seine Anfrage, es war eine Routinereaktion, die für unerbetene Einlieferungen gedacht war. »Danke für Ihr Interesse, aber danke nein.«

Pep hatte die Mail aus dem Computer geholt und ausgedruckt. »Norman meint, wir sollten keine private Korrespondenz über den Rechner der Siedlung führen.«

Dolf nickte. Sie waren derart im Recht, er hätte kotzen können. Sie hatten an alles gedacht. Sogar die Schlösser in seinem Häuschen hatten sie ausgetauscht. Seine Sachen hatte Pep für ihn gepackt. Es gab nicht sehr viel. Ein neuer dicker Brief der britischen Großkanzlei und drei alte Umzugskartons auf dem Rücksitz von Peps Golfcart. Pep räumte sie aus der Garage und stapelte sie in der Einfahrt auf. Dann zog er das Tor herab.

»Und mein Werkzeug?«

»Können Sie später holen.« Drench stieg in seinen Wagen.

52

Dolf saß im Taxi. Seine Tasche und die drei Kartons hatte der Fahrer fluchend und grummelnd auf dem Rücksitz und im Kofferraum untergebracht. Dass Dolf nur eine kleine Tour vorhatte, höchstens bis *Mazarrón puerto*, wo er ein Quartier für die Nacht finden wollte, verbesserte die Laune des Fahres kein Stück. Dolf kramte in seiner Hosentasche. Er suchte sämtliches Kleingeld zusammen, das er finden konnte, und kam doch nur auf sieben Euro achtzig.

Als der Wagen am Ende des Tales auf die Küstenstraße einbog, die sich um die Berge am Meer schlängelte, waren die Lichter der Stadt bereits zu sehen. Das Taxameter sprang auf sechs Euro um.

Dolf wies den Fahrer an, so weit zu fahren, bis sein Geld alle wäre.

Er erntete einen entgeisterten Blick und noch mehr Flüche.

Die sieben Euro achtzig waren kurz vor der Küstenstraße erreicht. In der Ferne glitzerte das Meer, unter ihnen blinkten die Lichter der Hafenstadt aus dem Dunst. Weder Dolf noch der schlechtgelaunte Fahrer hatten Augen für die märchenhafte Schönheit der Nacht.

»Da wären wir.« Der Fahrer zog den Wagen auf die Flanke der Straße, halb in den Graben. Sie standen in der Einöde, mitten im Nirgendwo. Es gab nicht einmal ein aufgelassenes Tomatenfeld in der Nähe. Dolf stieg nicht aus.

»*Hombre*, bringen Sie mich wenigstens zum nächsten Ort. Irgendwohin, wo ich telefonieren kann.«

Der Wagen spuckte Dolf und seine Siebensachen am Ortseingang von *Bolnuevo* aus, dem Kaff am Meer mit seinem riesigen, staubigen Parkplatz.

Es war kurz vor Mitternacht. Ein paar hundert Meter weiter in den Ort hinein warf eine offene Kneipentür pulsierendes Licht auf die Straße, von dort schien auch Musik herüberzuschallen. Die Strecke dorthin wurde von schwefelgelben Laternen erleuchtet. Verkehr gab es keinen.

Auch der riesige Parkplatz lag menschenleer, kein einziges Fahrzeug stand dort. Tagsüber tummelten sich hier Ausflügler und Strandbesucher, stellten ihre Autos ab und trotteten die paar Meter über die Straße ans Meer. Vor allem lagen hinter der staubigen Fläche die Lavaskulpturen, für die der Ort berühmt war. Auf Fotos wirkten sie monumental und weit verstreut. In der Wirklichkeit stand Dolf auf einem staubigen Schotterplatz von der Attraktivität einer Kiesgrube.

Ein großer Wagen bog auf den Parkplatz ein. Noch bevor Dolf auf sich aufmerksam machen konnte, drehte sich die Limousine in seine Richtung, und die Scheinwerfer blitzten ihn an. Dolf begriff nicht, bis das Fahrzeug direkt neben seiner Hüfte zum Halten kam.

Die Scheibe im Fond surrte herab. Xavierra sah Dolf von oben bis zu den Füßen an, nickte leicht. »So sehen wir uns wieder.«

Dolf nickte zurück. Aber eine passende Entgegnung fiel ihm nicht ein.

»Haben Sie Zeit für eine kleine Unterredung, Don Adolfo?« Wenn es ironisch klingen sollte, nahm Dolf es nicht wahr. Es war Mitternacht, er stand mutterseelenallein auf dem ausgedehnten, dabei völlig leeren Vorplatz des Skulpturenparks. Er hatte Zeit im Überfluss, ob für eine Unterhaltung oder was auch immer. Dolf hob zustimmend die Achseln.

»Steigen Sie ein?«

»Nein, ich hab 'ne Menge Gepäck.«

»Ach ja.« Als hätte Xavierra das jetzt erst bemerkt. Die großen Kartons standen neben Dolf aufgestapelt. »Lassen Sie uns ein paar Schritte gehen, einverstanden?«

Dolf sah nichts, was dagegen sprach. Xavieras Wagen rollte weit genug weg, dass der wuchtige, schwere Mann in Ruhe aussteigen konnte, ohne Dolf zu nahe zu kommen. Aus der Beifahrertür zog er seinen Gehstock. Als beide Wagentüren wieder zugeschnappt waren, erstarb auch der Motor der Limousine, und die Lichter gingen aus.

Xavierra kam auf Dolf zu, blieb ein paar Schritte vor ihm stehen und wies mit seinem Gehstock auf den Fußweg, der sich hinter der ersten und eindrucksvollsten der Lavaskulpturen den Hang hinauf schlängelte.

»Sie haben mir einen großen Dienst erwiesen, Don Adolfo. Dafür und für Ihre Diskretion würde ich mich nach wie vor gerne erkenntlich zeigen. Dieses Angebot besteht. Sollten Sie Ihre Meinung darüber ändern, lassen Sie es mich jederzeit wissen.«

»Sie haben das Geld nicht hier?« Wahrscheinlich klang Dolf zu gierig, aber er konnte sich nicht beherrschen. Wenn Xavierra ihm die Scheine hingehalten hätte, da war Dolf sicher, hätte er zugegriffen. Durch sein Schweigen Lynns Anwälten gegenüber hatte er dem Bauunternehmer schließlich den Arsch gerettet und dabei seinen Job und seine Bleibe verloren. Eine Entschädigung dafür stand Dolf wohl zu. Und das Geld konnte er so dringend gebrauchen wie selten zuvor.

»Nein. Ich erkenne eine Abfuhr, wenn ich sie erhalte. Und

Sie sind schließlich durch eine rechtliche Vereinbarung gebunden. Wir könnten beide nur verlieren, wenn wir jetzt in geschäftlichen Kontakt träten.«

Entweder der Mann hatte Dolfs Bereitschaft nicht hören wollen, oder er übersah sie absichtlich. So oder so fand Dolf keine Möglichkeit, noch einmal auf das Angebot zurückzukommen. Oder? »Eben haben Sie mir das noch angeboten!«

»Nur solange ich sicher sein konnte, dass Sie ablehnen. Haben Sie sich vielleicht ein wenig verkalkuliert, Don Adolfo, mag das sein?« Xavierra klang jetzt kein bißchen großväterlich mehr, sondern kalt und grausam.

»Dass die Polizei mich nach Rose Tuckers Tod aus dem Verkehr ziehen würde, war das Teil Ihres Plans?« Es klang völlig verrückt, selbst in Dolfs Ohren.

»Ich habe keine Ahnung, wovon Sie sprechen.«

Sie waren auf dem Fußweg hinter zwei weiteren Lavaskulpturen hinaufgestiegen, fast oben auf dem Plateau. Im fahlgelben Licht der Straßenlampen ließ sich der Weg gerade noch erkennen.

Vom Wagen aus hatte Xavierras Fahrer seinen Chef sicher im Blick. Aber selbst ein durchtrainierter junger Mann würde ein paar Sekunden brauchen, um hier heraufzusprinten und seinem Boss zu Hilfe zu kommen. Eigentlich befand sich Xavierra, sollte er bis auf den Gehstock unbewaffnet sein, in Dolfs Gewalt.

»Zuerst dachte ich, die zwei italienischen Killer hätten Rose und Lynn verwechselt. So wie es oft mit der Post geschah. Aber an jenem Abend, mit dem Fest und dem Feuerwerk auf Lynns Grundstück, war das kaum möglich.«

Xavierra nickte nur leicht. Das konnte Zustimmung bedeuten oder dass er bereit war, weiter zuzuhören.

»Andererseits konnte kaum jemand auf diese Verbindung kommen, jedenfalls niemand außerhalb der Siedlung.«

»Ah ja?« Xavierra lauschte interessiert.

»Wenn Lynn Whelby es nicht sofort kapiert hat, dann brauchte sie höchstens ein paar Andeutungen, um zu erkennen, dass sie selbst die eigentliche Adressatin der Botschaft war.«

»Botschaft?« Wie zufällig strebte Xavierra jetzt doch Richtung Parkplatz, auf seinen in der Limousine wartenden Fahrer zu.

»Dass jemand willens und in der Lage war, die unschuldige Rose Tucker kaltblütig zu opfern, um Lynn Angst einzujagen und ihr klarzumachen, dass derjenige bereit war, mit allen Mitteln um sein Geld zu kämpfen.«

»Mhm?« Xavierra brummte fragend, gerade so, als ob er soeben einen interessanten Vorschlag für eine vielversprechende größere Investition gehört hätte.

»Wenn Lynn Whelby nicht nachgäbe und ihre Anwälte zurückpfiffe, dann wäre sie selbst als Nächste dran. Das war die Botschaft.«

»Was immer Sie sagen, Don Adolfo.«

»Nichts hindert mich daran, mit diesen Vermutungen zur Polizei zu gehen, Don Salva, was meinen Sie?«

»Das steht Ihnen selbstverständlich frei.« Xaviera hatte den Parkplatz erreicht und winkte seinem Fahrer. Sofort sprangen Scheinwerfer und Motor der Limousine an, und der Wagen kam auf sie zugerollt.

»Doch es verhält sich genau, wie Sie sagen, Schirner. Sie haben nichts in der Hand außer Vermutungen. Vergessen Sie das nicht.«

53

Nicht einmal die heruntergekommenste Bude in Bolnuevo war bereit, Dolf ein Zimmer zu vermieten; sie verlangten Vorkasse, zumindest eine Anzahlung. Ein Telefonat gestanden sie ihm zu, solange es ein Ortsgespräch war. Selbst dafür musste er schummeln. Denn er rief in Cartagena an, in Santes' Reisebüro.

Seine Schwiegertochter holte ihn ab. Dolf hatte den Rest der Nacht am Strand verbracht; entsprechend zerknautscht sah er aus. Santes sagte dazu nichts. Dafür war er ihr dankbar.

Ihr Angebot, fürs Erste auf dem Sofa in ihrem Wohnzimmer zu übernachten, war das Letzte, was Dolf sich vorstellen wollte, nicht einmal vorübergehend. Das ging nicht, er hatte gute Gründe.

»Wo willst du denn hin?«

Selbstverständlich kannte sie Hotels, Pensionen, Hostales und Posadas in jeder Preisklasse. Aber selbst die billigste Absteige hätte Geld gekostet, das Dolf nicht hatte, das er sich von Santes hätte vorstrecken lassen müssen. Ihm blieb keine Wahl. Er würde sich so rasch wie möglich einen neuen Job und eine neue Unterkunft besorgen. »Für ein paar Tage, höchstens. Vielleicht kann ich in meine Bude in Canteras zurück.«

Daran glaubte nicht einmal er selbst.

Als Erstes am nächsten Morgen ging Dolf aufs Polizeirevier. Er war um acht Uhr da. Inspektorin Correira erschien um halb zehn. »Kommen Sie. Ich hab aber nicht viel Zeit.«

Sie nahm ihn mit in ihr Büro. Das war weit zuvorkommender, als Dolf erwartet hatte. Sie spendierte ihm sogar einen Kaffee aus dem Automaten. Den nahm Dolf gerne an. Bei Santes hatte er sich aus dem Haus geschlichen, ohne sie zu wecken. Der Kaffee war herrlich, heiß und bittersüß. Dolf seufzte.

»Ungenießbar, nicht?« Correira nickte verständnisvoll. »Was haben Sie für mich?«

»Trido ist es sicher nicht gewesen.«

»Wer?«

»Astrido da Silva, der Guineer. Der hat Rose nicht umgebracht.«

»Das wissen wir. Wir haben ihn vorgestern freigelassen.«

»Bei uns in der Siedlung ist er nicht aufgetaucht.«

»Ist wahrscheinlich abgereist. Sein Aufenthaltstitel war abgelaufen. Über kurz oder lang wäre er abgeschoben worden.«

»Oh.« Dolf war aus dem Konzept geraten.

»Na, dann danke ich Ihnen jedenfalls für Ihren Hinweis.« Correira stand auf, machte sich dran, Dolf die Hand zum Abschied zu reichen.

»Moment noch.« Dolf kramte in seinen Unterlagen. Correiras Assistent kam herein, brummte eine Begrüßung und hängte seine Basecap an einen Haken. Er starrte abschätzig auf Dolfs Kaffee und fuhr seinen Rechner hoch.

»Señor Teskirner hat irgendwelche Hinweise für uns.« Correira hob entschuldigend die Achseln.

»Wie aufregend!« Der Assistent schien einen rabenscharzen Tag erwischt zu haben.

Dolf legte ihm und Correira seine zerknitterten Kopien vor: Pass und Führerschein mit Fotos von zwei südländisch aussehenden jungen Männern. Schmale Wangen, Bartschatten, raspelkurze Haare – eigentlich entsprachen sie genau dem Äußeren des Kriminalassistenten Guzmán. Sie hätten seine Kumpels sein können.

»Die zwei sind am zehnten September spät abends in die Siedlung eingefahren, mit einem Mietwagen aus Murcia. Sie wurden für Musiker gehalten und zum Bungalow von Lynn Whelby geschickt. Dort sind sie nie angekommen. Fünfzig Minuten später kam der Wagen aus der Richtung von Rose Tuckers Haus zurück, und sie verließen die Siedlung. Das Auto wurde am nächsten Morgen in der Hauptstadt deponiert. Die Kopien sind von der Mietwagenfirma. Zeugenaussagen von Josip Pardiola und José Miguel Obesta, dem Wachmann. Mit beiden haben Sie auch gesprochen.«

Correira sah sich die Kopien an. Nickte Dolf anerkennend zu. Gab ihrem Assistenten die Kopien. »Lässt du die beiden durch die Mühle laufen, Rafa? Identität, Aufenthaltsstatus, Vorstrafen. Daktylo und DNA, falls vorhanden.«

Der Assistent nickte, nahm die Kopien in Empfang und ging brummelnd hinaus.

»Gute Arbeit, Señor Teskirner. Warum sind Pardiola und Obesta nicht schon bei *unseren* Befragungen auf die beiden gekommen?«

»Weil sie mich als Letzten aus Roses Richtung kommen sahen. Die beiden Italiener waren schon vorher wieder weg.«

»Aber noch immer weiß niemand, wo Sie selbst sich während der Zeit aufgehalten haben?«

»Tja, das ist mein Problem.«

Correira bekam einen Anruf herein und bat Dolf, draußen vor der Tür zu warten. Auf dem Flur sah er wenige Minuten später, wie Guzmán mit einer Handvoll Papieren zurückkam, allem Anschein nach Computerausdrucke.

»Moment noch, Señor Tschirner. Lassen Sie mich eine Minute mit meiner Vorgesetzten sprechen.« Er betrat Correiras

Büro, ohne zu klopfen. Dolf meinte, einen gewissen Respekt aus seinen Worten herauszuhören. Aber wahrscheinlich bildete er sich das bloß ein. Der Assistent hatte sicher in der Zwischenzeit ebenfalls seinen ersten Kaffee des Tages gekippt, nur deswegen wirkte seine Laune aufgehellt.

Dolf täuschte sich nicht. Auch Correira trug, als sie Dolf in ihr Büro holte, ein breites Lächeln im Gesicht. »Gute Nachrichten!«

»Und schlechte.« Der Assistent grinste vielversprechend.

Guzmán hatte bei der Fahndung in kürzester Zeit zwei Treffer gelandet. Die Papiere der beiden falschen Italiener waren einfachste Überarbeitungen zweier in San Augustín, Kolumbien, gestohlen gemeldeter Dokumente von Studenten aus Genua. Anhand der Fotos hatten die Kollegen von der Fahndung jedoch die beiden Killer identifizieren können. Ein Kroate und ein Montenegriner, beide einschlägig vorbestraft, einer bereits wegen Totschlags verurteilt und in Haft gewesen, für beide lagen Aktenvermerke und Daktylogramme bei Interpol. Gut möglich, dass Dolf tatsächlich die Killer von Rose Tucker gefunden hatte.

Das war die gute Nachricht.

Der Assistent brachte den weniger positiven Teil der Geschichte vor. Die beiden waren tot, tödlich verunglückt bei einem Autounfall in den montenegrinischen Alpen; angeblich auf einer ungesicherten Passtraße aus der Kurve getragen. Beide im selben Wagen.

»Lassen Sie mich raten, zwischen Lynns Fest und heute?« Dolf war stinksauer. Auch wenn er nicht wusste auf wen.

»Vor zwei Wochen. In der Nähe von…« Der Assistent musste von seinem Zettel ablesen. »Brskut.«

Dolf konnte sich aufregen, wie er wollte, er bezweifelte, ob es wohl Zufall sein konnte, dass zwei junge Leute, die gerade einen bestialischen Mord begangen hatten, wenige Tage später auf einer gottverlassenen Passstraße in einer unzugänglichen Gegend tödlich abgestürzt sein sollten, ihre Leichen bis zur Unkenntlichkeit verbrannt, und keiner konnte angeben, was sie dort gesucht haben könnten.

Nur weil sie kein geklautes Auto, sondern einen Mietwagen genommen und den Fehler begangen hatten, mit gefälschten Papieren und einer echten Handynummer eine Spur zu ihrer Identität und der ihres Auftraggebers zu hinterlassen …

Inspektorin Correira und ihr Assistent hörten Dolf geduldig zu, nickten an den richtigen Stellen, schüttelten an den anderen Stellen mitfühlend den Kopf, widersprachen ihm nicht. Aber helfen konnten sie Dolf auch nicht.

Gegen Tote ermittelte keine Polizeibehörde der Welt, da war sich Correira sicher.

Und nur wegen einer Handynummer auf einem Automietvertrag würden sie keinen Bürger des Königreichs verdächtigen oder beschuldigen.

Wenn Dolf also keine stichhaltigeren Beweise hatte?

Was nützte es ihm, wenn er genau angeben konnte, dass es nicht um die Handynummer ging, sondern um die Siedlung auf einer Abraumhalde, um vergiftete Menschen, um eine Menge Geld, um mehrere Vermögen?

Konnte er Xavierra dafür anzeigen?

»Wegen eines Betrugs, der mehr als fünfzehn Jahre zurückliegt, ohne Beschwerden der Geschädigten?« Correira bezweifelte sehr, dass die Kollegen vom Finanzdezernat sich damit befassen würden.

Für die Inspektorin selbst und ihre Abteilung der CNP wäre mit der Identifizierung der beiden Täter, wenn die Spuren zusammenpassten, der Mord aufgeklärt, und die Akte würde geschlossen.

Inspektorin Correira war gern bereit, Dolfs Unterlagen über die Vergiftung des Baugrundes und die möglichen Gesundheitsfolgen an die entsprechenden Behörden weiterzuleiten.

Doch Salvador Xavierra würde mangels stichhaltiger Beweise weder für den Mord noch für die Errichtung der Siedlung zur Rechenschaft gezogen werden.

Dolf zog kleinlaut ab. Er hatte nichts erreicht und keine Idee, was er noch tun konnte. Seine Erkenntnisse und Unterlagen bewiesen gar nichts, jedenfalls nicht genug für eine Ermittlung der Behörden. Der Einzige, der das perfekte Komplott um Xavierra, Drench und Lynn Whelby jetzt noch gefährden konnte, war er selbst. Besser er hielt den Mund.

54

Mittags hatte wenigstens Santes gute Nachrichten. Dolf zuliebe kam sie in ihrer Pause in die Wohnung und brachte die Post aus dem Briefkasten mit. Dolf hatte gekocht, ein paar Eier in eine Pfanne geschlagen und einen Salat angemischt. Jetzt deckte er die Theke, die Santes winzige Küche von ihrem Wohnzimmer trennte. Sie würden im Stehen essen.

Santes hielt einen Brief von ihrer Krankenversicherung in der Hand. Das musste die Reaktion auf ein böses, bedrohliches Schreiben sein, das ihr ein befreundeter Anwalt aufgesetzt hatte. Santes riss den Umschlag auf.

»*¡No me digas!*« Die Krankenversicherung würde ihre OP doch bezahlen, wenigstens den Großteil. Auf den Reisekosten würde sie sitzenbleiben. Doch es war mehr Geld als erhofft. Es sollte innerhalb der nächsten zehn Tage überwiesen werden. Santes nahm Dolf überschwänglich in die Arme.

Auch Dolf war erleichtert. Durch die horrenden Zinsen und zwei versäumte Tilgungsraten war seine Schuld bei Lagrado auf mehr als achtzehntausend angewachsen. Mit dem Geld der Versicherung würde er den größten Teil zurückzahlen können. Für den Rest konnte Santes ihre Bank in Anspruch nehmen. Also gab es Hoffnung, dass er einigermaßen unbeschadet aus der Sache herauskam. Santes stürzte sich mit Heißhunger auf Omelett und Salat.

Da klingelte ihr Handy. Eine unbekannte Nummer. Unwillig nahm sie ab.

»Für dich?« Wenn Santes ihre linke Braue noch mehr angehoben hätte, wäre sie wahrscheinlich unter dem Haaransatz verschwunden. Dolf war kaum weniger neugierig.

Es war Ghaansha. Er war in der Stadt. »In zehn Minuten, an der *Plaza San Francisco*?«

»Ist mir recht.«

Der Jamaikaner lehnte mit angezogenem Bein am Kiosk am Rande des Platzes, wie verabredet. Er sah entspannt aus.

»Bro! Was geht?«

»Gut dich zu sehen, Ghaansha.« Dolf meinte es tatsächlich so. Wenige Wochen zuvor hätte er sich das nicht vorstellen können. Er bekam sogar die Nickligkeiten des Begrüßungsrituals besser hin: Fäuste zusammenboxen, aufeinander tippen, Daumen schnippen und schließlich Handflächen abklatschen. Der Rastamann grinste breit. »Ich hab deine Sachen dabei.«

Am Straßenrand, hinter einer Reihe von Palmen und dem Fußweg, der Außengrenze des Parks, stand ein Pickup. Auf der Ladefläche stapelten sich eine Metallkiste und Plastikkörbe mit Werkzeug, Dolfs Werkbank war schief und nachlässig darauf festgebunden. Trotzdem freute er sich über den Anblick.

»Wo willst du das Zeug hingeschafft haben?«

Dolf hatte keine Idee.

Ghaansha und Dolf hielten vor einer Bar. An der Balustrade unter dem gedrungenen Vordach trug der einstöckige Bau das kreisrunde Schild *Algameca* und in Neonbuchstaben *Bar* auf dem Dach über der Eingangstür. Ghaansha war mit Dolf und seinem Werkzeug den ungepflasterten Sandweg am ausgetrockneten Flussbett entlanggeholpert. Er war sich sicher, dass sein Kumpel Angel, der Besitzer der Bar, Dolfs Sachen im Schuppen unterbringen konnte.

»Aber nicht für lange.« Angel verkörperte so ziemlich das Gegenteil dessen, was Dolf sich unter einem von Ghaanshas Freunden vorgestellt hätte. Ein hagerer alter Mann mit fleckiger Haut und Raucherzähnen, ganz in Schwarz gekleidet, die dünnen dunklen Haare nach hinten gekämmt und an den Schädel geklebt. »Wir sind hier kein Abstellraum.« Der Alte war Dolf auf den ersten Blick sympathisch, auch wenn das nicht auf Gegenseitigkeit zu beruhen schien.

Er wusste sogar eine Bude für Dolf. »Nix Besonderes, aber billig. Kann man drin hausen.«

Ghaansha war ganz in seinem Element. Er hatte Dolf sein Werkzeug gebracht, er hatte ihm ein Bier ausgegeben und sogar eine Bleibe besorgt. Er schien sich, wohl ganz zu recht, als durch und durch guter Mensch zu fühlen. Jovial bestellte er zwei weitere Biere. »Cool, Mann, lass stecken.«

Dabei hatte Dolf ohnehin keinen Cent Geld dabei.

Ghaansha bezahlte. Er hatte noch eine Verabredung und musste los. »Wir ziehen an den Strand. Lynn hat einen Bauplatz direkt am Meer aufgetan. Wusste gar nicht, dass es so was noch gibt. Na, man sieht sich.« Damit war er weg.

Dolf hörte den Achtzylinder seines Lasters fauchen und wummern, als Ghaansha auf dem staubigen Parkplatz wendete und vorsichtig zurück in die Stadt rumpelte.

Sein halbvolles Glas stand noch auf dem Tresen. Dolf leerte es und sah sich um. Die Bar war eine billig auf Seefahrerromantik getrimmte Schwemme. Doch der Alte war okay. Er brachte Dolf sogar einen Brandy auf Pump.

Dolf kippte ihn wie Medizin. Diese Kaschemme war sicher nicht der übelste Ort, um einen Schnaps zu trinken. Nicht ganz am unteren Ende der Liste.

Aber fast.

Nur Idioten verfassen Danksagungen, sagte die Grundschullehrerin von M. Caparrós, schreibt er in seiner –Danksagung.

Dank geht zum dritten Mal an Peter Strotmann für sorgfältige Lektüre und wertvolle Hinweise. An Ulrich Schmitter und Gerlis Zillgens und Irene Thun für freundliche Einladungen zu Lesungen. An Ute Weinhold für einen überzeugenden Stellen-Vorschlag. An Steffi Celler für die Seite mit W, an Ellen Bobert und skdesign für die Seiten mit C. An alle, denen schon in den ersten beiden Bänden gedankt worden ist – wenn du Freunde hast, dann bist du reich.

An Gerhard Schneider (1938–2017), in Hochachtung für sein Leben und die Ideale, für die er gefochten hat: Gerechtigkeit, Solidarität, Mitmenschlichkeit.

ULRICH BRANDT